南宮魔帝

남궁마제

남궁마제 17 완결

2023년 3월 9일 초판 1쇄 인쇄
2023년 3월 14일 초판 1쇄 발행

지은이 문운도
발행인 강준규

기획 이기헌 왕소현 박경무 강민구 조익현
책임편집 백승미
마케팅지원 이원선

발행처 (주)로크미디어
출판등록 2003년 3월 24일
주소 서울시 마포구 마포대로 45 일진빌딩 6층
Tel (02)3273-5135 **Fax** (02)3273-5134
홈페이지 rokmedia.com **E-mail** rokmedia@empas.com

값 9,000원

ISBN 979-11-408-0352-1 (17권)
ISBN 979-11-354-7200-8 04810 (세트)

南宮魔帝
문운도 신무협 장편소설
17
완결
남궁마제
ROK MEDIA
로크미디어

차례

보배 진珍 꽃 화花 : 결말	7
나아갈 진進 이야기 화進 : 일상이란	101
나아갈 진進 이야기 화進 : 인생의 전환점	173
나아갈 진進 이야기 화進 : 황태자 한진화	245
나아갈 진進 이야기 화進 : 가득 채운 삶	319

보배 진珍 꽃 화花 : 결말

안으로 들어간 천수현인 제갈길현이 제일 먼저 찾은 건 현오였다.

"이런, 아해야! 어쩌자고!"

제갈길현이 낭패한 얼굴로 제단을 향해 날아갔다.

"감히!"

역천마제가 천수현인 제갈길현을 향해 강기를 날렸다.

하지만 제왕검이 재빨리 그 강기를 검으로 베었다.

"네놈이야말로!"

쉐에에엑--!

퍼------엉!

가볍게 나눈 일수만으로 동굴 전체가 흔들렸다.

그사이, 사패천주의 패천아랑도가 역천마제의 뒤를 노렸다.

콰광—!

챙! 챙챙챙!

기운이 부딪히고 깨지는 여파가 동굴 전체를 뒤흔들고.

송마문주가 만년독수에서 현오를 꺼내고 있는 현학문주 운송선생과 천수현인 제갈길현을 보며 사색이 되었다.

"안 돼! 막아라!"

쉐에에에엑—!

송마문주의 외침보다 빨리 푸른 검기가 송마문주의 앞을 갈랐다.

"누구? 너, 넌, 남궁진휘!"

쉐에에엑—! 쉐엑—!

"윽!"

"크어억!"

펑! 펑!

"으아아악!"

송마문주가 남궁진휘를 알아보고 경악했지만, 그사이 남궁진휘는 역천대법을 위해 서 있던 송마문 학사들을 빠르게 죽여 나갔다.

"이놈———!"

"내 새끼한테 놈놈 하지 마! 이 미친놈아!"

콰과광―――! 콰앙!

남궁진휘를 향해 손을 뻗는 역천마제의 앞을 제왕검이 막아섰다.

제왕검이 가른 검은 기운이 동굴 양쪽으로 튕겨 나가며 다시금 동굴 전체를 흔들었다.

스스스슷. 스스스…….

위태로운 천장의 흔들림에 모두가 멈춰 섰다.

"……."

"……."

역천마제가 동굴 한가운데서 제왕검을 노려보았다.

제왕검 또한 등 뒤에 남궁진휘를 두고 역천마제의 눈빛을 피하지 않았다.

반대쪽에는 천수현인 제갈길현과 현학문주 운송선생이 만년독수에서 현오를 건져 내고 그를 보살피고 있었다.

폐에 들어찬 독수를 토해 내게 하고 독기가 더 이상 퍼지지 못하게 막은 뒤, 소림대환단을 녹여 현오의 입에 흘려 넣었다.

소림이 현오를 위해 대환단을 내준 것도 놀라웠지만, 필요하다면 제갈세가의 연소단과 연학문의 현해단, 의선문에서 받아 온 소생단까지 아낌없이 사용할 생각이었다.

문제는 현오의 안에 가득 찬 독기로 인해 어떤 영약도 몸속에 퍼지지 못한다는 것이었다.

"이런, 아해야. 조금만, 조금만 참을 것을. 조금만 견딜 것을…… 미안하다. 미안하다."

천수현인 제갈길현이 돌덩어리처럼 굳은 현오의 몸을 추궁과혈하며 조금이라도 기운을 움직여 보려 애를 썼지만, 현오의 몸은 조금의 미동도 없었다.

그럴수록 천수현인의 마음만 급해졌다.

곁에서 운송선생이 안타까운 눈빛으로 두 사람을 보았다.

타, 타, 타, 타, 탓-.

역천마제가 움직이고, 제왕검과 사패천주가 동굴 벽을 타고 역천마제의 움직임을 따라갔다.

파팟-!

퍼------엉!

콰광! 쾅!

눈에 보이지도 않는 수십 번의 공방들이 오가더니 동굴 안에 있던 석주가 부서졌다.

그사이, 천수현인과 현학문주가 현오를 데리고 동굴을 나갔다.

"안 돼! 저자들을 막아라!"

"멈춰라!"

송마문주의 명에 송마문 학사들이 움직이는 것과 동시에 남궁진휘가 사나운 얼굴로 검을 휘둘렀다.

쉐에에엑-! 쉐에에엑!

"크-읏!"

"헉!"

창궁무애검법 산개호행(散開蝴行)이 가장 앞에 나선 송마문 학사를 베고 그 뒤에 있던 자의 목을 스쳤다.

놀란 학사들이 주춤한 사이, 남궁진휘가 빠르게 움직이기 시작했다.

파파파파파팟-!

창궁대연검법 파해일몰이 동굴 바닥을 헤집으며 천수현인과 현학문주를 쫓으려는 학사들의 앞을 가로막고.

쉐에에에엑---!

푸른 빛줄기가 쏘아진 듯 빠르게, 창궁무애검법 솔개비풍이 송마문주의 목을 노렸다.

파팟-! 콰앙!

송마문주가 부채를 휘둘러 남궁진휘의 검기를 막았다.

하지만 그건 송마문주를 물러나게 하기 위한 위협이었을 뿐, 남궁진휘가 진짜 노린 쪽은 파해일몰에 우왕좌왕하는 송마문 학사들이었다.

쉑! 쉑! 쉑! 쉐에엑!

천뢰제왕검법 낙엽이 사방으로 쏘아졌다.

뇌전은 전혀 담기지 않았지만 남궁진휘는 천뢰제왕검법의 초식을 본인의 기운에 맞춰 자유롭게 구사하고 있었다.

"크아아악!"

"윽!"

"커헉!"

송마문 학사들이 다리와 목에서 피를 뿜으며 쓰러졌다.

단 일 초로, 남궁진휘는 송마문 학사들에게 손쓸 수 없을 정도로 빠르게 죽음에 이르게 하는 치명적인 상처를 입혔다.

사방으로 분수처럼 뿜어 대는 핏줄기 앞에서 남궁진휘가 천천히 송마문주를 보았다.

"……."

송마문주가 넋을 잃은 듯 남궁진휘를 보았다.

순식간이었다.

그저 단 한 번 부채를 휘둘렀을 뿐인 시간에 모든 수하들은 잃은 것이다.

송마문주가 저도 모르게 남궁진휘에게서 주춤 물러섰다.

거슬리는 애송이로만 생각했던 이에게서 처음으로 두려움을 느꼈다.

"인간 같지도 않은 짓을 하면서 제 목숨은 아까운 건가?"

남궁진휘가 송마문주에게 추궁하듯 물었다.

그는 주춤주춤 물러서는 송마문주를 향해 경멸과 혐오가 가득한 눈으로 보고 있었다.

그 눈빛이 송마문주가 발끈했다.

"대업을 위해서다! 대업을 위해 무수히 많은 이들이 희생

되었고, 저들도 그런……!"

"개소리!"

"……."

주저리주저리 말을 늘어놓던 송마문주가 남궁진휘의 일갈에 아무 말도 하지 못했다.

남궁진휘가 그런 송마문주를 싸늘하게 노려보았다.

"네 스스로도 개소리라고 생각하는 걸 내뱉으니 그리 앞뒤가 맞지 않지. 대업을 위한 희생을 할 거였다면 스스로 저 독수 속에 빠져 죽지 그랬느냐. 애꿎은 생명을 제멋대로 취하면서, 네가 대업이라 부르는 이는 고작 저런 작자다!"

"……."

남궁진휘의 손가락을 따라 송마문주가 시선을 돌렸다.

그곳에 제왕검과 사패천주를 상대로 여유롭게 싸우고 있는 역천마제가 있었다.

"하하하하하!"

정사 최고 고수들을 상대로 역천마제는 즐거워서 견딜 수 없다는 듯 싸우고 있었다.

바로 이곳에서 제물을 지키려다 제 수하들이 모두 죽어 가고 있었는데 말이다.

역천마제의 무위라면 송마문주와 학사들을 모두 지키고도 남았다.

하지만 저 머릿속에는 누군가를 지켜 준다는 생각이 아예 존재하지 않았던 것이다.

'아니, 하나 지키는 게 있다면 이 역천비지인가?'

역천마제는 절묘할 정도로 제왕검과 사패천주의 공격을 소멸시키며 동굴을 지키고 있었다.

다른 것들은 전부 안중에도 없는 모습이었다.

"크아아아악——!"

밖에서 들리는 비명에 송마문주의 눈이 커졌다.

송마문주는 그 비명이 서장마군의 것이라 확신했다.

'서장마군까지 당했다면 밖에도 이미…….'

자연스럽게 머릿속에 그려지는 아찔한 상황에 송마문주가 눈을 질끈 감았다.

"하하하하하핫!"

역천마제의 웃음소리가 아플 정도로 귀를 울렸다.

"괴물을 믿었구나. 저 외에는 그 어떤 것도, 저를 따르던 충신도, 수천, 수만 명의 목숨도 다 아무렇지 않은 괴물, 살인마! 네놈들은 저런 괴물을 따른 거다!"

남궁진휘의 말에 송마문주의 가슴에 아프게 박혀 들었다.

"아, 아니야!"

쉐에에엑———! 챙!

남궁진휘의 말을 부정하며 그의 검을 막아 낸 송마문주가, 증오로 가득한 남궁진휘와 눈을 마주하며 흔들렸다.

"욕심이지. 제 주제와 능력으로는 감히 꿈꾸지 못할 남의 것을 탐하려, 저런 괴물의 손을 빌리려 한 한심한 작자!"

"닥쳐라! 네놈이 뭘 안다고!"

챙! 챙! 챙!

남궁진휘의 제왕검형 불위가 하늘에 이는 돌풍처럼 마구잡이로 송마문주를 몰아붙였다.

송마문주가 송마선경으로 부채를 움직여 저항해 보았지만, 푸른 돌풍 속에서 이리저리 흔들리는 나비처럼 미약한 발악일 뿐이었다.

이미 마음이 꺾여 버린 그에겐 남궁진휘의 분노에 대항할 힘이 없었다.

"저 구덩이에 쏟아부은 독수에, 백일도 넘기지 못한 아이들과 천 명의 동남동녀, 수천 명의 생목숨이 흔적도 없이 녹아들었다. 네놈들이 죽여 없앤 목숨들이다! 고작 저 늙은 살인마 때문에 부모 형제에게서 떼어 놓고 짐승처럼 학대한 인생들은 다 어찌할 것이냐! 우리 진화가, 현오가 왜 네놈들같이 하찮은 것들에게 인생을 농락당해야 했단 말이냐-! 감히--! 네까짓 것들이 감히--!"

쉐에에엑! 챙! 챙!

퍼—억!

"내가 한 것이…… 크앗!"

검이 아니라 온몸이 돌풍이 된 듯 회전해서 들어온 남궁진휘의 왼 주먹이 송마문주의 복부에 박혔다.

"커-헉! 컥!"

송마문주가 장이 끊어질 듯한 고통에 억지로 숨을 뱉는 동안, 남궁진휘는 휘청이면서 멀어진 송마문주를 보며 서슬 퍼런 살기를 번뜩였다.

"네놈들의 짓이다. 저 괴물을 위해 움직인 순간부터, 저자의 모든 악행에 네놈들의 죄도 함께 묻은 것이다."

푸---욱!

"커……헉! 컥! 컥!"

몸이 검에 꿰뚫리는 소리가 천둥처럼 크게 들렸다.

송마문주는 믿을 수 없다는 듯 제 몸을 보았으나, 정말로 그의 몸엔 남궁진휘의 검이 꽂혀 있었다.

"커헉! 나는……."

송마문주가 남궁진휘를 향해 손을 뻗으려 했다.

그러나 그 손은 남궁진휘에게 닿지도 못했다.

퍼-억!

남궁진휘는 송마문주에게서 검을 뽑고, 싸늘한 눈길로 쓰러지는 그를 지켜보았다.

그 순간.

퍼--------엉!

눈앞에서 폭발한 거대한 기운에 남궁진휘가 질끈 눈을 감고 말았다.

하지만 곧 자신의 몸에 아무 이상이 없다는 걸 깨닫자, 눈을 뜨고 앞을 보았다.

제왕검이 푸른 검강을 세운 검으로 역천마제의 기운을 막아 내고 있었다.

"할아버님!"

"휘야, 일단 나가거라."

"하지만……!"

"어서!"

-나가서…… 천수현인에게 여길 무너뜨릴 거라 전하거라.

"……!"

제왕검의 전음에 남궁진휘의 눈이 커졌다.

하지만 상황은 남궁진휘가 생각을 정리할 시간을 주지 않았다.

거대한 검은 기운이 점점 제왕검을 밀어내고 있었기 때문이다.

게다가 사패천주가 역천마제를 향해 패천아랑도를 휘둘렀으나, 역천마제는 제왕검을 밀어내는 동시에 한 손만으로 그를 막아 내고 있었다.

남궁진휘가 굳은 얼굴로 이를 꽉 깨물었다.

"그럼 먼저 나가 보겠습니다."

"오냐. 그래야, 내, 손자지! 크읏!"

씨익 웃으며 남궁진휘를 칭찬하는 제왕검은 곧 얼굴을 일그러뜨렸다.

남궁진휘는 제왕검이 걱정스러웠지만, 저 때문에 제왕검이 마음껏 싸우지 못하다면 그게 더 폐가 된다는 걸 알았기에 입술을 깨물고 나갈 수밖에 없었다.

쉐에에에에엑---!

밖으로 나가던 남궁진휘가 기어코 역천마제를 향해 검기를 날리고 나갔다.

퍼-엉! 펑!

역천마제가 남궁진휘의 검기를 막아 내는 사이, 제왕검이 역천마제의 기운을 떨쳐 냈다.

"흐흐, 역시 내 손자야."

제왕검이 남궁진휘의 일격에 웃음을 머금었다.

하지만 상황이 결코 그와 사패천주에게 유리하지 않았다.

그때.

"역시 둘로는 안 되지?"

"고전하고 있구먼."

"니미쓰불! 고작 그사이에 내 새끼를 저렇게 만들어? 이 악귀 같은 새끼! 지옥 천불에 떨어질 놈!"

천수현인 제갈길현과 현학문주, 그리고 곡해를 죽이고 곧바로 배를 타고 쫓아온 성승이었다.

잔뜩 화가 나 역천마제를 향해 저주를 퍼붓는 모습이 동굴 밖에서 현오를 보고 온 게 확실했다.

"오호, 살아 있는 놈은 다 모인 겐가."

오른쪽과 왼쪽에 제왕검과 사패천주, 그리고 정면에 천수현인과 현학문주, 성승을 두고도 역천마제의 얼굴은 여유롭기만 했다.

챙! 챙! 챙! 챙!

사패천주가 왼손에는 우각살호권을, 오른손으로는 만살개천도를 펼치며 역천마제에게 달려들었다.

미친 호랑이가 칼을 들고 날뛰는 형국이라 어디서 어떤 공격이 진행될지 변칙적인 공격이 이어졌지만, 역천마제는 그의 공격을 훤히 내다보듯 한 손만으로 그 모든 공격을 막아냈다.

“크아아아아! 젠장!”

답답함, 모멸감, 혹은 보다 더 원초적인 짜증과 분노가 사패천주의 입에서 터져 나왔다.

“성질머리하고는. 그래서 저놈이 죽겠어? 빌어먹을 놈! 단매에 때려죽일 놈-!”

팟팟팟팟팟-!

과연 누가 누구의 성질머리를 논하는 건지.

성승 또한 만만치 않은 얼굴로 염주 알을 폭사했다.

퍼----엉!

마치 사패천주나 다른 사람이 맞아도 어쩔 수 없다는 듯 마구잡이로 날아간 염주 알이 역천마제의 손짓 한 번에 모두 폭발하듯 부서졌다.

하지만 그 정도는 막힐 것을 예상한 듯.

희뿌연 염주 가루가 역천마제의 앞을 가리는 동안, 성승의 신형이 옆으로 길게 퍼져 나갔다.

"허어, 저런 미친놈! 어떤 중놈이 염주 안에 독을 넣어!"

"흐흐흐흐, 저래야 소림 또라이지."

"독제가 지금도 우리랑 함께하고 있군."

"이런 노망난 놈! 중놈에게 귀신 붙었다고 말하는 게야?"

"허어! 자네는 어찌 그리 풍류가 없는가!"

성승의 움직임을 두고 천수현인과 제왕검, 현학문주가 한 마디씩 던졌다.

그사이, 분신술을 쓰는 듯 나한칠십이기예의 한 동작씩 흐트러진 성승의 신형이 일제히 역천마제를 향해 쏟아지듯 달려들었다.

퍽. 퍽. 퍽. 퍽. 퍽!

수십 명의 성승이 역천마제에게 권각을 날렸지만, 역천마제의 손은 기어코 그 빈틈조차 꿰뚫고 말았다.

퍼------엉!

역천마제의 일수를 맞은 성승이 동굴 벽으로 가서 처박혔다.

날아가는 성승에겐 눈길도 주지 않은 채 천수현인과 현학문주가 권기를 쏘았다.

파팟-!

진흙 속에 연꽃이 피어나듯 땅에서 솟은 천수현인의 연환권이 결국 역천마제를 자리에서 움직이도록 만들었다.

이어진 현학문주의 현운편이 역천마제의 왼쪽 어깨를 향해 쏘아졌다.

채—앵!

끈질긴 사패천주가 오른손을 잡아 두고, 천수현인이 역천마제의 두 발을 움직인 후 현학문주가 왼손마저 쓰도록 만들었으니.

제왕검형 천하--!

쉐에에에에엑-!

퍼---------엉!

제왕검은 검강이 역천마제와 부딪히고, 거대한 기의 폭발이 다시 동굴 전체를 뒤흔들었다.

쩌어어억. 쩌억…… 콰광!

쏴아아아아--!

동굴 천장에 금이 가면서 곳곳에서 물이 쏟아졌다.

'천장이……!'

천수현인이 생각을 떠올리기 무섭게 제왕검의 신형이 밖으로 튕겨 나왔다.

퍼-------억!

쿠-웅!

순식간에 날아간 제왕검이 어딘가에 부딪혀 처박히는 소리가 크게 울렸다.

그리고 곧, 콰광! 하는 소리와 함께 사패천주 또한 석주 여러 개를 부수며 뒤로 처박혔다.

"쿨럭! 흐흐흐, 그러게 제 놈들은 별수 있으려고."

"그게 지금 할 소리냐, 이 땡중아?"

날아가 처박힌 제왕검과 사패천주를 보며 성승이 킬킬거리며 웃었다.

그 모습을 천수현인이 한심한 듯 쏘아붙였다.

현학문주가 비틀거리는 성승을 걱정스러운 얼굴로 보았다.

"괜찮은 건가?"

"아무렴!"

성승이 호기롭게 외쳤다.

"자네들은?"

현학문주의 물음이 제왕검과 사패천주에게 향했다.

어느새 그들도 다시 일어서 있었다.

다만 제왕검의 상태가 좋지 않아 보였다.

입가와 앞섶에 붉은 핏자국이 선연했기 때문이다.

"괜찮은가?"

현학문주의 얼굴에 걱정이 가득했다.

제왕검은 입안에 고인 피를 뱉어 내고는 아무렇지 않은 얼굴로 검을 들었다.

"단전을 회복하려면 백 년은 걸리겠군."

"허어, 이 노괴가 대체 얼마나 더 살려고?"

"최소한 저 괴물보단 오래 살아야지."

제왕검이 역천마제를 노려보며 말했다.

역천마제가 여전히 여유로운 얼굴로 제왕검과 일행을 보고 있었다.

"허허허허, 많이 늘었군. 늙어 가는 몸으로 대단한 노력이야. 하지만…… 여전히 미치지 못하는군."

"아니야, 우리 제대로 미쳤어. 눈깔이 다 돌았잖아. 보면 몰라?"

역천마제의 말에 제왕검이 이죽거리며 답했다.

그에 역천마제가 유쾌한 듯 웃음을 터뜨렸다.

"허허허, 유쾌한 건 여전하군. 어리석은 것도 여전하고…… 아직도 날 막는 것이 가능할 것이라 믿는 건가?"

마치 이제는 봐주지 않겠다는 듯.

역천마제의 눈에 피처럼 붉은 살기가 일렁거렸다.

창백한 얼굴빛으로 호기를 부리는 듯 역천마제에게 이죽거리던 제왕검도 심각하게 얼굴이 굳었다.

하지만 곧 시원하게 미소를 지었다.

"물론. 넌 오늘 죽을 거다."

제왕검이 자신만만하게 단정했다.

그와 동시에.

쉐에에에에엑----!

파지지지지직!

짙고 푸른 뇌전이 날아들어 역천마제의 등을 때렸다.

퍼------엉!

찰나의 순간.

역천마제가 뇌전을 막았다.

하지만 크게 놀란 듯한 표정은 감추지 못했다.

"너, 넌…… 네가 어떻게 온 거지?"

역천마제가 천천히 동굴로 들어오는 진화를 향해 믿을 수 없다는 듯 물었다.

"……할아버님!"

역천마제의 물음을 깔끔하게 무시한 진화가 제왕검을 향해 꽃이 피듯 환하게 미소를 지으며 달려왔다.

"역시…… 네 손주야."

"참…… 꽃 같네."

웃으며 진화를 맞는 제왕검은 친우들의 말이 썩 칭찬처럼 들리지 않았다.

신 제국 황궁.

불과 얼마 전까지만 해도 살얼음판같이 조심스럽고 위태롭긴 했으나 눈을 현혹할 정도로 거대하고 화려했던 곳이었다.

지금도 화려하고 위엄 넘치는 건물들은 그대로인데 고요하고 을씨년스럽기까지 했다.

적막함.

수천 명이 오가던 이곳에 인기척이라곤 모두 사라졌다.

가져갈 수 있는 귀한 것들은 호족들이 모두 챙겨 나갔고, 남아 있는 값나가는 것들은 궁인들이 모조리 뜯어 나갔다.

심지어 몇몇 건물을 문의 경첩이나 건물의 금박 장식마저 뜯겨 나가 폐허가 되었다.

며칠 전까지만 해도 영광스럽고 위대했던 나날들을 생각하면 잔인해 보이기까지 한 광경이었다.

그 광경의 한복판.

대륜궁에 검마제가 조용히 눈을 감고 정좌하고 있었다.

"……."

검마제는 신하들이 떠나고 궁인들마저 모두 도망치는 것을 알았지만 그들을 막지 않았다.

심지어 그들이 역천마제의 황궁을 망가뜨리고 그의 것을 훔치고 있다는 것을 알면서도 말이다.

왜 그랬을까?

왜? 왜?

역천마제는 왜 자신을 이곳에 남겼을까?

역천마제 또한 광마제를 죽인 남궁진화의 가능성이 거슬렸던 것일까.

역천마제는 자신이 남궁진화에게 좌수를 잃었음에도 그를 압도적으로 징벌할 수 있을 거라 믿었을까? ……정말로?

심지어 자신조차 믿지 않는데 말이다.

남궁진화는 볼 때마다 무위가 일취월장했다.

볼 때마다 다른 사람이 된 듯했다.

자신의 좌수를 잘랐을 때의 남궁진화라면 이길 수 있을지도 몰랐다.

하지만 지금 이 궁으로 오고 있을 남궁진화는 또 다른 사람이 되어 있을 것이다.

어쩌면 한 걸음 한 걸음 내디딜 때마다 자신을 넘어서고 있을지도 몰랐다.

그런데 왜 자신은, 이길 수 있을 거란 확신도 없이 이곳에 남은 것일까.

"……."

끊임없는 의문이 검마제의 심상을 어지럽혔다.

그때였다.

황궁으로 들어오는 수십 명의 기척이 느껴진 것은.

'오는군. 군과 함께 올 것이라 생각했는데, 창천화룡은 내 예상보다 더 광오한 성품이로군. 자신들만으로 제물을 구할 수 있다 생각한 건가?'

검마제가 쓴웃음을 지었다.

그는 여전히 남궁진화가 현오를 구하기 위해 신 제국 황성으로 올 것이라 믿어 의심치 않는 듯했다.

그래서 조심성 없이 들어온 인기척들이 대륜궁을 에워싸고 홀로 대륜궁 안으로 들어온 사람을 확인했을 때, 검마제의 눈이 찢어질 듯 커졌다.

"옥허신검 청연! 당신이 어떻게 여기에……!"

검마제는 황궁에 나타난 옥허신검을 보며 경악을 금치 못했다.

그런 검마제를 보며 옥허신검은 장난에 성공한 아이처럼 유쾌하게 웃어 보였다.

"허허허허! 살다 살다 네놈의 눈이 그렇게 커진 꼴도 구경하는구나! 하하하하!"

대륜궁 대전 가득 옥허신검의 웃음소리가 크게 울려 퍼졌다.

그러다가 뚝.

웃음소리가 끊겼다.

그리고 옥허신검이 더없이 순후한 얼굴 위로 더없이 냉막한 표정을 지으며 검마제를 보았다.

"남궁의 아해가 올 줄 알았는가? 기대가 너무 컸군. 역천마제를 잡을 정파의 희망을 네놈 따위에게 보낼 거라 생각했다니."

"창천화룡이 주군에게 갔다라…… 그렇군."

옥허신검이 비꼬는 말에도 검마제는 인상을 쓰거나 불쾌해하지 않았다.

아니, 오히려 그는 조금 후련해 보이는 듯했다.

"주군의 제물을 구하러 올 줄 알았는데……."

"그 아이가 여기 없을 거라는 걸 알았으니까."

"역시…… 천수현인이 전부 읽고 있었던 건가?"

귀천성의 모든 움직임을 정사연합에서 읽고 있었다는 말에도 검마제는 덤덤했다.

마치 이렇게 되길 예상이라도 한 듯.

하지만 그럴 리 없었다.

그가 옥허신검을 보고 크게 놀란 건 분명 연기나 기만이 아니었고, 검마제에겐 그럴 이유도 없었기 때문이다.

그래서일까.

옥허신검은 검마제가 덤덤한 것조차 마음에 들지 않았다.

"일이 이렇게 된 것도 운명인 것 같군, 당신과 나 사이에 결판을 내라는."

검마제가 검집에서 검을 꺼내고 자리에서 일어섰다.

그의 말처럼 최후의 결전을 앞에 둔 듯 담담하고 비장한 모습이었다.

"한 사람의 검수로서 신검, 그대를 존경하오. 하여 그대와 결전을 치르게 된 것을 영광으로 생각하오."

검마제가 옥허신검을 향해 검을 들며 말했다.

하지만 그의 모든 것이 옥허신검의 신경을 거슬렀다.

"내가 네놈에게 줄 것은 조롱뿐이다. 넌 한 사람의 검수가 아니라 마인이고 악인일 뿐이다. 초식을 시험한다는 이유로 내 제자들을 난도질했던 놈이 이제 와 멀쩡한 얼굴을 하고 멀쩡한 검수 행세를 한다고 한들, 네놈의 악행은 하늘이 알고 땅이 알고 천하가 알 것이다!"

옥허신검이 사나운 눈빛으로 검마제를 노려보았다.

지독한 증오와 살심을 고스란히 드러내며 검을 겨누는 모습이, 누가 명망 높은 도인이고 누가 악인인지 알 수 없을 정도였다.

험악하게 일그러진 옥허신검의 얼굴이 평온한 검마제의 모습과 무척 대조적이었다.

동시에 평정심을 잃은 모습이 무척 위태로워 보였다.

"똑같이 좌수를 잃었군. 이제 와서 보니 어쩌면 이 또한 결전을 보라는 하늘의 의도가 아닌가 하는 생각이 드는군."

"개소리는 꿈에서나 지껄여라! 하늘의 의도가 있다면 그건 네놈에게 천벌을 내리려는 것이겠지!"

검마제의 덤덤한 눈과 옥허신검의 살기로 가득 찬 눈이 마주쳤다.

그리고 두 사람이 동시에 검을 휘둘렀다.

매응을 통해 역천마제가 움직였다는 전서를 받고.

진화와 적호단은 청해상단의 배를 타고 곧장 낙양으로 움직였다

그리고 도착한 석양호엔 전투가 한창이었다.

"현오! 현오는!"

남궁구처럼 소리 내진 않았지만, 숙청단 단원들은 저마다 다급한 얼굴을 하고 현오를 찾고 있었다.

그때, 진화가 안으로 빠르게 달려 들어갔다.

"어? 도련님! 현오 찾았어?"

남궁구가 급하게 진화의 뒤를 따르고, 숙청단원들도 다급하게 움직였다.

동굴 안에서 느껴지는 심상치 않은 기파.

진화는 동굴 안에서 이미 전투가 벌어졌음을 알았다.

'안에서 어른들이 싸우고 계신다면 현오는 이미 구출이 되었을 거다!'

만약 현오가 구출된 것이 아니라면, 남은 가능성은 현오의 죽음뿐.

진화가 애써 외면하고 있던 생각이었다.

하지만 온 신경을 집중하고 기감을 펼쳤지만 현오가 느껴지지 않아 점점 불안해지기 시작했다.

그 순간 진화의 시야에 주작단주와 백호단주, 그리고 사패천 무인들과 싸우고 있는 거대한 무인이 들어왔다.

"서장마군."

진화는 그가 누구인지 알아보았다.

팔마제가 죽은 후 귀천성에서 가장 위협적인 무인이라 기본적인 인적사항에 대해 익히 들은 적이 있었기 때문이다.

"크아아아아악-!"

서장마군는 체격만큼이나 거대한 창을 다루며 무려 일곱이나 되는 정사연합 무인들을 상대하고 있었다.

챙! 챙!

쉐에에에엑---!

서장마군은 창끝으로 주작단주의 검을 막아 내고 창을 휘둘러 다른 무인들을 떨어뜨려 놓은 뒤 창끝의 반대쪽에 달린 철퇴로 하오문주를 때렸다.

퍼-----억!

"꺄아아아악!"

비호처럼 빠른 움직임과 예상을 벗어나는 변칙적인 동선 변화에, 하오문주가 철퇴를 양팔로 막아 내는 것과 동시에 비명을 지르며 튕겨 나갔다.

예상치 못한 것은 변칙적인 공격만이 아니라 거기에 실린 힘도 있었던 것이다.

"……!"

"어머니!"

채명지가 날아가는 모습을 모두 보았다.

남궁구가 눈을 크게 뜬 사이 군조가 망설이지 않고 달려갔다.

군조의 뒷모습을 보는 남궁구의 눈빛이 차갑게 얼어붙었다.

동시에 새파란 뇌전이 서장마군의 창끝에 떨어졌다.

파지지지지지지직—!

채—앵!

"크아아아악!"

서장마군이 창을 놓치며 처음 겪어 보는 생경한 고통에 비명을 지르고, 전장의 눈들이 모두 진화를 향했다.

"창천화룡!"

"남궁진화다!"

"적호단도 왔어!"

진화를 알아본 이들이 진화의 뒤를 따라온 숙청단과 적호단도 알아보았다.

가뜩이나 정사연합에 밀리고 있는 상황에서 창천화룡 남궁진화와 적호단이라니.

정사연합 무인들에겐 희소식이었지만 귀천성 무인들에게는 절망적인 소식이었다.

서장마군이 창을 놓친 순간을 틈타 녹림산군 황계수와 대산흑호 이만평이 안으로 파고들어 주먹을 휘둘렀다.

퍽! 퍽퍽! 퍼-퍽!

돌 비처럼 쏟아지는 묵직한 주먹세례에 서장마군이 몇몇 공격을 막아 내고 몇몇 공격에는 몸을 내주었다.

그리고 분노로 붉게 달아오른 눈으로 황계수와 이만평을 노려보았다.

"크-읏! 이 비겁한 놈들!"

서장마군의 손에 붉은 기운이 일렁거렸다.

그리고 순식간에 움직임을 더 빨리 가져가며 다섯 손가락을 발톱처럼 황계수의 앞섶과 이만평의 등을 긁어내렸다.

파팟-!

쉐에에에엑!

그 사이로 신살대주 초전후의 검이 서장마군의 팔을 파고드는 듯했지만.

"……!"

"이놈, 죽어라!"

팔뚝과 가슴근육 사이에 검이 붙잡히고 놀란 초전후가 몸을 날리기 무겁게 서장마군이 그의 옷깃을 잡고 멀리 그를 던져 버렸다.

퍼-----억! 쿵!

초전후가 바위에 몸을 부딪친 후 바닥에 떨어지고.

"숙부님!"

숙청단원들과 있던 초서비가 놀라서 달려갔다.

소호 이천평과 소녹군 황청산 또한 아버지들의 부상을 걱정스러운 눈으로 보고 있긴 마찬가지였다.

"창천화룡 남궁진화! 오라! 너라면 자격이 있지. 내 상대가 되어라!"

서장마군이 진화를 향해 소리쳤다.

붉은 안광과 거대하게 부풀어 오른 몸에서 타는 듯 피어오른 붉은 기사 그리고 양손에서 뚝뚝 떨어지는 피까지. 붉은 사막의 맹수 그 자체였다.

하지만 그뿐이었다.

상처 입고 날뛰는 짐승을 제압하는 건 조금 어려울지언정 여기 있는 전력으로 불가능한 일이 아니었다.

"……숙청단, 저자의 처리를 도와라."

진화는 서장마군의 말을 무시하고 이미 자리를 뜬 자들을 포함하여 남아 있던 이들에게 명을 내리고 시선을 돌렸다.

"이놈! 나를 무시하는 것이냐! 남궁진-화-!"

서장마군이 외치는 소리가 들렸지만 무시했다.

진화에게 급한 건 그가 아니었기 때문이다.

"도련님, 저기!"

남궁궁가 급하게 한곳을 가리키고, 학사들에게 둘러싸여 있는 현오가 그제야 눈에 들어왔다.

휘이이이익-!

진화가 허공을 나는 듯 단걸음에 현오에게 갔다.

동시에 진화를 향해 손을 뻗었던 서장마군의 팔을 거대한 각목이 후려쳤다.

쉐에에엑! 퍼억!

각목이 아니라 투박하고 거대한 푸른 검강이었다.

"내 동생한테 손 떼, 새끼야…… 우에에엑!"

남궁진혜는 아직 뱃멀미에서 완전히 벗어나지 못한 듯했다.

하지만 그사이, 서장마군은 이전보다 더 많은 정사의 고수들에게 둘러싸이게 되었다.

"비겁한 놈들! 부끄럽지도 않은가!"

서장마군이 주변을 돌아보며 이를 갈았다.

그는 지금의 상황을 돌아보며 정사연합 무인들이 수치심을 느끼길 바란 듯했지만, 그의 말은 남궁진혜의 귓바퀴도 통과하지 못했다.

"정정당당한 대결만 할 거였으면 생사결이나 신청하고 다니지, 귀천성엔 왜 기어들어 가고 자빠졌어? 우리가 많이 급해. 눈에 뵈는 게 없어."

껄렁하게 귀를 후벼 파던 남궁진혜의 검이 일렁거렸다.

한편.

"진화야!"

현학문 학사들 속에 있던 남궁진휘가 먼저 진화를 발견했다.

하지만 지금 이 순간만큼은 진화의 온 신경이 다른 곳을 향해 있었다.

"현오……!"

까맣게 죽은 혈색과 푸른 입술. 끈이 아슬아슬한 승복이 아니었다면 알아보기 힘들 정도로 마른 현오의 상태에 진화의 눈이 커졌다.

"비키시오."

"아, 하지만 지금은 독기를 겨우 안정시켜서……."

"비켜요! 비켜!"

"허어, 참!"

진화가 학사들 사이를 비집고 현오에게 다가가고, 그런 진화를 말리려던 학사들은 팽가 형제와 남궁교명, 남궁구의 손에 밀려났다.

"도련님, 현오, 살릴 수 있지?"

진화가 독에 당해 누워 있는 천수현인이나 육황자를 깨웠다는 걸 아는 남궁구가 간절한 눈빛으로 진화에게 물었다.

그들에 비해 현오의 상태가 많이 심각해 보였지만 '안 된다'는 말은 진화조차 바라는 말이 아니었다.

'조금, 아플 거다.'

현오를 향한 진화의 눈동자에 검은 번개가 번뜩이고, 진화가 현오의 심장에 손을 가져다 댔다.

그리고.

파지지지지직---!

검다 싶을 정도로 짙은 뇌전이 진화의 손과 현오의 온몸에서 번뜩거렸다.

파지지지지직-!

현오의 온몸이 번개를 맞은 듯, 아니 뇌전을 맞고 요동쳤다.

현오의 입에서 거품과 함께 피까지 흘러나오자 학사들이 놀라 진화를 제지하려 했지만, 팽가 형제와 남궁구, 남궁교명이 철통같이 진화와 현오의 주변을 지켰다.

남궁진휘마저 고개를 젓자 학사들이 하는 수 없이 물러섰다.

잠시 후.

"커컥!"

"……!"

현오의 입에서 숨을 토하는 듯한 소리가 나고.

모두가 눈을 크게 뜬 채 숨을 죽였다.

파지지지지직-!

"커컥! ……컥. ……으아아아아아악!"

몇 번 더 각혈을 하던 현오가 눈을 번쩍 뜨며 큰 소리로 비명을 질렀다.

"으아아아아악!"

"현오!"

"뚱뚱땡중-! 정신 차렸어? 정신 들어?"

진화와 일행이 반색하며 현오에게 말을 걸었다.

진화의 손에서 번뜩이던 뇌전이 사라지며 고통이 덜어지자.

"이런 미친 쌍노무 새끼! 죽이려면 곱게 쳐 죽이던가! 니미 지옥에 거꾸러질 새끼 같으니라고! 평생 터진 만두만 먹고 살 놈이…… 어?"

험한 얼굴로 욕지거리를 쏟아 내던 현오는 그제야 진화와 친우들의 얼굴을 발견했다.

"……내가 살아 있는 건가, 자네들이 다 죽은 건가?"

얼떨떨한 얼굴로 묻는 현오의 모습에 진화와 일행은 안도의 웃음을 터뜨렸다.

"크흐흐흐, 미친 땡중."

"이제 괜찮나?"

남궁구와 남궁교명이 질문을 쏟아 냈다.

그 와중에도 현오는 방금 전의 고통이 꿈인가 생시인가 싶은 모양이었다.

"방금, 그건 뭔가?"

"독기를 태운 거다. 만년독수를 삼킨 거냐?"

"아, 그래서……."

"'아, 그래서.'는 무슨! 처먹을 게 없어서 독수까지 삼키냐!"
"배가 아무리 고파도 그렇지, 너는!"
진화의 말에 현오가 고개를 끄덕이기 무섭게, 남궁구와 남궁교명이 현오에게 달려들었다.
"우아아아악!"
팽가 형제까지 합류하고 안쪽에서 비명이 새어 나오자, 그제야 진화와 남궁진휘가 일행을 말렸다.
진화가 걱정스러운 눈으로 현오를 살폈다.
다행히 조금 창백한 것 외에는 크게 상한 곳은 없어 보였다.
"아직 모든 독기를 태운 건 아니다. 다녀와서 다시 하지."
진화가 동굴 안쪽을 보며 말했다.
안에서 느껴지는 기운이 이제는 무시하지 못할 정도로 커졌기 때문이다.
"진화야!"
"다녀오겠습니다, 형님."
덤덤하게 인사하는 진화의 모습에, 걱정스러운 얼굴로 진화를 붙잡았던 남궁진휘도 더는 할 수 있는 말이 없었다.
진화가 꼭 필요한 순간임을 누구보다 잘 알았기 때문이다.
진화는 남궁진휘를 안심시키듯 미소를 지어 보이고 동굴로 발걸음을 옮겼다.

"……아까 그걸 또 해야 한다고? 차라리 이대로 극락왕생하게 냅두라 하게!"

"안 돼! 너 지금 가면 무조건 지옥행이야."

"참아."

"금방이다."

남궁구의 단호한 말과 함께 팽가 형제가 현오의 손을 한쪽씩 잡아 주었다.

현오를 위로하기 위해서라기보단 도망가지 못하도록 붙잡은 듯했다.

진화가 동굴로 들어가는 걸음마다 많은 시선이 따라붙었다.

남궁구는 저도 따라 들어가고 싶어 했지만 남궁진휘가 나서서 말렸고, 조금 떨어진 곳에서 채명지가 걱정스러운 눈으로 남궁구를 보았다.

"어머니."

"아니, 난 괜찮다."

군조의 걱정스러운 부름에 채명지가 그의 손을 토닥이며 고개를 끄덕였다.

팔의 살이 좀 뭉개지긴 했지만 근육과 뼈는 괜찮았으니, 이쯤이면 그리 큰 대가도 아닐 것이었다.

"아부지……."

"왜 다치고 난리야? 그것도 못 피해?"

황계수와 이천평이 그들의 아버지 곁으로 섰다.

"내 동생한테 눈 돌리지 마! 눈깔을 뽑아 버릴라니까!"

콰광! 쾅!

검을 휘두르고 부딪치는데 무슨 바위 치는 소리가 나자, 진화는 남궁진혜가 걱정스러운 한편으로 웃음이 났다.

"좀 보고 덤벼!"

다행히 분노한 남궁진혜의 목소리 뒤로 그런 남궁진혜를 돕는 적호단주의 목소리가 들렸다.

진화는 뒤를 돌아보지 않아도 안심할 수 있었다.

적벽의 위와 석양호 주변 곳곳에서 목숨을 걸고 싸우는 사람들의 기척이 느껴졌다.

그들의 신경이 동굴과 동굴로 들어가는 진화에게 쏠려 있는 것 또한.

이전 생과 달리 많은 이들이 자신을 지켜보고 있었고, 더 많은 이들이 함께 싸우고 있었다.

진화의 뒤를 따라 강무련이 동굴로 들어오고 있었다.

진화는 망설이지 않고 동굴 안으로 들어갈 수 있었다.

"이만 나가 보셔도 됩니다."

역천마제를 깔끔하게 무시한 진화가 천수현인 제갈길현과 현학문주에게 말했다.

하지만 여전히 망설이는 그들의 모습에 다시 말을 덧붙였다.

“성승의 부상도 부상이지만, 현오가 깨어났습니다.”

“뭐? 그 아해가 깨어났다고?”

“현오가 깨어났다고?”

진화의 말에 천수현인과 성승이 크게 반색했다.

“독기의 일부를 태웠으나 아직 조금 남아 있습니다. 부탁드리겠습니다.”

진화가 공손하게 고개를 숙여 보였다.

한 제국의 적통 황자이기 이전에 현오의 친우로서 진화는 천수현인과 현학문주에게 부탁을 하고 있는 것이었다.

“걱정 말거라! 깨어났다면 제갈세가의 연환단만 씹어 삼키면 된다! 그게 남은 독기를 잡아 줄 것이다!”

천수현인은 제갈세가의 가보 중 하나라는 연환단을 기꺼이 내놓으면서도 기쁜 기색이 가득했다.

“나가자!”

“에이, 나는 여기서 저놈을 상대해야지.”

“지랄. 기혈이 죄다 뒤틀린 거 아니까 따라 나와! 현오, 그 아해의 운기라도 도와주라고!”

천수현인이 나가기를 망설이는 성승의 팔을 잡아끌고 동굴 밖으로 달려갔다.

체면이고 뭐고 벗어던진 발걸음에, 현학문주 또한 그들의 뒤를 따랐다.

"사부."

"오냐…… 조심하거라."

"예."

강무련이 사패천주의 옆으로 섰다.

처음 들어 보는 사패천주의 걱정 어린 당부에 강무련은 심각한 표정을 하고서도 입꼬리가 올라가는 걸 막을 수 없었다.

모두가 자리로 돌아갔다고 생각되었을 때.

그때서야 비로소 진화가 저를 노려보고 있는 역천마제에게 눈을 돌렸다.

파파파파파팟-!

새파란 뇌전이 역천마제가 있는 곳을 때렸다.

타타타타탓-.

진화와 제왕검이 서로 반대쪽으로 달려가며 역천마제를 향해 검기를 날렸다.

펑! 펑!

콰광. 쾅. 우르르. 쾅!

동굴 안의 석주들이 무너지고 동굴이 흔들렸다.

하지만 무슨 말이 필요할까.

진화는 이곳에서 반드시 역천마제를 죽일 것이었다.

동굴 안에 있는 네 사람의 힘으로도 부족하다면, 중원 곳곳에서 복수를 집행하고 있는 정사의 모든 고수들까지 모여들 것이었다.

그러기 위해 정사연합 군사부에 제갈가주가 남아 있었다.

밖을 둘러싼 정사연합 무인들 또한 혹시 역천마제가 진화와 제왕검, 사패천주와 강무련을 모두 죽였을 때를 대비해 목숨을 내놓고 그를 잡아 둘 것이었다.

부딪히고 또 부딪히다 보면 깨지겠지…… '깨질 때까지 부딪히고 만다!' 정사연합 무인들의 각오가 그러했다.

하지만 그건 역천마제도 마찬가지였다.

역천마제는 원하는 것을 얻기 위해 네 사람은 물론 정사연합 무인들 전부라도 기꺼이 죽일 것이었다. 아니, 세상 모든 사람을 죽여야 한데도 망설이지 않을 것이었다.

결국 서로 모든 것을 건 싸움이었다.

쉐에에에엑-!

파지지지직!

진화와 제왕검이 동시에 뻗은 검기를 역천마제가 팔을 휘둘러 막아 냈다.

펑! 펑!

기파가 퍼지고 천장이 흔들리는 그 사이로 사패천주가 뛰어들었다.

"지금이다!"

퍼---억! 퍽퍽퍽퍽!

정신없이 쏟아지는 권각 세례.

패천아룡권은 날카롭고 집요하게 역천마제의 급소만을 노렸다.

이번만큼은 역천마제도 한 손만으로 사패천주를 상대하는 여유를 부리진 못했다.

강무련이 합류했기 때문이다.

뻐억! 빽! 퍼억! 퍽!

기운의 운용이나 빈틈을 유인해서 급소를 노리는 영리함에 있어서는 사패천주에 비할 바 아니었으나, 단 한 가지.

강무련의 주먹에 실린 압도적인 힘만큼은 역천마제가 놀랄 정도였다.

남궁진혜나 나하연, 팽가 형제처럼 이해 불가의 생명체들에 가려서 그렇지 강무련 역시 맨몸으로 광룡귀면대의 사슬을 끌어당기던 엄청난 힘의 소유자라, 사패천주가 온 사파를 뒤져 찾아낸 천강지체였다.

강무련이 뻗어 오는 우각살호권은 그야말로 미친 황소가 날뛰는 듯 힘과 방향에서 예측을 불허했다.

"허어!"

역천마제가 사패천주와 강무련의 무차별적인 공격을 막아내며 뒤로 물러섰다.

바로 그 순간.

파지지지직---!

새파란 뇌전이 역천마제의 위에서 떨어지는 물줄기를 타고 번뜩였다.

"헛!"

콰아아아악----!

역천마제가 기운을 움직여 뇌전을 끊어 냈지만, 역천마제가 있는 위치가 문제였다.

사방이 떨어지는 물줄기 속에 둘러싸인 위치 때문인지, 물줄기를 타고 번뜩이는 뇌전이 마치 역천마제를 가둔 감옥처럼 그를 둘러쌌다.

"흥, 가소롭구나!"

역천마제는 보는 것만으로도 위협적인 뇌전을 향해 코웃음을 친 뒤 번뜩이는 뇌전을 그대로 손으로 잡아 뜯었다.

파아아아앗!

사방으로 물방울이 흩어지며 뇌전도 함께 흩어졌다.

그와 동시에.

쉐에에에엑--!

제왕검 남궁강의 제왕무적검 만인지상이 세상에서 가장 거대하고 날카로운 송곳처럼 서슬 퍼렇게 역천마제의 가슴을 향해 들어갔다.

"……!"

역천마제가 놀란 눈을 떴다 인상을 찌푸리며 손을 앞으로 뻗었다.

"멸형(滅形)."

쏴아아아-!

역천마제의 손에서 뻗어 나간 검은 기운이 제왕검의 검강을 집어삼켰다.

아무 일도 없었던 듯 상대의 기운을 지우는 광경은 전의를 상실하게 할 정도로 압도적이었다.

이번이 처음이었다면 말이다.

압도당하다 못해 공포스러울 정도로 처절하게 당했던 기억을 극복하지 못했다면 다시 싸움을 시작하지도 못했을 것이다.

쉐에에에에엑--!

제왕무적검 백악회군!

역천마제의 앞으로 달려든 진화가 수십, 수백, 수천 번이 넘게 검을 휘둘렀다.

역천마제의 기운이 압축된 검은 구형, 암흑경(暗黑境)이 쏟아지는 것에도 아랑곳하지 않고 무아지경으로 검을 휘두르는 모습이, 검이 역천마제에게 닿을 때까지 멈추지 않을 듯 보였다.

챙! 챙! 챙!

"소용없는 짓이다!"
역천마제의 손과 의천검이 부딪힐 때마다 푸른 불꽃이 튀었다.
진화의 뇌전이 흩어지는 것이었다.
'상대의 기운을 무효로 돌리는 것인가? 과연 순리에서 벗어났다 할 만큼 가공할 무공이군. 하지만…….'
진화의 눈동자 속에서 검은 번개가 내리쳤다.
의천검에 쓰인 검강이 짙어지는 동시에 진화의 왼손이 역천마제의 손을 마주 때렸다.
파파파팟-!
진화의 검과 왼손에 있던 뇌전이 모두 흩어졌다.
"무슨 의도지?"
역천마제는 진화가 일부러 저와 직접 부딪혀 왔다는 것을 알고 눈매를 가늘게 좁혔다.
"역시나 소용없는 짓을 하는구나!"
역천마제의 말과 동시에, 그의 양옆과 뒤에서 제왕검과 사패천주, 강무련이 달려들었다.
"죽어라!"
"크아아아앗!"
퍽! 퍽!
강무련의 힘이 대단했으나 그 정도는 막지 않아도 된다는 듯 역천마제가 옆구리를 노리고 들어오는 주먹을 그대로 받아 냈다.

퍽. 퍽. 투우-웅.

역천마제는 온몸이 무쇠라도 되는 듯 강무련의 주먹에 끄떡도 하지 않고 오히려 기운을 실어 강무련의 주먹을 튕겨 냈다.

그리고 마치 알고 있었다는 듯 몸을 돌려 제왕검의 검을 막아 냈다.

쉐에에엑-!

챙!

역천마제의 손을 감싼 검은 기운이 제왕검의 검과 부딪힐 때마다 검날이 부서졌다.

사패천주의 패천아랑도도 사정은 다르지 않았다.

"허어! 고작 이 정도로는 날 죽일 수 없다!"

챙! 챙!

채--앵!

사파제일보도라는 패천아랑도가 역천마제의 손날에 반토막이 되어 날아갔다.

사패천주가 얼굴을 구겼다.

'한 방 맞겠군.'

사패천주는 패천아랑도를 부순 손날이 주먹으로 바뀌어 그를 향해 돌아오는 것을 보며 팔을 들고 단단히 힘을 죽었다.

고통을 각오한 아찔한 순간이었다.

하지만 그 순간, 누군가 사패천주의 어깨를 짚었다.

"……!"

역천마제의 눈이 커졌다.

제왕검과 강무련이 죽음을 각오하고 역천마제의 힘을 버티고 있었다.

파지지지지지직-----!

진화가 사패천주의 어깨를 짚고 앞으로 나아가며, 날아가는 패천아랑도 조각을 왼손으로 쥐고 그대로 역천마제의 어깨에 박아 넣었다.

푸―욱!

"이-노-옴!"

역천마제가 분노하며 팔을 휘둘렀다.

검은 기운이 날뛰며 진화는 물론 제왕검과 강무련을 떨쳤다.

퍼억-!

쿵. 쿠-웅.

"무련!"

바닥으로 떨어진 진화가 퍼뜩 몸을 일으키며 강무련을 불렀다.

마지막 순간, 강무련이 진화를 감싸고 역천마제의 기운을 대신 맞았기 때문이다.

"크윽. ……더럽게 아프네."

걱정스러운 진화의 시선에 강무련이 고통 때문에 일그러진 표정으로 입꼬리만 씨익 웃어 보였다.

"걱정 말게. 사부의 말에 따르면 내 명줄은 바퀴벌레보다 질기니까."

기혈이 뒤틀리고 등이 부서진 듯 아팠지만, 강무련은 고통만큼 보람을 느꼈다.

현경을 넘어선 고수들 사이에서 홀로 겨우 기척만 좇아가던 입장에서 진화를 지켜 낸 것만으로 제 몫을 한 듯했기 때문이다.

"그것보다…… 저 인간, 꽤나 열이 받은 모양인데?"

강무련의 말에 진화가 역천마제를 돌아보았다.

그는 제 어깨에 박힌 패천아랑도를 보고 있었다.

"흐음……."

역천마제는 심각한 눈으로 제 어깨를 살피고 있었다.

고통을 참고 부상 정도를 살핀다기보다 마치 있어서는 안 될 것을 보는 듯한 눈빛이었다.

역천마제의 눈빛이 흔들리는 것과 동시에 그를 둘러싼 검은 기운이 넘실거렸다.

심상치 않은 기의 요동에 진화가 고개를 돌려 제왕검과 사패천주를 확인했다.

진화와 눈이 마주치자 두 사람 모두 괜찮다는 듯 고개를 끄덕였다.

그때, 역천마제의 입에서 허탈한 웃음이 흘러나왔다.

"허어."

역천마제가 고개를 돌려 천천히 제왕검과 사패천주, 강무련 그리고 진화를 보았다.

"허허, 허허허허허-!"

네 사람을 차례로 본 역천마제는 다시 제 어깨의 상처를 보고 기가 차다는 듯 크게 웃음을 터뜨렸다.

"고작, 고작 네놈들 따위가 내게 닿았다? 고작 네놈들 따위가 내 일을 막아선다고-!"

역천마제의 노성이 동굴 안을 쩌렁쩌렁 울렸다.

지금까지의 여유는 온데간데없이 역천마제의 얼굴은 흉신악살처럼 사납게 일그러졌고, 그의 전신을 둘러싼 검은 기운이 금방이라도 타오를 듯 넘실거렸다.

"죽여 버리겠다!"

짐승처럼 으르렁거리는 소리가 진화를 포함한 네 사람을 향했다.

가면을 집어던지고 흉포한 본성을 마음껏 꺼내 놓은 듯, 역천마제의 눈에서 불을 뿜는 듯한 검은 안광과 살기가 흘러넘쳤다.

"새로운 천문, 새로운 비지를 기다릴지언정 이 자리에서 모조리 죽여 주마---!"

쏴아아아아아---!

쉐에에엑! 쉐-엑! 쉐에에엑--!

역천마제의 말과 함께 그의 온몸에서 검은 기운들이 쏟아져 나오기 시작했다.

크아아아아아---!

검은 기운들은 서서히 사나운 용의 형상으로 변하고, 그건 곧 사납게 이빨을 드러내며 진화와 세 사람을 향해 달려들었다.

"온다! 지금이다-!"

제왕검이 급하게 소리쳤다.

동시에 앞으로 나가 검을 휘둘렀다.

제왕검형 천하---!

청명하고 맑은 검기가 입을 벌린 용의 머리를 잘랐다.

"가자! 무련아-!"

"우아아아악!"

사패천주의 부름과 함께 강무련이 머리가 떨어지고도 날뛰는 검은 기운을 향해 뛰어들었다.

패천아룡권 만사무적(萬事無敵)!

사패천주와 강무련이 머리가 떨어진 채 날뛰는 검은 용들 속에서 이를 악물고 주먹을 휘둘렀다.

기운이 중간에 잘리면서 역천마제의 의지가 약해진 틈을 타, 그들은 검은 기운을 집어 던지듯 내리치며 바깥으로 퍼뜨렸다.

펑! 퍼버벙-펑! 펑!

사방으로 날아간 기운이 동굴을 부수기 시작했다.

석주는 물론 동굴 외벽을 무너뜨리고 천장에 구멍을 뚫었다.

그리고 마침내.

우르르르. 콰쾅! 쾅! 콰—앙!

쏴아아아아아----!

동굴이 무너지고 석양호의 물이 쏟아졌다.

그 속에서 진화가 눈을 번뜩였다.

콰광---! 쾅!

쏴아아아아아-----!

석양호가 내려앉았다.

호수물이 가라앉듯 바닥으로 내려가고, 주변에 있던 사람들의 시선이 모두 그곳으로 향했다.

파-앗!

석양호가 내려앉는 한가운데, 수위가 낮아지는 물속에서 한 인영 튀어 올라왔다.

전신에 검은 기운을 넘실거리며 허공으로 떠오른 이는 다름 아닌 역천마제였다.

그는 능공허도, 땅을 걷는 듯 자연스럽게 공중을 걸으며 천천히 주변을 돌아보았다.

귀천성 무인들은 모두 죽거나 제압당했고 서장마군 역시 온몸에 창과 검을 박고 쓰러져 있었다.

"허허."

역천마제의 입에서 웃음이 흘러나오며 검은 안광이 번뜩였다.

쉐에에엑—!

구슬 같은 검은 기운, 암흑경이 서장마군을 둘러싼 무인들을 향했다.

그때.

퍼————엉!

굉음이 울리고.

파지지지직——!

뇌전이 번뜩였다.

암흑경이 정사연합 무인들에게 닿지도 못한 채 흩어졌다.

역천마제는 물론 그걸 눈으로 본 모든 무인들이 경악을 금치 못했다.

암흑경이 사라진 것은 물론 거대한 뇌전이 벽을 세운 듯 석양호를 둘러싸고 있었기 때문이다.

팟. 팟. 팟. 파앗-!

물 위로 네 사람이 모습을 드러냈다.

제왕검과 사패천주, 강무련 그리고 남궁진화였다.

제왕검은 걸레처럼 너덜너덜해진 검을 물속으로 던졌고, 사패천주의 패천아랑도는 반쪽이 되었다. 강무련은 제왕검의 검만큼 너덜너덜해진 등으로 피를 흘리며 간신히 몸을 일으켰다.

하지만 검이 없다 한들 남궁강은 제왕검 그 자체였고, 반쪽이 날아간들 패천아랑도는 여전히 컸다. 강무련의 두 눈도 싸울 의지로 가득했다.

"와아아아아아----!"

석양호 주변으로 정사연합 무인들이 환호성을 질렀다.

세 사람의 투지가 그들에게 고스란히 전해진 듯했다.

게다가.

"왜 석양호까지 당신을 오게 했을까, 한 번도 생각해 본 적 없나?"

다른 사람들처럼 물 위에 서 있던 진화가 공중으로 뛰어올랐다.

그리고 역천마제와 대등한 눈높이에서 물었다.

석양호를 둘러싼 뇌전이 진화의 의천검에서도 번뜩이고 있었다.

무려 수십 년.

정확히 언제 시작되었는지 누구도 알지 못한 채 수십 년 동안 이어 온 전쟁이었다.

그간 수없이 많은 사람들이 죽었고, 그보다 더 많은 사람들이 가족과 형제, 친우를 잃었다.

따지자면 단 한 사람의 욕망 때문이었다.

역천마제 파륜.

정사의 수많은 고수들이 있었지만 역천마제 하나를 막지 못했고, 순리를 거스르고 수많은 사람의 피를 필요로 하는 그의 욕망을 막지 못했다.

그렇게 모든 불행이 지금까지 수십 년 동안 이어졌다.

모두가 치열하게 싸웠다.

치열하게 전투를 벌여 중원의 반쪽이나마 지켜 냈고, 치열하게 고민한 끝에 드디어 이 전쟁에서 승리할 방법도 찾았다.

이렇게 되기까지 무림의 그 누구도 군사부의 공이 특별하다는 걸 부정할 사람은 없을 것이다.

실제로 전체 판이 그들에 의해 만들어졌다.

"이 전쟁의 승패는 결국 역천마제와 귀천성 세력, 둘을 없애는 데에 달려 있습니다. 역천마제에 대한 답이 나올 때까지 귀천성의 손발을 끊어 놓을 겁니다."

제갈가주는 천수현인마저 쓰러진 정의맹을 수습하고 희망의 끈을 놓지 않았다. 그동안 꾸준히 중원 전역에 퍼진 귀천성 소속 문파들의 소재를 파악해 왔던 것이다.

"이길 수 있는 모든 방법을 강구했네. 놈의 출신, 배경, 신체 조건부터 놈의 행적을 통해 성격과 선택을 유추하고, 놈의 무공을 분석해서 약점을 찾아내는 데에 골몰했지."

천수현인은 죽을 고비를 수차례 넘기고도 끈질기게 역천마제를 연구했다.

홍랑대부와 남궁진휘는 그런 제갈가주와 천수현인에게 새로운 시야를 제공했다.

"일단 마제들부터 처리하시죠. 마제들이라도 다 친한 건 아닐 겁니다. 따로따로 고립시킨다면 죽일 방도가 없진 않습니다. 마제들이야말로 역천마제의 힘이자 귀천성 세력을 움직이는 핵심이니까요. 마제들이 사라진다면 역천마제 혼자서는 그 많은 문파들을 움직일 수 없을 겁니다."

"역천대법과 같은 사특한 술법 대부분이 천문과 비지, 그리고 제물이 핵심입니다. 현학문과 월하회의 기록 중에서도 술법사들이 고를 만한 천문과 비지를 추릴 수 있을 듯합니다."

희망이 기적을 부른 듯.

십이좌회의 빈자리를 채울 남궁진화와 같은 현경의 고수가 나타났고, 마제들을 하나씩 죽일 수 있었다.

그리고 마침내 이 전쟁, 단 한 사람을 제외하고 모두를 불행하게 만든 전쟁을 끝낼 때를 맞이했다.

"놈의 신체 좌우 균형은 완벽하지만 습관적으로 오른쪽을 먼저 움직인다. 이전에 제왕검에게 왼쪽 옆구리를 베였던 경험 때문일 거라 추측하지만.”

“왼쪽 옆구리를 노리는 척하거나 움직임을 유도할 목적으로 활용할 수 있겠군요. 심리적으로 압박할 수도 있을 듯합니다.”

천수현인의 말에 남궁진휘가 이리저리 전투에서 쓸 수 있는 전략을 생각했다.

“그동안은 역천마제의 역천멸신공이 주변에 어떤 흔적도 남기지 않고 소멸시킴으로써 뭔가를 알아내기 힘들었습니다. 그러나 지난번 등극식에서는 범위가 범위이다 보니 작은 흔적이 남았더군요. 신 제국 황성을 조사하던 개방과 백매단이 황성 벽에 탄 흔적과 모래에 잿가루가 섞인 것을 찾아냈습니다. 그 덕에 그동안 흔적이 남지 않았다고 생각했던 부분들을 다시 조사해 보니 역시 많은 양의 재를 발견할 수 있었습니다. 확신하기엔 증거가 빈약하긴 하지만, 아마도 역천멸신공은 진짜로 뭔가를 소멸시킨다기보다 엄청난 열기로 모든 것을 순식간에 태워 버린다는 것이 옳을 듯싶습니다.”

제갈가주의 말에 홍랑대부가 눈을 번쩍 떴다.

“이전 기록에 마교의 천마신공이 천화(天火)와 열겁(熱劫), 염세(炎世)와 같은 지옥의 화염을 썼다는 기록이 있었습니다! 그자가 혼자 하늘에서 뚝 떨어진 게 아니라면 모든 무공의 원류라는 것이 있었을 겁니다!”

홍랑대부가 흥분하며 말했다.

정파나 사파를 통틀어 어떤 무공과도 근본이 다르다면, 마교에 그 답이 있지 않을까.

홍랑대부의 말처럼 무공이 하늘에서 뚝 떨어진 것이 아니라면 말이다.

홍랑대부의 말에 모두가 눈을 반짝였다.

"열기(熱氣)라…… 최종 역천비지 후보 중에 석양호가 있었지 않나?"

천수현인이 탁자에 있던 수많은 문서 중 하나를 집어 들었다.

풍경 좋은 그림이 그려진 보고서 한 장.

"호수라면 확실히…… 열기는 수기 속에서 약할 수밖에 없지요."

"반면 수기와 뇌전은 서로를 극대화시킬 겁니다."

"놈들이 이곳을 선택할 수밖에 없도록 다른 후보지들을 제외시키도록 해야겠군요!"

이제 척하면 착이었다.

역천마제를 죽일 수 있다면 지옥불이라도 구해 올 판에, 고작 귀천성을 속이는 정도라면 망설일 것도 없었다.

"시간은 누구에게나 절대적이지. 역천마제를 조금 급하게 만들 필요도 있겠어."

천수현인이 그 어떤 때보다 강렬한 눈빛을 뿜었다.

쉐에에에엑---!

콰광. 쾅!

신 제국 대륜궁을 지탱하던 기둥 하나가 두부 잘리듯 잘려 나갔다.

"……시간은 누구에게나 절대적이라더군."

옥허신검이 검을 거두어들이며 검마제를 향해 말했다.

옥허신검의 검기를 피하느라 바닥을 굴렀던 검마제는, 옥허신검이 검을 거둔 사이에 몸을 일으켰다.

"자네들의 가장 큰 약점은 시간이었지."

"……."

옥허신검의 말이 검마제의 귓속에 박히듯 들어왔다.

무적에 가깝다 생각했던 그들이 이렇게 궁지에 몰린 이유라니, 듣고 싶지 않아도 저절로 신경이 쓰일 수밖에 없었다.

"역천마제의 육신은 허물어지고 있고."

"말도 안 되는 소리! 그걸 분석이라고 한 건가? 주군이 약해지고 있다니, 천지간이 무너지는 것이 더 빠를 것이다!"

검마제가 옥허신검의 말에 반발해 소리쳤다.

옥허신검은 그런 검마제를 보며 이제야 '허허' 웃어 보였다.

"그리 말하는 것을 보니 네놈도 느끼고 있었던 모양이구나. 등극식에서 살아남은 놈들이 제법 되더군. 흔적도 남았고. 이전의 놈이었다면 상상도 할 수 없는 일이었지. 그래…… 놈은 약해졌다. 그리고 네놈도!"

옥허신검의 눈에서 살기가 폭발했다.

쉐에에에에엑---!

양의현검 운후현강(運逅現强)

대륜궁 기둥 사이사이로 빠르게 퍼져 나간 빛이 한 번에 검마제에게 쏟아졌다.

검마제가 급하게 검을 휘둘렀다.

삐이이이익---!

묵빛 검기가 피어오르더니 거대한 날개의 형상으로 검마제를 감쌌다.

펑! 펑! 펑!

옥허신검의 검기가 주작비상에 가로막혀 사방으로 퍼져 나갔다.

하지만 그건 검마제의 발걸음을 잡아 두기 위한 유인책에 불과했다.

펄-럭.

도포 자락이 옥허신검의 기운에 펄럭이는 것과 동시에, 어느새 그의 신형이 검마제의 코앞에 나타났다.

쉐에엑-!

챙! 챙! 챙!

타타타타타- 채-앵!

검이 부딪힐 때마다 불꽃이 튀었다.

하지만 미묘하게 조금씩 검마제가 뒤로 밀려나고, 옥허신검은 검마제가 위치를 바꿀 때마다 집요하게 따라붙었다.

"백 년에 하나 볼까 말까 한 재능이라 한들, 팔이 잘리는 건 상상도 해 보지 않았겠지."

쉐에에에엑-!

챙챙!

독무신검 백호침강은 묵빛 검기가 하얗게 보일 정도로 빠른 섬검이었다.

다른 때였다면 검기 하나하나를 막기보다 검막을 펼쳐야 했을 것이다.

하지만 옥허신검의 눈은 냉철하게 가라앉은 채 백호침강의 검기에서 눈을 떼지 않았다.

챙챙챙챙—챙!

검기 하나하나를 베고 튕겨 내는 옥허신검의 모습에 검마제의 눈이 커졌다.

그 순간, 옥허신검의 기운이 검마제를 덮쳤다.

퍼––––엉!

'어, 어떻게……!'

검마제의 머릿속이 무척 혼란했다.

분명 옥허신검은 백호침강을 베어 내느라 여유가 없어 보였는데, 대체 어떻게 저를 공격했는지 이해가 잘되지 않았다.

그때 새하얀 검강이 그의 목을 향해 날아왔다.

"헛!

검을 잡고 난 이후 이렇게 바닥을 구르고 몸을 날려 본 적이 있었던가.

검마제가 황급히 몸을 굴려 검강을 피한 뒤 곧바로 검을 세워 옥허신검의 검을 막았다.

채―앵!

"느려졌군."

"……!"

"완벽하게 맞춰 놓은 균형과 조화가 깨진다는 게 그런 거지. 나는 새로운 균형을 찾는 데만 수십 년이 걸렸다. 네놈은 그것보다는 빠르겠지. 다만 그런 시간조차 있을지는 모르겠지만……."

옥허신검이 이를 드러내며 살기 등등하게 웃어 보였다.

결단코 외검에 적응할 시간 따위 주지 않겠다는 의도가 훤히 드러났다.

쉐에에에에엑―――!

챙! 챙!

무너진 균형은 검마제를 더 느리게 만들었다.

힘의 위력을 반감시켰고, 검로마저 흐트러뜨렸다.

언제 어느 때고 완벽하도록 맞춰진 신체가 무너진다는 건 그런 의미였다.

챙! 챙! 챙!

균형이 무너진 몸은 검을 부딪칠 때마다 뒤로 밀려났다.

궁지에 몰린 검마제의 얼굴도 함께 일그러졌다.

점점 상처가 늘어 가고.

옥허신검은 기어이 지금 당장 검마제를 죽이겠다는 듯 그를 몰아붙였다.

"이 비겁한……!"

"꼴리면 네놈도 날 욕해! 네놈을 죽일 수 있다면 그 어떤 것도 상관하지 않으니까! 도와 덕은 사람에게서 찾을 것이다, 네놈 같은 금수가 아니라!"

옥허신검이 붉게 충혈된 눈으로 검마제를 노려보며 소리쳤다.

비겁?

검마제가 죽인 이들 중에는 겨우 걸음마나 떼었을 법한 세신각의 어린 제자들도 있었다.

엄마 대신 사부를 찾던 불쌍한 아이들이 고작 '여린 살결과 뼈를 베는 촉감은 어떤지 알고 싶다'는 그런 어이없는 이유로 죽었다.

비겁?

짐승은 살기 위해 가장 어리고 약한 사냥감을 노린다는데, 전쟁을 시작한 인간은 그보다 훨씬 잔인했다. 인간은 제 욕망을 위해 거리낌 없이 도와 이치를 벗어났다.

그것을 너무 아프게 깨달았다.

그러니 이제라도 검을 들어 도와 이치를 찾을 것이다.

도와 이치에서 벗어난 것을 모조리 베어서라도…… 지킬 것이다!

'기사?'

옥허신검의 비어 있는 좌수에서 환하게 빛이 피어올랐다.

그걸 본 검마제의 머릿속에 아까의 예상을 벗어난 공격이 떠오르며, 검마제는 저도 모르게 몸을 틀었다.

하지만 그 순간.

쉐에에에――!

옥허신검의 검이 검마제의 가슴을 스쳤다.

'아니, 이게 아니다!'

느낌이 그러했다.

검마제가 그걸 알아차렸을 때.

푸―――욱!

진짜 검이 검마제의 가슴을 관통했다.

태극심형일검(太極心形一劍)―!

태극혜검 최후의 초식.

옥허신검의 텅 빈 좌수에서 그의 심형으로 만들어 낸 검이 빛나고 있었다.

"무량수불…… 다음엔 부디 금수로 태어나시게."

옥허신검이 쓰러지는 검마제를 끝까지 냉정하게 지켜보았다.

교주 익주성.

산길을 굽이굽이 돌아오느라 생각보다 훨씬 멀고 고된 길이었다.

바리바리 싸 온 금은보화와 식량 때문에 더 지체가 되었지만, 누구도 그것에 대해선 불평하지 않았다.

게다가 이 고된 길이 나중에는 자신들을 지켜 줄 것이라 생각하면, 힘들수록 안도감이 들었다.

"저기, 성이 보이는군요."

"이제 다 왔습니다."

더운 날씨에 연신 부채질을 하던 호족들의 얼굴에도 화색이 돌았다.

"크으, 상천각에 자리를 펴 놓고 차 한잔 나누면 이런 더위도 금방 사라지겠지요."

"차가 아니라 술이라고 하고 싶은 것은 아니고요?"

"어허, 제 맘을 어찌 그리 꿰뚫어 보십니까."

"하하하하하!"

차양막을 친 마차에서 호족들이 농담을 주고받으며 웃음꽃을 피웠다.

아마 지금쯤 신 제국은 무너졌을 것이다.

백성들이 어찌 되었을지, 군은 또 어찌 되었을지.

'살아남지 못했으려나…….'

짓밟고 통치하던 모든 것들을 내팽개치고 저들만 살겠다고 도망치는 주제에 마치 신선놀음이라도 하는 듯한 호족들을 보자니 입안이 꺼끌해졌다.

하지만 복건주에겐 그들을 비난할 자격이 없었다.

결과적으로 자신 또한 제국을 버리고 도망치는 건 저들과 하등 다를 바 없었기 때문이다.

'누굴 탓하겠는가. 황제를 보는 눈이 부족했고, 운도 따라주지 않았음이니.'

복건주는 이렇게 자신을 내친 하늘을 원망했다.

그렇게 호족들과 그들의 일가, 금은보화를 가득 실은 행렬이 익주성 앞에 도착했다.

착. 착. 착. 착. 착.

성벽 위에서 궁수들이 활을 겨누고, 사방에 숨어 있던 병사들이 튀어나와 사람들을 향해 창을 들었다.

"무, 무슨 일이냐!"

"승상!"

호족들이 당황한 채 복건주를 보았다.

하지만 지금 상황이 당황스럽긴 복건주도 마찬가지였다.

그때, 익주성 위로 한 제국의 깃발과 북위군의 깃발이 동시에 올랐다.

"한 제국!"

"저들이 대체 언제 이곳까지 왔단 말인가!"

복건주와 호족들의 얼굴이 새파랗게 질렸다.

끼이이이----!

익주성 성문이 열리고 북위군 장수들이 말을 타고 나왔다.

그리고 성벽 위엔 북위대장군 원수경이 모습을 드러냈다.

"하하하! 한 번 황제와 제국을 배신한 자들이 두 번은 못할까! 불리하면 익주성에 숨어드는 버릇도 여전하구나! 네놈들의 과거 행적이 모든 것을 알려 주고 있으니, 지나온 시간만큼 확실한 정보가 또 있을까!"

북위대장군 원수경이 통쾌하게 웃음을 터뜨리다 곧 무섭게 정색하고 복건주와 호족들을 노려보았다.

"아주 오-랫동안 네놈들, 배신자들을 벌할 순간만을 기다렸다! 뭐 하느냐, 저 역당들을 모조리 잡아들여라-! 저항하는 자들은 사지를 갈가리 찢어 죽여도 좋다!"

"추-웅!"

북위대장군의 살벌한 명령을 받아 북위군이 움직였다.

창날을 사람들의 턱 끝까지 들이대며 당장이라도 찌를 듯 구는 통에 저항은 꿈도 꾸지 못했다.

"다 끌어 내려라!"

"아이고!"

"꺄아아아---!"

붉은 차양 속에서 귀한 대접을 받고 있던 호족들과 그 일가가 머리채가 잡힌 채 바닥으로 끌어 내려졌다.

"저항하려면 해 주시오. 내 주군은 당신을 갈가리 찢어 죽이고 싶어 하시니까."

복건주는 제 목 끝에 들어온 칼날을 보며 눈을 질끈 감았다.

이번에는 다음 기회를 잡을 수 없을 듯 보였다.

역천마제는 마치 세상을 향해 외치듯 크게 소리쳤다.

"나는 예외다! 이 몸은 천지간의 모든 것을 초월한 존재다! 고작 수기 따위로 이 몸을 막을 수 있을 성싶더냐--!"

천수현인의 수작에 놀아났다는 생각에 역천마제가 분노를 뿜었다.

역천마제의 기운이 석양호의 물을 모조리 증발시킬 듯 그의 주변이 자욱한 수증기로 둘러싸였다.

그 모습을 보며 진화가 매끄럽게 입꼬리를 끌어 올렸다.

파지지지지직---!

수증기에서 뇌전이 번뜩이며 역천마제를 조여들었다.

"아직도 모르는군. 당신은 아무것도 초월하지 못했다. 그저 순리를 거스르고 싶어서 발버둥 친 존재일 뿐이지."

진화의 뇌전이 역천마제를 붙잡고.

제왕검과 사패천주, 강무련이 물 위를 달려 역천마제를 향해 권기를 쏟아부었다.

콰광! 쾅광광—!

역천마제와 부딪힐 때마다 살갗이 벗겨지는 듯한 고통이 느껴졌다.

근육과 뼈를 통해 전해지는 우릿한 진동과는 다른 느낌.

'이게 군사부에서 말한 역천마제의 근원이라는 열기인가.'

숨이 턱턱 막히는 답답함을 견디며 제왕검이 주먹을 꽂아 넣었다.

퍼—억!

사패천주와 제왕검이 무차별적으로 퍼붓는 주먹세례에 역천마제의 기운이 흔들리고 깨지더니 종종 빈틈을 드러냈다.

그 빈틈을 만들어 내기 위해 사패천주와 제왕검은 수백 번의 주먹을 내질렀다.

"크읏!"

역천마제가 흔들리자마자 강무련이 기다렸다는 듯 역천마제의 허리를 잡았다.

꽈드득—!

뼈를 부술 듯한 압박이 역천마제의 신형을 짓누르고.

"어림없다!"

역천마제는 사패천주와 제왕검의 주먹을 막아 내는 동시에 세 사람을 태워 버릴 듯 온몸으로 검은 기운, 역천멸신공을 뿜었다.

그때, 진화의 검이 움직였다.

파지지지지짓---!

역천마제를 감옥처럼 가두고 있던 물줄기가 채찍처럼 날아들어 역천마제의 기운을 무차별적으로 때렸다.

그리고.

최와아아아아--!

뇌전에 휩싸인 물줄기가 순식간에 역천마제의 목을 감고 조이기 시작했다.

파지지지지직---!

번뜩이는 뇌룡이 목덜미를 물어뜯는 듯 역천마제의 검은 기운을 흐트러뜨렸다.

"말도 안 돼-!"

역천멸신공이 흐트러지자 역천마제가 경악하며 소리쳤다.

하지만 역천마제가 당황한 사이.

"크아아아아-!"

강무련이 이를 악물고 열기를 견디며 역천마제의 허리를 잡고 석양호 바닥에 내리꽂았다.

촤------악! 쿵!

두 사람의 거대한 기운에 석양호 물이 사방으로 넘치고, 진화는 넘치면서 튀어 오른 물에 뇌전을 담았다.

그저 튕겨 나왔을 뿐인 물줄기가 진화의 의천검과 함께 수십 개의 뇌전검이 되어 진화와 함께 물속으로 내리꽂혔다.

파파파파파팟---!

뇌전으로 인해 석양호의 물이 시끄럽게 파닥거렸다.

"진화야!"

"끝인가……?"

누군가는 걱정스러운 목소리로 진화를 부르고, 누군가는 기대를 담아 말하며 상황을 지켜보았다.

그때.

파----앗!

촤아아아아아아아아-!

사람의 인영과 함께 거대한 물기둥이 솟아올랐다.

제일 먼저 보인 것은 역천마제의 검은 도포였다.

"아……아아!"

누군가 아쉬운 탄성을 뱉었다가 곧 고함을 질렀다.

역천마제의 모습이 보이고, 곧바로 그에게 딸려 올라온 듯한 물줄기 속에서 진화가 모습을 드러냈기 때문이다.

파지지지지짓-!

진화와 함께 거대한 물줄기가 역천마제를 다시 아래로 끌어당겼다.

'대체 어떻게 된 거지?'

모두의 시선이 석양호에서 떠날 줄을 몰랐다.

역천마제와 진화가 석양호 밖으로 솟구치기 전.

"끄르르륵……."

석양호 물이 내려앉은 동굴 바닥에 역천마제를 내리꽂으며 강무련도 함께 처박혔다.

거기서도 강무련은 역천마제의 허리를 놓지 않고 버텼다.

안간힘을 쓰는 강무련이 뱉어 내는 공기 방울 옆으로 하얗게 물이 증발하고 있었다.

치이이이이--!

뜨거운 열기가 강무련의 몸을 태우면서 점점 견디기 힘들어졌다.

"끄르르르르-!"

몸부림을 치던 역천마제가 조금 자유로워진 손가락에 암흑경을 걸었다.

그리고 살기 가득한 눈으로 강무련을 향해 손을 뻗었다.

그때.

쉐에에엑-!

"……!"

검과 같은 무언가가 역천마제의 손을 꿰뚫을 듯 스쳐 지났다.

'됐다!'

물을 뚫고 들어오는 진화와 수십 개의 뇌전을 보며 그때서야 강무련이 역천마제를 잡은 손을 놓고 거리를 벌렸다.

진화가 의천검을 번뜩이며 수십 개의 뇌전과 함께 역천마제를 향해 떨어졌다.

'젠장, 이제 더는 못 버티겠군.'

진화와 역천마제가 부딪히는 것까지 지켜본 강무련은 힘이 다한 듯 물 밖으로 나갔다.

버어-엉! 펑! 버엉!

역천마제가 팔을 휘두르며 진화의 검과 뇌전검들을 막아냈다.

물의 부력과 저항이 움직임을 부자연스럽게 했지만, 진화에겐 그걸 상쇄할 만큼 뇌전의 힘이 강해졌다.

형태를 담은 뇌전은 강했다.

뇌전으로 뭉친 물은 어떤 쇠보다 강했고 거기 담긴 천뢰기는 음양의 기운을 쪼개며 역천마제의 열기를 흐트러뜨렸다.

무엇보다 역천마제를 물속으로 몰아넣기까지 네 사람의 손발이 잘 맞아떨어졌다.

'허! 연계가 제법이구나. 하지만, 여기까지다!'

진화의 검과 뇌전을 막던 역천마제가 분노를 토하듯 이전보다 거대한 열기를 뿜었다.

'읏!'

처음 느껴 본, 무서울 정도로 뜨거운 열기에 진화가 움찔하고 말았다.

그사이 역천마제가 물 밖으로 빠져나갔다.

"안 돼!"

진화가 다급하게 그 뒤를 쫓았다.

한편.

강무련이 물 밖으로 모습을 드러내자 숙청단 단원들이 내려앉은 석양호까지 달려왔다.

"무련!"

"소천주님, 괜찮으십니까?"

"크읏. 안 괜찮은 게 보이지 않나?"

"괜찮네! 다행이다!"

강무련은 물속에서, 그것도 기운으로 몸을 보호했음에도 역천마제를 안았던 팔과 가슴, 복부에 진물이 날 정도로 큰 화상을 입었다.

하지만 숙청단원들에게는 강무련이 대답을 할 정도로 온전하게 살아 있다는 것으로 충분했다.

물론 그들의 대화가 그렇게 감상적으로 들리진 않았지만, 어쨌든 마음만 통했으면 되는 것 아니겠는가.

"우리 도련님은?"

"역천마제는 어떻게 되었어?"

"……너희들, 내가 괜찮아서 다행인 거 맞지?"

호기심이 강무련의 의심을 사긴 했지만 말이다.

결과적으로 남궁구와 제갈상의 물음에 대한 답은 곧 눈앞에서 확인할 수 있었다.

파팟-!

좌아아아아악---!

역천마제와 함께 진화가 물 위로 튀어 오르고, 진화가 다시 역천마제를 물어뜯듯 바닥으로 끌어 내렸다.

"안 죽었네. ……쩝."

"일단, 가자."

"일단? 너희들, 진화를 걱정한 게 아니었나? 아니, 날 데려가는 게 왜 '일단'인 건데!"

숙청단원들이 아쉬움 가득한 눈빛으로 석양호를 보았다.

"다친 부위 겹치지 않게 아래, 위로 나눠 들자."

"알겠어, 형님."

"뭐야? 나눠 들지 않으면 어떻게 든다는 건데? 그보다 들 것 없나? 아파! 정말 아프다고!"

"가자."

강무련의 목소리가 높아졌지만, 어쨌든 숙청단은 무사히 강무련을 구해 천수현인의 앞으로 데려다 놓았다.

"괜찮아. 죽을 만큼 아프겠지만 물집 잡히고 살갗 좀 벗겨

지다가 나을 거니까.”

“전혀 괜찮은 게 아니지 않습니까!”

“곪지 않게 이거나 처먹게!”

천수현인이 시끄러운 강무련의 입을 막듯 그의 입에 약을 넣었다.

무려 소림의 소환단이었다.

다시 석양호의 물속.

‘이놈―――!’

역천마제는 기어이 저를 이 진탕으로 끌어 내린 진화를 향해 분노를 뿜었다.

‘죽어 없어진 놈의 제물 따위가 감히 날 방해해!’

쏴아아아아―――!

역천멸신공 멸형(滅形)―!

물속에서 검은 염화가 피어올랐다.

거대한 검은 용이 하얗게 물을 태우며 진화를 집어삼킬 듯 나아갔다.

입을 벌리고 날아드는 검은 용을 보며 진화의 눈이 새까맣게 물들었다.

검은 우주, 검은 번개가 가득했다.

'당신들의 노욕이 날 제물로 만든 것을! 그걸 운명으로 믿었다니 기도 차지 않지!'

쏴아아아아---!

검은 용이 마치 진화를 집어삼킨 듯했을 때, 진화의 우주가 움직였다.

몸속에 있던 천뢰기가 검은 용을 둘러쌌다.

파파파파파파팟-!

마치 뇌전에 고통스럽게 타들어 가는 듯 검은 용이 격렬하게 꿈틀거렸다.

진화의 천뢰기가 역천마제의 기운을 부수고 있는 것이었다.

어떤 지옥 같은 열기도 결국은 세상의 음과 양의 조화와 순리 속에서 존재하는 것이라, 음의 기운과 부딪히며 크게 타오르는 양의 기운이 진화의 눈엔 손에 잡힐 듯 선명했다.

진화는 당장이라도 끓어오를 듯 뜨거워진 물을 견디고 역천마제의 기운을 깨뜨렸다.

팟! 팟!

역천마제가 물 위로 솟구치고 진화도 그를 따라 함께 솟구쳐 올랐다.

"말도 안 돼! 네가 어떻게! 네까짓 게 어떻게 천화를……!"

"천화가 아니라 지옥 불이겠지! 당신 따위가 하늘을 입에 담는 것조차 웃기니까!"

"닥치거라! 넌 아무것도 모른다. 잘못된 세상을 어찌 바로잡아야 하는지! 세상을 본래 그러한 모습으로 되돌리기 위해 얼마나 강한 힘이 필요한지!"

"그러니까-!"

처음이었다.

진화가 역천마제를 향해 사자후를 터뜨리듯 소리를 질렀다.

진화는 이제야 확신할 수 있었다.

빌어먹을 운명도, 하늘의 뜻이라는 것도, 다른 사람들과 다른 제 존재도.

결국 잘못된 것은 아무것도 없었다.

"세상에 잘못된 건 당신 하나뿐이야!"

쉐에에에에엑---!

제왕무적검 일휘천낙!

거대한 물줄기에 뇌전이 번뜩이고, 그건 이 석양호가 만들어 낸 철퇴처럼 역천마제를 내리쳤다.

"어리석구나!"

역천마제가 진화의 일휘천낙을 향해 손을 뻗었다.

촤아아아아악---!

거대한 암흑경이 진화가 내리친 철퇴를 그대로 삼켜 버렸다.

그리고 진화마저 삼켜 버릴 듯 빠르게 다가왔다.

진화는 그것을 베어 버릴 생각으로 눈을 빛냈다.

그때.

"내 새끼한테 헛소리하지 마-!"

퍼--------억!

일휘천낙이었다.

진화의 날카롭고 번쩍이는 일휘천낙과 다른, 진짜 무겁고 또 무거운 일휘천낙이었다.

진화가 놀란 눈으로 돌아보자, 익숙한 푸른 기둥이 눈에 들어왔다.

"아버지!"

남궁진혜와는 비교할 수 없을 정도로 거대한 검강을 뿜어내며 남궁경이 뛰어올랐다.

"너 이 새끼 잘 만났다!"

쉐에에에엑-!

챙! 챙! 챙-!

역천마제의 기운과 부딪힐 때마다, 역천마제의 기운이 이전처럼 남궁경의 기운을 태웠다.

하지만 제왕검의 그것보다 훨씬 크고 거대한 검강은 상처 입을지언정 무너지지 않았다.

오히려 부딪힐 때마다 더 크고 환한 빛을 내며 역천마제의 기운을 두드렸다.

"허어, 저 무식한 게 통할 때가 있군."

"할아버님!"

진화는 제 곁으로 다가온 제왕검을 맞으며 그의 몸을 살폈다.

다행히 곳곳에 천풍무의가 타고 살갗의 상처가 드러났지만 큰 부상은 없는 듯싶었다.

사패천주는 벌겋게 타 버린 옆구리를 쥐고 강무련의 곁에 널브러져 있었다.

"네 아비가 때맞춰 와서 다행이구나."

역천마제와 부딪히고 있는 남궁경을 보는 제왕검의 눈빛엔 자랑스러움과 동시에 애틋함이 담겨 있었다.

진화는 그 애틋함이 왠지 남궁경에만 해당하는 것이 아님을 알 것 같았다.

세월(歲月).

제왕검 남궁강이 애틋하게 보고 있는 건, 적과 싸우며 미래를 꿈꾸고 자식을 키워 낸 세월이었다.

"날 방해하지 마라---!"

파아아아아앗-!

검은 불을 뿜은 역천멸신공이 남궁경을 검째 날려 버렸다.

퍼어어억!

풍–덩!

"파앗! 젠장!"

남궁경이 물속으로 빠졌다가 금세 올라왔다.

그리고 커다란 덩치에 믿기지 않을 정도로 가볍게 물 위로 올라섰다.

물론 욕지거리와 함께 분을 참지 못해 씩씩거리긴 했지만 말이다.

그사이, 진화와 제왕검은 조금의 틈도 주지 않겠다는 듯 역천마제에게는 달려들었다.

채–앵!

팟–! 팟! 팟!팟!

"힘이 없으니 뭉쳐 다니는 거다! 뭉쳐 다니는 약한 것들이 부당한 권력을 탐하니 세상이 돌아가지 않는 거다!"

역천마제 또한 처음의 여유는 온데간데없이 붉어진 눈으로 진화와 제왕검을 상대했다.

하지만 그의 논리도, 공격도 제왕검과 진화에게 타격을 주지 못했다.

"미친놈! 네놈이 권력을 탐한 것이 제일 부당하다! 네놈으로 인해 얼마나 많은 목숨이 희생되었는데 그딴 개소리야!"

퍼어어억! 퍽!

남궁경 이전에 남궁 제일 기재이자 정파 제일 고수는 남궁강 자신이었음을 증명하듯, 검을 손에 쥐지 않은 남궁강은 본래 권을 쓰는 사람처럼 양손에 새파란 강기를 두르고 역천마제의 급소를 타격했다.

물론 실제 그의 권이 타격한 건 역천마제가 전신에 둘러싼 역천멸신공이었지만, 간혹 빈틈이 벌어졌다.

파파파파파팟─!

진화의 천뢰기가 역천멸신공의 열기를 깨뜨렸을 때 말이다.

파파파팟! 챙! 챙! 파파파팟!

눈에 보이지 않을 정도로 빠르게 진화가 역천마제를 몰아붙였다.

섬전십삼검뢰 붕격우산이 산을 깨뜨리는 빗물처럼 끊임없이 역천멸신공을 베고 또 베었다.

팟! 파팟! 파─앗!

눈앞에서 불꽃이 튀고 물이 출렁거렸으며 사방으로 퍼진 기파가 뇌전으로 둘러싼 벽에 부딪혀 깨져 나갔다.

그 모습을 보며 역천마제가 통쾌하다는 표정으로 말했다.

"그래! 그렇게 깨뜨려야 한다! 적을 부수는 것부터 세상을 부수는 것까지, 뜻을 관철시키기 위해서는 부숴야 한다! 나는 군림하기 위해 부순 것뿐이다! 가장 강한 자가 군림하는 것이 가장 이치에 맞지 않느냐! 약한 자들의 논리, 약한 자들의 세상을 바꾸기 위해 부수는 것뿐이다─!

"그래, 당신이 만들고 싶은 세상은 힘의 논리가 모든 것을 지배하는 금수들의 세상이었군."

"절대적인 진리를 폄훼하지 마라-!"

진화의 말에 역천마제가 분노를 토했다.

하지만 진화는 눈 하나 깜짝하지 않고 덤덤한 얼굴로 역천마제와 마주했다.

"세상에 절대적인 진리는 단 하나다. 지금 당신의 눈앞에 있는 것!"

진화가 단호하게 소리쳤다.

제왕검과 남궁경, 진화로 이어지는 남궁세가의 과거와 현재, 그리고 미래.

진화는 이 세상에 변하지 않는 진리라는 것이 있다면 그건 세대에서 세대로 이어지는 연결일 것이라 확신했다.

시간을 거슬러 온 자신조차 피하지 못한 연결이었으니 말이다.

게다가 지금 역천마제와 싸우고 있는 건 제왕검과 남궁경, 진화였지만, 이 석양호의 함정을 만드는 데에 천수현인부터 남궁진휘까지 이어진 군사부의 역량이 들어갔고 그 이전에 전 무림이 죽을힘을 다해 움직였다.

석양호 주변을 둘러싼 정사연합의 무인들 역시 과거의 희생을 품고 미래를 위해 지금 싸우고 있는 것이다.

전 무림의 시간, 세월, 역사가 함께하고 있었다.

'역천마제의 기운이 거칠어졌다. 드디어 저자도 지쳤으니, 이제 끝을 볼 시간이구나!'

진화는 그 모든 것과 함께 최후를 준비했다.

끝…….

두 번째 삶은 '끝'을 생각하고 시작한 생이었다.

하늘이 준 기회인지, 우연으로 일어난 기적인지는 알 수 없었지만.

두 번째 삶을 시작하며 진화는 오로지 복수만을 떠올렸다.

그러면서 종종 머릿속으로 끝을 그려 보았다.

어떻게, 어떤 식으로 싸울지는 막연했다.

지난 생에서 역천마제나 검마제는 만나기도 전에 죽었고, 광마제의 바닥도 보지 못했기 때문이다.

몰래 기습을 할까, 함정을 팔까, 정정당당하게 실력으로 누를까.

복수의 방식은 매번 상상할 때마다 달랐다.

다만 끝은 매번 같았다.

홀로 광마제와 싸우다가 죽는 것.

이전 생보다 일찍 경지를 넘어섰을 때도 그건 변하지 않았다.

광마제를 죽일 수 있을지, 없을지 가능성을 재어 본 적은 있었지만, 복수가 끝난 이후에도 살아가는 건 상상도 하지 못했다.

그러다가 진화가 생각하는 '끝'이 달라진 건 광마제를 죽이기 직전이었다.

그때 처음으로 진화는 함께 살아가고 싶다고 생각했다.

그때까지도 그건 바람이고 꿈일 뿐이었다.

하지만 지금, 진화는 그 꿈을 이룰 기회를 잡았다는 생각이 들었다.

이 기회를 잡는다면 진화는 이제 '끝'이 아닌 '다음'을 꿈꿀 수 있을 것이었다.

쉐에에에에엑--!

제왕무적검 만인지상-!

진화의 의천검에서 천뢰기가 길게 뿜어져 나와 역천마제에게 적중했다.

"소용없다!"

파파파팟-! 퍼-엉!

역천마제가 주먹을 들어 진화의 검기를 때렸다.

파--------앗!

튕기듯 날아간 검기가 석양호를 때리면서 해일처럼 거대한 파도가 일었다.

그 파도를 가르고 제왕검이 뛰어들었다.

"소용없는 건 네놈의 발악이지! 네놈은 과거와 전혀 달라진 것이 없구나!"

쉐에에에에엑---!

제왕검형 불위-!

검은 없었다.

하지만 제왕검 남궁강은 그 어떤 검보다 빛나는 검을 자유롭게 휘둘렀다.

과거의 패배를 앙갚음하듯 그는 떨어지는 물방울 속에서 신나게 역천마제의 기운을 베고 또 베었다.

"변하지 않는 것이 뭐가 이상하단 말이냐! 그건 당연한 거다! 나는 모든 것을 넘어선 초월자니까!"

역천마제가 제왕검의 말을 부정하는 동시에 분노했다.

역천멸신공 멸형-!

검게 물든 용이 역천마제의 분노를 대변하듯 제왕검의 모든 검기를 물고 때리며 부쉈다.

하지만 심형으로 만들어 낸 제왕검의 검은 부서지지도, 없어지지도 않았다.

꺾이지 않는 푸른 심형이 굳건하게 검은 용과 맞섰다.

"세월은 흐르고 시간은 그 누구도 초월할 수 없지. 과거가 흐른 자리에 현재가 살아가는 법이니까!"

단호한 말과 함께 제왕검의 입가에 미소가 지어졌다.

제왕검의 청명한 눈동자로 남궁경의 모습이 담겼다.

콰광광--- 콰앙!

제왕검형 천하(天下)-!

악룡을 처단하듯 남궁경의 검이 검은 용의 머리를 베었다.

카아아아아아---!

남궁경의 검기에 눌린 역천마제의 기운이 석양호와 닿으며, 날카로운 소리와 함께 새하얀 수증기가 폭포처럼 솟아올랐다.

"큿!"

순식간에 살을 익힐 듯한 열기가 남궁경과 남궁강을 덮쳤다.

그 속에서 역천마제가 소리쳤다.

"시간은 그저 인간의 말일 뿐이다! 그 어떤 것도 바꾸지 못해!"

역천멸신공 역신(逆神)-!

좌아아아아---!

하얀 수증기 속에 있는 남궁경과 남궁강을 향해 검은 기운이 파고들었다.

그때.

파지지지지지직-----!

하얀 수증기에서 뇌전이 번뜩이며 검은 기운을 태우기 시작했다.

파팟-! 쿵! 쿵!

기운끼리 부딪치는 여파에 남궁경과 남궁강이 던져지듯 석양호 밖으로 떨어졌다.

하지만 그들이 있던 자리엔 어느새 진화가 의천검을 번뜩이고 있었다.

"시간은 모든 걸 바꾸지, 당신이 늙어 버린 육신을 바꾸지 못해 안달할 만큼. 모든 건 시간을 이기지 못한 당신의 발악일 뿐이다. 당신은 아무것도 초월하지 못했고, 결국은 세상을 해치려는 무모한 욕망을 품은 과거의 마두로 남을 거다!"

"갈--! 감히 마두라니! 누구도 본 좌를 마두라 부를 수 없다!"

파파파파파팟--!

콰광! 쾅!

역천마제의 검은 기운이 수십 개의 머리가 달린 용이 되어 진화를 향해 달려들고, 그때마다 진화의 뇌전과 부딪히며 수증기 기둥이 솟아올랐다.

새하얀 안개가 그들의 모습 전체를 가리고.

그 속에서 진화는 끊임없이 역천마제와 충돌했다.

"아가!"

"진화야!"

온통 새하얀 수증기와 뜨거운 열기로 가득한 곳에서 제왕검 남궁강과 아버지 남궁경의 목소리가 들렸다.

진화가 지키지 못했던 남궁세가의 상징이자 지주였던 남궁강.

진화를 지키려 목숨까지 바쳤던 아버지 남궁경.

이번 생에 진화는 그들의 아들이자 손자가 되어, 그들과 함께할 수 있었다.

"저 모든 사람들과 함께 그리는 내 미래에 홀로 정체된 당신이 있을 자리 따윈 없다! 사라져-!"

"너와 네 모든 것을 죽일 거다! 다시는 날 방해하지 못하도록 모든 것을 죽이고 세상 위에 군림할 것이다!"

진화와 역천마제가 서로의 분노, 증오, 심연의 의지를 뿜으며 부딪쳤다.

제왕검형 군림(君臨)-!

역천멸신공 천공(天空)-!

파파파파파파파파파팟---!

콰아아아아악--!

뇌전으로 펼쳐 놓은 벽을 넘어설 정도로 석양호의 물이 하늘 높이 솟구쳐 올랐다.

검은 형체가 세상을 집어삼킬 듯 석양호 전체를 검게 물들이고, 곧 그곳에서 푸른 빛이 번뜩거렸다.

그리고.

쏴아아아아아아아--!

마치 하늘과 연결된 새하얀 기둥이 솟아나듯, 거대한 수증기 구름이 끝도 없이 피어올랐다.

"진화야---!"

남궁경이 소리쳤다.

진화가 펼친 최후의 초식은 군림이었으나, 남궁세가가 그린 군림은 그저 모든 것과 함께 존재하고 흘러가는 하늘이었다.

반대로 세상 위에 군림하려 한 역천마제가 펼친 최후의 초식은 아무것도 존재하지 않고 담기지 않은 천공이었으니.

마치 이번 생에 들어 삶을 가득 채운 진화와 모든 것을 잃어버린 역천마제의 모습을 고스란히 보여 주는 듯했다.

"진화야---!"

석양호를 막고 있던 뇌전의 벽이 사라지자, 수증기와 타는 듯한 열기가 사방으로 퍼져 나갔다.

"읏!"

"뜨거워!"

축축한 수증기가 아니었다면 눈앞에 불을 붙인 줄 알았을 정도로 뜨거웠다. 갑작스러운 열기에 숨을 쉬는 것조차 힘들었던 사람들이 코와 입을 가렸다.

조금 열어진 수증기 사이로 동굴 저 밑바닥에 서 있는 두 사람의 형체가 보였다.

"진화야!"

남궁경이 급하게 진화를 부르며 뛰어 내려갔다.

살이 익을 정도로 지독한 열기를 뚫고 내려간 남궁경은 서로 마주 보고 선 진화와 역천마제를 발견했다.

파지지지직.

진화를 노려보는 역천마제의 눈이 번뜩였다.

그리고.

파----팟!

"……!"

역천마제의 전신이 재가 되어 흩어졌다.

"아버지."

남궁경을 돌아보며 진화가 희미하게 미소를 지어 보였다.

"저, 저기!"

누군가 손가락으로 호숫가를 가리켰다.

새하얀 수증기와 열기가 어느 정도 퍼지고 난 뒤, 사람들은 눈앞의 광경에 할 말을 잃었다. 누군가는 경악을 금치 못했고 누군가는 얼굴이 하얗게 질렸다.

아담하다고 해도 바닥이 보이지 않던 호수였다.

그런데 그 많던 물이 산처럼 깊은 구덩이만 남긴 채 모두 사라진 것이다.

해를 담아 내며 붉게 물들어 호사가들의 입에 오르내리던 석양호가 사라졌다.

"허!"

"어, 어떻게 된 거야?"

사람들이 시선으로 제왕검과 남궁경, 남궁진화를 찾았다.

역천마제가 나타나진 않을까 조마조마한 눈으로 지켜보는 사람도 있었다.

그때.

"나, 나온다!"

진화를 부축한 채 남궁경과 제왕검이 모습을 드러내자, 제일 먼저 그들을 발견한 무인이 소리를 질렀다.

마지막에 진화와 역천마제 단둘이 수증기 속에 가렸던 것을 본 사람들은, 곧 진화가 천천히 걸어 나오는 모습이 의미하는 바를 깨달았다.

"역, 역천마제가 죽은 건가……?"

"만……세! 만세! 만-세!"

누군가 크게 소리쳤다.

그 소리가 주변으로 퍼져 나갔다.

그렇게 모두가 두 팔을 반쯤 들어 올렸을 때.

"만……!"

"크아아아--! 보지 마-아! 눈 깔라고!"

짐승 같은 괴성과 함께 남궁진혜가 소리쳤다.

"눈 깔아! 아니 감아! 눈 뜨는 놈들은 내가 눈깔을 뽑아 버릴 테다! 보지 마!"

사방에 소리를 지르며 달려가는 남궁진혜는…….

"미친놈."

모두의 마음속에 있던 소리를 적호단주가 시원하게 내뱉었다.

"……년 아닙니까?"

"그게 중요하냐? 저거 대체 왜 저래?"

적호단주가 황당하다는 듯 물었지만 그걸 일 조 조장이라고 알 리 없었다. 아니, 알 리 있는 건가.

"부축하는 게 아니라, 안 보여 주려고 감싸는 거였네요!"

일 조 조장 서장원이 뭔가 크게 깨달은 듯 말했다.

진화를 부축하고 나오는 줄 알았던 남궁경과 제왕검이 사실은 사람들의 눈에 진화가 보이지 않도록 감싸고 나오는 것이었다.

싸우면서 열기에 진화의 상의가 모두 날아간 듯 대리석처럼 하얗고 매끈한 상체가 드러났다.

남궁경과 제왕검의 팔 사이로 드러나는 자태만으로도 눈을 뗄 수 없었다. 현경을 넘어선 고수의 완벽하게 단련된 근육과 균형 잡힌 신체는…….

"촉촉하게 젖었네요."

"변태 같은 놈."

"머리카락을 말한 겁니다. 단주님이야말로 뭘 보신 겁니까?"

"……."

흥건하게 젖은 피부와 머리칼, 열기에 익은 듯 창피함에 익은 듯 붉게 물든 혈색이 사람들의 눈길을 끌었다.

용감무쌍한 여무인들의 얼굴이 진화의 피부처럼 붉게 물들었다.

남궁경과 제왕검, 남궁진혜가 열심히 가렸지만 무림인들의 안력까지 가리기엔 무리였다.

"저놈은 대체 왜 간 거야? 다 큰 여자가 소매도 다 찢어 놓고. 가려도 저나 가릴 것이지 시커먼 사내놈 몸뚱어리를 대체 왜 가린다고. 쯧쯧쯧!"

"……."

적호단주가 주변을 향해 으르렁거리는 남궁진혜를 보며 혀를 찼다.

서장원이 말없이 조용히, 지긋한 눈빛으로 적호단주를 보았다.

"뭐? 왜?"

"……."

여기 있는 수천 명의 무인들을 잡고 물어봐도, 남궁세가 사람들이 유난스럽다고 할지언정 남궁진혜가 진화를 가리는 걸 두고 이상하다고 생각하는 이들은 없을 터였다.

오직 적호단주만이 '여인'이 시커먼 사내를 가린다고 불평할 뿐이었다.

'여기서 부단주를 여인이라고 생각하는 것도 단주님뿐이고, 남궁진화를 시커먼 사내놈이라고 하는 사람도 단주님뿐일 걸요……라고 말하면 때리시겠지?'

서장원은 입을 꾹 다물고 지긋이 적호단주를 바라보는 걸 택했다.

"쓰불. 눈 깔아, 새끼야."

얼굴을 붉힌 적호단주가 괜히 욕을 하며 서장원의 시선을 피했다.

"어휴, 저 팔불출들. 유난도, 유난도."

남궁진휘마저 진화에게 쫓아가자, 그를 지키러 왔던 호현기가 고개를 절레절레 저었다.

"제왕검까지 저러실 줄은 몰랐는데, 남사스러워서 원. 안 그러냐? 응? 어디 갔……!"

호현기가 동의를 구하려 남궁구, 남궁교명을 돌아보았지만, 방금까지 곁에 있던 그들도 진화를 향해 뛰어가고 없었다.

그 모습을 보며 호현기가 허탈한 듯 한숨을 쉬었다.

호현기는 남궁세가 직계들을 빙 둘러싼 창궁무애단과 제왕무적단, 그리고 그들을 지휘하는 아버지 호방련의 모습을 애써 못 본 척했다.

"글러 먹은 집구석이야. 정상은 하나도 없어."

호현기의 불평은 곧바로 이어진 정사연합 무인들의 '만세' 소리에 묻혀 들리지도 않았다.

"만세! 만세---!"

석양호가 사라진 곳에 무림인들의 만세 소리만 가득했다.

그들의 무림을 되찾았다는 환호성이었다.

역천마제가 죽고 난 뒤에도 정사연합은 한동안 바쁜 여정을 이어 갔다.

귀천성 문파들을 추적하기 위해 정의맹과 사패천의 연합 역시 당분간 지속하기로 했다.

정사연합 무인들은 역천마제와 귀천성이 존재했던 과거마저 지우려는 듯 귀천성 휘하의 문파들을 쫓았다.

정의맹 소속 무단들도 이전보다 더 바쁘게 외부 임무에 나갔다.

단 숙청단원들은 모두 각자 본래의 자리로 돌아갔다.

애초에 특별 임무를 위해 임시로 조직된 별동대와 같은 성격인 데다 각자 문파와 세가에서 중요한 역할을 하고 있었기 때문이다.

진화는 제왕검, 남궁경과 함께 그리운 남궁세가로 돌아갔다.

"진화야!"

"어머니, 큰아버지, 큰어머니!"

진화가 활짝 웃으며 기다리고 있던 가족들에게 달려갔다.

"어이구, 우리 조카 정말 오랜만이구나. 고생 많았지?"

"아버님, 서방님도 고생들 하셨어요."

"그래. 그나마 며느리는 좀 낫구나. 자식새끼는 키워 봐야 소용없어."

"하하하."

남궁가주가 실로 오랜만에 보는 진화의 얼굴을 쓰다듬으며 반가워하는 모습에 제왕검이 노골적으로 질투를 하면서, 그의 자식들 모두가 민망한 듯 웃음을 터뜨렸다.

제왕검을 뒷전에 두기는, 오는 내내 진화에게 붙어 떨어질 줄 몰랐던 남궁경이나 만나서 지금껏 진화의 손을 어루만지고 있던 팽연화도 마찬가지였기 때문이다.

단 한 사람, 가모 하후민을 제외하면 말이다.

"호호호. 그렇죠? 망할 놈의 자식새끼들이 누굴 닮았는지 이번에 드러났네요."

하후민의 뒤로 역천마제만큼 검은 기운이 보이는 듯했다.

이번에도 남궁진휘와 진혜 남매는 오지 않았기 때문이다.

“제 자식새끼들은 이번에도 또, 안 왔네요. 서류를 못 봐서 뒈진 귀신이 붙었는지, 산천으로 떠돌다 뒈진 귀신이 붙었는지. 굿이라도 할까 봐요. 호호호호호!”

가모 하후민의 웃음소리에 제왕검이 입을 꾹 다물었다.

그립고 정다웠던 가족들의 모습에, 진화가 오른손에 팽연화의 손을 잡고 왼손으로 슬쩍 하후민의 손을 잡았다.

하후민이 깜짝 놀란 눈으로 진화를 보았다.

진화가 먼저 손을 잡아 오는 건 처음이었기 때문이다.

“큰어머니, 집으로 들어가요. 큰어머니의 창편이 먹고 싶었어요.”

“호호호, 우리 진화가 그랬어? 그럴 줄 알고 내가 창편을 엄청 해 놨지! 그래. 그놈들은 잊어버리자. 이렇게 예쁜 우리 진화가 있는데!”

어색하지만 다정한 진화의 애교 아닌 애교에 하후민이 금방 활짝 웃음을 터뜨렸다.

“소공자님, 어서 오세요!”

“어머! 소공자님, 다녀오셨어요?”

중간중간 가솔들의 열렬한 환영 인사를 들으며, 진화가 가족들과 집으로 들어갔다.

그리운 천화정 식구들이 마중을 나와 있었다.

“다녀왔습니다!”

나아갈 진進 이야기 화話 : 일상이란

아침.

습관적으로 햇빛이 얼굴에 닿자마자 눈을 떴다.

"……."

익숙한 천장과 침구에서 느껴지는 그리운 냄새.

진화는 벌떡 몸을 일으키려다 말고 그대로 그것들을 만끽했다. 불과 며칠 전까지만 해도 아침 수련을 하러 나갔을 것이었다.

'이젠 그럴 필요 없지…….'

귀천성이 없었다.

진화가 무공을 익힌 것은 온전히 귀천성 때문이었다.

이전 생에선 운명과 광마제에게서 도망치려 무공을 익혔

고, 이번 생엔 운명과 광마제에게 복수하려 무공을 익혔다.

물론 이번 생에 진화는 무공을 익히면서 운명에서 벗어났고 온전히 자신을 받아들이게 되었다. 하지만 귀천성이 아니었다면 과연 제가 무공을 익히려 했을까?

뼈를 깎는 수련은 성취감과 함께 필연적으로 고통을 수반했다. 과연 귀천성이 없는데도 자신이 그런 고통을 감내했을까?

이제 광마제도 죽었고 역천마제도 죽었다.

검마제 또한 옥허신검의 손에 죽었다고 전해졌다.

'귀천성이 없는 세상이라니…….'

진화의 입가에서 피식 웃음이 새어 나왔다.

그토록 간절하게 바랐으면서도 한 번도 상상해 본 적 없던 세상이라, 어떤 세상이 되어 있을지 도무지 상상이 되지 않았기 때문이다.

대신 진화는 침구에 몸을 푹 파묻었다.

진화가 처음으로 게으른 아침을 보내려는 때.

밖에서 익숙한 목소리가 들려왔다.

"공자님, 기침하셨습니까?"

진화의 담당 시조인 호신이었다.

어릴 적 부지런히 진화의 보양 개미를 흐트러뜨려 버리던 사람 중 일인인지라, 진화는 조금 심술을 부리듯 대답을 하지 않았다.

그러자 호신이 안을 들여다보고 있는 듯 말을 이었다.

"심통 부리셔도 소용없습니다. 작은마님께서 공자님께서 마르셨다고 아침부터 만찬을 차리셨습니다. 어서 가셔야지요?"

'어머니!'

호신은 진화를 일으키는 만능 단어를 알고 있었고, 진화는 알면서도 일어날 수밖에 없었다. 문을 열자 호신과 시녀들이 세숫물을 든 채 기다리고 있었다.

"……."

"푹 주무신 얼굴이시군요. 눈곱만 떼면 아침부터 광채가 날 듯합니다. 흐흐흐."

진화가 불만스러운 눈빛으로 보았지만, 호신은 뭐가 그렇게 좋은지 그저 웃음만 흘렸다.

시녀들도 마찬가지였다.

정성껏 데운 따끈한 세숫물을 들고 그저 좋아 어쩔 줄 모르는 얼굴로 서 있었다.

"후우."

진화의 입에서 바람 빠지는 소리가 났다.

심술을 부려 봤자 여기는 천화정이었다.

팽연화와 남궁경 다음으로 저를 귀애하는 이들이 있는 곳이었다.

그걸 깨닫게 되는 순간, 진화는 저도 모르게 폐부 깊은 곳에 있던 작은 숨마저 토해 낼 수 있었다.

남궁강이 오전에 일어나는 게 불가능한 늦잠쟁이라 남궁

세가의 정식 만찬은 언제나 점심 식사 때였다.

분명 그러했는데…….

"큰아버지, 큰어머니?"

진화가 의아한 눈으로 천화정 식탁에 떡억 앉아 있는 남궁가주와 하후민을 보았다.

"호호호, 우리 진화 잘 잤니? 네 큰아버지가 네 얼굴이 빨리 보고 싶다고 새벽부터 극성이잖니."

"허허, 네 큰어머니가 너 먹일 거라고 새벽장에 들러 금거북을 사 왔더구나. 이제까지 기운을 많이 썼는데 보양을 해야지."

현경에 들고 나서 진화의 육체는 숨만 쉬어도 저절로 균형과 조화를 찾아갔다. 거기에 진화는 혼돈지체로 인해 다른 사람들보다 회복력이 배는 빨랐다.

그러니 이성적으로 보양식은 과중한 업무로 인해 눈 밑에 그림자가 내려온 남궁가주에게 더 필요할 것이었다.

하지만 진화는 오랜 경험상 그런 말로는 제 아침 그릇에 오를 용봉탕을 피할 수 없을 것임을 잘 알았다.

"우리 진화 많이 먹어라."

"……."

이후로도 식사 시간 내내 팽연화와 남궁경, 남궁가주와 하후민은 진화의 그릇에 음식을 올려 주기 바빴고, 진화는 그들의 성의를 한 번도 거절하지 못했다.

다행히 어릴 적과 마찬가지로 덕순 할매가 고기만 가득한 진화의 그릇에 채소를 올려 주고, 너무 양이 많다 싶으면 적절하게 그릇을 바꿔 주면서 무사히 식사를 마칠 수 있었다.

아침 식사 이후, 진화가 발걸음을 옮긴 곳은 청림이었다.

임시 거처로 있던 오두막을 남궁경과 남궁진혜가 부숴 놓은 후로 남궁호명은 청림의 거처를 제대로 된 전각으로 지었다.

"왔느냐."

"예. 이것을 돌려드려야 할 것 같아서요."

진화가 의천검을 내놓았다. 하지만 남궁호명은 의천검은 보지도 않고 진화를 향해 콧방귀를 뀌었다.

"흥, 요 싸가지없는 녀석. 본가에 왔으면 스승부터 찾아뵙고 인사를 올려야지. 잘 거 다 자고 이제 와서 검을 돌려주려고 와?"

"어제는 스승님께서 자리를 비우셨지 않습니까."

진화가 억울하다는 듯 항변했다.

제왕검이 함께 왔다는 소식에 없던 임무도 만들어 자리를 피한 사람은 분명 남궁호명이었기 때문이다.

"주, 중한 일이 있었지."

불리해진 남궁호명이 말을 돌렸다.

그에 진화도 피식 웃으며 '그 중한 일'이 무엇인지 파고들지 않았다.

"젠장. 악몽이 좀 없어지나 했더니, 영감탱이들이 그건 어떻게 귀신같이 알고……."

남궁호명이 불평을 늘어놓았다.

그에 진화는 여전히 웃는 얼굴이었다.

"그렇게 피해 다니시는 것보다 장로직을 맡으시는 것이 낫지 않습니까? 사실 스승님의 연세가 은퇴하기에 이르시기도 했고……."

"넌 대체 누구 편이냐?"

진화의 말에 남궁호명이 진심으로 서운하다는 듯 눈을 흘겼다.

"스승님 편요. 흐흐."

"흥, 웃기는."

개구진 아이처럼 이를 보이며 웃는 진화의 모습에 남궁호명이 입술을 삐죽이며 물러섰다.

'이제 좀 편안해졌는데 다시 고생길에 들 수 없다.'는 남궁호명의 마음도 이해는 되는 터라 진화도 더는 말을 보태지 않았다.

"의천검은 도움이 좀 되었느냐?"

"예. 꼭 제 손에 맞춰 만든 검처럼 뇌전을 온전히 견디더라고요. 덕분에 위력을 손상시키지 않고 힘을 쏟아부을 수 있었습니다."

진화가 애틋한 눈으로 의천검을 보았다.

의천검이야말로 진화가 이전 생에선 얻지 못했던 가장 큰 조력자였으니.

의천검을 보는 진화의 눈엔 고마움이 가득했다.

"무림에 새로운 의천검주가 다시 중원을 구했다는 소문이 자자하더구나. 특히 검수들은 의천검주를 우상처럼 칭송한다지?"

남궁호명이 자랑스럽다는 표정 반, 놀리고 싶다는 표정 반으로 진화에게 말했다.

하지만 진화는 진지한 얼굴로 남궁호명과 눈을 마주쳤다.

"'다시' 구했다는 건 이전에도 의천검주가 중원을 구했었다는 의미지요. 무림인들 모두가 여전히 그것을 기억하고 있다는 의미이기도 하고요."

"……."

진화의 말에 남궁호명이 순간 할 말을 잃었다.

진화가 그런 남궁호명을 보며 미소를 머금었다.

"스승님께선 전쟁을 악몽으로 기억하며 오랫동안 힘드셨지만, 스승님 덕분에 많은 무림인들이 진짜 악몽에서 구원받았음을 기억하고 있습니다."

"……제법, 말이 늘었구나."

남궁호명의 악몽엔 언제나 죽은 동료들, 지키지 못했던 사람들이 등장했다.

다른 말로 남궁호명은 그들 하나하나 모두 기억하며 떠올리고 있었던 것이다.

매번 비통하게 잠에서 깬다는 건 남궁호명에게도 힘든 일이었지만, 남궁호명은 자신이 그렇게라도 그들을 기억해야 한다고 생각했다.

다만 그 과정에서 남궁호명은 자신과 죽은 이들이 구한 수많은 사람들을 잊고 있었다.

'비통하긴 하지만 의미 없는 죽음들이 아니었는데…… 내가 너희들의 반쪽만 떠올리고 있었구나.'

남궁호명이 죽은 수하들을 떠올리며 여전히 슬픈 얼굴을 했다. 하지만 그의 입가에 작은 미소가 흘렀다.

휘이이이잉---!

나무들 사이로 조용히 바람이 불었다.

청림도 정비의 시간을 가지면서 천주산에서 흐르는 상쾌한 바람이 그대로 통과하고 있었다.

진화와 남궁호명은 서로 아무 말 없이 나무 그루터기에 앉아서 잠시 이 상쾌함을 즐겼다.

그리고 많은 이야기를 나누었다.

"현오에게 '단지 죽이는 거'로는 모자란다고 했다고?"

"예. 진심이었거든요. 광마제를 죽이고 나서도 그렇게 막 속이 시원하진 않더라고요. 이전에는 그자만 없으면 뭔가 전부 끝이 날 줄 알았는데……."

"그만큼 그자의 의미가 네 안에서 작아진 거겠지. 전부일 줄 알았는데, 어느새 코딱지만 해져 있었던 거야. 그만큼 네게 다른 중요한 것들이 많이 생긴 것이고.”

“…….”

남궁호명의 말에 진화가 눈을 크게 뜨고 그를 보았다.

남궁호명이 그런 진화를 돌아보며 씨익 웃으며 물었다.

“귀천성이 사라지고 어떠하냐? 의외로 참, 별거 없지?”

남궁호명의 말이 진화의 속을 꿰뚫는 듯했다.

그에 진화가 조금 얼떨떨한 얼굴로 속을 털어놓았다.

“잘 모르겠습니다. 많이 시원할지 혹은 허탈할지, 참 많이 상상했는데, 아직 실감이 덜 나서 그런지…….”

“어떻게 해야 할지 모르겠다고?”

“예. 상상은 해 봤었는데 막상…….”

“남궁세가를 지키고 귀천성에 복수할 생각만 하고 살았더니 그게 아닌 삶은 어떻게 살아야 할지 모르겠다는 거 아니냐?”

“……예. 그런 것 같습니다.”

남궁호명의 말에 진화가 고개를 끄덕였다.

그에 남궁호명이 크게 웃음을 터뜨렸다.

“하하하하하! 수십 년을 그 생각만 하고 산 사람들도 일상으로 돌아가는데, 아직 어린 녀석이 별생각을 다 했구나. 하하하하!”

남궁호명의 웃음소리에 진화가 눈살을 찌푸렸다.

제 딴에는 스승이라고 남궁호명에게 털어놓은 것인데, 남궁호명이 웃음을 터뜨리니 놀림을 당한 기분이었다.

하지만 웃음을 그친 남궁호명의 눈빛이 너무 따뜻해서 뭐라 투덜거릴 수도 없었다.

"나도 그랬다. 전쟁터에서 돌아와 청림에 처박혔을 때, 귀천성이고 뭐고 물러났으니 신경을 꺼야지 했는데, 막상 신경을 끄고 살려니 뭘 해야 할지 모르겠더구나. 이전의 내 삶은 모두 귀천성을 중심으로 돌아갔거든. 놈들이 어디 있는지 정보를 파악하고, 놈들이 무엇을 노릴지 생각을 읽고, 놈들을 이길 방법만 찾았지. 그런데…… 조금 지나 보니 그것 외에도 내가 하는 건 많더라고."

"……?"

진화가 눈을 크게 떴다.

그에 남궁호명이 부드럽게 웃으며 말했다.

"내 일상."

"일……상요?"

"가주의 밀검으로서 청림을 관리하고, 장작을 패고, 식사를 챙기고, 검을 닦았지. 죽은 놈들 무덤이나 위령비도 보살펴야 하니 해야 할 일은 오히려 늘어났다. 몸이 녹이 슬면 안 되니 수련도 해야지. 아침 수련은 어릴 적부터 습관처럼 해오던 거니까."

"제게도 그런 일상이 있었을까요? 저는 무공조차 귀천성을 없애기 위해 익힌 것이라……."

진화는 제가 남궁세가 사람들과 다르다고 생각했다.

무가에서 태어나 밥을 먹듯 당연하게 수련을 하는 사람들과 달리 자신은 광마제와 귀천성에 복수를 하기 위해 무공을 붙잡은 것이었으니까. 하지만 남궁호명은 말도 안 되는 소리를 들은 듯 진화를 보았다.

"인석아, 네가 여기에 와 있는 게 네 일상인데 또 어디서 일상을 찾고 있느냐?"

"네?"

"네가 아침 식사 시간에 식구들에게 시달리고 청림으로 도망쳐 오는 것이 귀천성과 무슨 상관이란 말이냐?"

"……아."

"허허, 일상이 뭐 별거야? 그냥 사는 대로 사는 거지. 특별하게 할 일을 찾을 필요 없다. 그게 일상이니까."

남궁호명은 멍하게 저를 보는 진화의 머리를 쓰다듬으며 시원하게 웃어 보였다.

남궁호명은 아마도 그가 진화를 가르치기 시작한 이후로 오늘이 가장 스승답게 뭔가 가르침을 준 날일 거라 생각했다.

그 시간, 천명관.

천명관은 남궁세가의 대소사를 처리하는 곳으로, 남궁가주의 집무실이 있는 곳이었다.

남궁가주의 집무실에는 아침의 그 팔불출들은 어디 갔나

싶을 정도로 매서운 얼굴을 한 남궁가주와 남궁경이 자리해 있었다.

"놀라울 정도로 빨리 돌아오고 있군. 벌써부터 꼴사나운 밥그릇 싸움이 시작되었어."

남궁가주의 말처럼 귀천성이 사라진 후 중원은 놀라울 정도로 빠르게 일상을 회복했다.

자신들의 땅을 찾은 이들은 복수를 하는 동시에 이전의 영향력을 찾으려 애를 썼고, 그동안 반쪽짜리 중원에서 온갖 이권을 독점해 온 이들은 손해를 보지 않기 위해 바동거렸다.

게다가 이번 전쟁으로 인한 논공행상도 아직 다 끝나지 않았다.

"무림 놈들이 다 그렇지. 공공의 적이 없어지면 사방이 적 아니겠어? 그래서, 형님은 이번에 빠질 거요?"

남궁경이 심드렁한 얼굴로 슬쩍 남궁가주를 떠보았다.

아니나 다를까.

"그럴 리가. 우리도 챙길 건 다 챙겨야지."

남궁가주는 시원하게 이를 드러내며 검은 속내를 숨기지 않았다.

"사천 무림이 자리를 잡으면 그쪽 표국이나 수상 선단을 되찾으려고 할 거다. 그렇게 되면 그동안 청해상단이 잡고 있던 영향력이나 이권도 줄 수밖에 없지. 여기에 당문이나 점창파, 형산파에서 자신들 구역의 독점을 주장해 오면 부딪히거나 협상을 할 수밖에 없을 테고.”

남궁세가는 차라리 귀천성이 있을 때가 나았다 할 정도로 이래저래 손해를 볼 수밖에 없었다.

하지만 당장 눈앞의 이익이 줄어든다고 해서 안달할 남궁가주가 아니었다.

“이번 전쟁에서 무인들의 이동부터 물자 보급까지 우리 남궁세가의 공을 부정할 수 있는 사람은 없을 거다. 귀천성이 사라진 덕에 중원이 넓어졌어. 중원이 부유해질수록 우리 남궁세가가 만들어 내는 차나 비단 같은 사치품의 소비도 늘어날 것이다. 지금 당장은 조금 나눠 주더라도 시장 자체를 넓힐 기회를 잃을 수는 없지. 게다가 이 시점에 전 중원을 대상으로 교역을 펼칠 곳은 청해상단밖에 없으니까.”

남궁가주가 날카롭게 눈을 빛냈다.

제왕검 남궁강과 남궁경이 마음 놓고 밖에서 싸울 수 있었던 것도 모두 남궁가주가 버티는 본가가 무너지지 않을 거란 확신이 있었기 때문이었다.

게다가 남궁가주야말로 정사엽합의 요구에 맞춰 통행로와 배, 물품을 시기적절하게 보급해 준 이 전쟁의 숨은 공로자였으니.

남궁가주는 그런 남궁세가의 희생과 공로를 절대 공짜로 처리할 생각이 없었다.

“직접 정의맹으로 갈 생각이오?”

"아니. 거기에 박아 놓은 녀석 있지 않느냐?"

"누구? 혹시 진휘에게 맡기게요?"

남궁경이 놀란 눈으로 남궁가주를 보았다.

소가주인 남궁진휘가 군사부에서 큰 활약을 보인 것도 사실이나, 아직 본가의 이권이 달린 중대한 일을 맡은 경험은 없었기 때문이다.

속 보이는 말일지 모르지만, 정의맹에서 전략을 짜는 일과 본가의 이권이 걸린 협상은 중요도 면에서 차원이 달랐다.

"이번에 시켜 보지. 나는 이곳에서 더 중요한 걸 처리해야 해서 정의맹으로 가기 힘드니까."

"가문의 이권보다 중요한 일이 있소?"

"……."

남궁경의 물음에 남궁가주가 무거운 표정으로 뭔가를 내놓았다.

"팽가에서 보내온 청혼서다."

"청혼서? 팽가에서? 대체 누굴…… 설마, 진혜?"

연달아 터지는 남궁경의 물음에 그가 얼마나 흥분했는지 알 수 있었다.

남궁경의 모든 물음에 남궁가주가 고개를 끄덕였다. 그러자 남궁경이 이번에는 조용히 목소리를 낮추고 물었다.

"……팽치는 동의한 일이라오?"

남궁경의 물음에 남궁가주가 그의 시선을 피했다.

"팽가와는 거리가 멀고 가문의 사업 중에 겹치는 것이 없지. 천지 사방에서 저들끼리 혼인동맹을 맺고 싸우자고 덤비는데, 우리 것을 탐하지 않고 손을 잡기에 팽가만 한 곳도 없다. 게다가 진혜나 팽치 모두 혼기가 지났으니까."

"그래서 진혜랑 팽치가 순순히 한다고 하느냐고!"

"……진화가 아프다고 전서를 보내 볼까? 일단 진혜가 집에 와야 감금을 하든 협박을 하든, 해 볼 테니까."

방금 전까지 세상 누구보다 든든하던 남궁가주가 유일하게 초라해지는 순간이었다.

유주 탁군 백호현.

예부터 같은 지역 다른 마을보다 눈이 많이 오는 데다 주변에 호환이 많다고 소문난 곳이었다.

하지만 열악하고 척박한 환경은 그곳에 사는 사람들마저 강하게 만들었으니. 그중에서도 백호현은 이름난 호랑이 사냥꾼이 모인 사냥꾼들의 마을이었다.

그리고 차츰 시간이 지나.

백호현은 맨손으로 호랑이와 곰을 사냥하던 사냥꾼들의 마을에서 무림에서도 이름난 팽가의 마을로 유명해졌다.

팽가 장원.

평범한 건물의 두 배는 될 법한 기둥과 목재, 두꺼운 검은 기와로 지어진 거대한 건물이 제일 먼저 눈에 들어왔다.

투박한 정원석과 녹색 풀 외에는 흔한 장식 하나 없는 무뚝뚝한 장원이었다.

쌀쌀한 날씨에도 웃통을 벗고 수련하는 건 팽가에선 당연한 일이었다. 불과 며칠 전에 귀천성과 전쟁을 마치고 복귀한 후라고 해도 말이다.

"크아아아합!"

"합! 합! 타-합!"

장원의 입구부터 사내들의 우렁찬 기합 소리가 가득하고.

가신들과 시종들은 그 광경이 익숙한 듯 무뚝뚝한 얼굴로 제 할 일에만 집중했다.

그때.

콰---광!

팽가의 대소사를 관리하는 대성전에서 굉음이 울렸다.

수련을 하던 사내들과 가신들, 시종들이 움찔하며 고개를 돌렸다.

그리고 아무 일 없다는 듯 다시 자신들의 일에 집중했다.

콰광! 쿵! 쿵!

연이어 터지는 굉음에 안 그런 척 모두의 신경이 대성전으로 향했지만, 오늘은 어쩔 수 없었다.

팽가주 팽여가 가문의 중대사를 위해 그의 여섯 아들들을 모두 불러 모았기 때문이다.

십여 년 전 소가주를 묵사발로 만들고 집을 나갔던 망나니 팽치까지도 말이다.

콰—광!

“다른 곳으로 가, 새끼야. 난 네놈 새끼가 숨 쉬는 걸 보는 것도 질색이니까.”

팽치가 주먹으로 탁자를 치며 제 맞은편에 앉은 사내를 향해 말했다.

그러자 맞은편에 있던 사내도 지지 않고 받아쳤다.

“이런 망나니 새끼가! 싫으면 네가 꺼지든가!”

현재 팽가의 소가주로 있는 장남 팽정이었다. 하지만 아직 정식 소가주 인장도 받지 못한 임시일 뿐이었다.

“네가 꺼져. 약한 놈이 꺼지라고. 그게 이놈의 집구석 철칙 아닌가?”

팽치가 이를 드러내며 팽정에게 이죽거렸다.

팽치가 망나니 소리를 듣기 시작한 것은 십여 년 전부터였다. 그때 팽치가 팽정의 팔다리를 부러뜨리고 얼굴을 곤죽으로 만들어 놓고 집을 떠났었다.

팽정은 그때의 기억이 남아서 팽치가 그를 위협할 때마다 본능적으로 다리를 움찔거렸다.

“흥.”

팽치는 그런 팽정을 비웃으며 콧방귀를 뀌었다.

다른 형제들은 그들에게 눈길도 돌리지 않았다.

그때.

탕-!

문이 열리면서 거대한 덩치의 사내가 들어왔다.

자리에 앉아 있던 팽가 형제들이 모두 일어섰다.

그들의 아버지이자 팽가주 팽여가 들어왔기 때문이다.

"가주님을 뵙습니다!"

여섯의 거대한 사내들이 팽가주를 향해 고개를 숙였다.

아버지를 대하는 살가움이나 반가움보다 강자를 향한 인정의 표현이었다.

그들의 관계는 늘 그러하였다.

"앉지."

팽가주가 자리를 권하며 앉자, 형제들도 모두 자리에 앉았다. 형제들은 모두 여섯이었다.

첫째 팽정, 둘째 팽치, 셋째 팽호, 넷째 팽강, 마지막으로 팽수, 팽신 쌍둥이 형제.

따로 떨어뜨려 보면 하나같이 개성도 강하고 성격도 센 사내들이었지만, 이렇게 한자리에 모아 놓고 보니 팽가주까지 부정할 수 없는 한 핏줄이었다.

형태의 차이는 있었지만 일반인들보다 훨씬 거대한 체격과 우람한 근육. 거기에 검고 두꺼운 눈썹과 쌍꺼풀이 짙은 부리부리한 눈, 미간에서부터 우뚝 솟은 코 그리고 두툼한 입술까지.

그들은 사납고 강인한 이목구비에 맹호를 상대하던 사나운 안광마저 꼭 닮아 있었다.

“귀천성도 사라졌고 중원의 질서가 재편될 것이다. 그동안 팽가가 황하의 교역로를 잡고 있었지만, 앞으로 우리의 이권을 노리는 곳들이 많이 생기겠지!”

쾅!

“감히 그런 놈들이 있단 말입니까? 제가 한 주먹에 모두 죽여 버리겠습니다!”

팽가주의 말이 끝나자마자 셋째 팽호가 흥분하며 탁자를 내리쳤다.

호전적인 팽호는 벌써부터 살기를 흘려 댔다.

그러자 첫째 팽정이 슬쩍 끼어들어 말을 보탰다.

“토벌대를 보내시죠. 소가주인 제가 팽가를 대표하여 나서겠습니다.”

귀천성과의 전쟁에서 이렇다 할 공을 세우지 못한 팽정은 어떻게든 가주의 눈에 띌 수 있는 사건을 찾고 있었다.

하지만 두 사람 모두 눈치는 없었던 듯.

“둘 다 닥쳐라. 경거망동하지 마.”

팽가주가 팽정과 팽호를 향해 나지막하게 경고했다.

마치 맹수가 새끼들에게 으르렁거리는 듯 묵직하지만 위협적이진 않았다.

"팽정, 임시 소가주직을 거둔다."

"가주님!"

팽가주의 통보에 팽정이 격하게 소리치며 자리를 일어나고.

콰-광!

팽가주가 탁자를 내리치며 팽정을 노려보았다.

"닥치라고 했잖아."

"……."

팽가주가 무시무시한 안광과 압도적인 기운을 뿜으며 노려보자, 팽정은 입이 얼어붙은 듯 아무 말도 하지 못했다.

맞은편에서 팽치가 팽정을 향해 코웃음을 날리는 소리가 들렸다.

"이……!"

팽가주에게는 아무 말도 못 한 팽정이 팽치를 향해 입술을 떨었다.

"닥치고 가문의 일에 집중해라."

팽가주가 여섯 형제 모두에게 경고했다.

"팽가는 가장 강한 놈이 가주 자리에 앉는다. 동시에 다음 가주에 앉을 사람은 가장 강한 후계를 만들어 내야 한다."

"……?"

예상했던 말 뒤에 이어진 전혀 예상치 못한 말.

팽치는 물론 형제들이 의아한 얼굴로 팽가주를 보았다.

"나는 문가, 무가, 이민족까지 각기 다른 여인들에게서 자식을 보았다. 그게 네놈들이지."

팽가주의 말에 여섯 형제들이 서로를 보았다.

서로 남보다 못한 사이처럼 지내는 차에 각자 어미가 다른 이부형제인 것이 새삼스러울 건 없었다.

팽정은 스스로 본부인의 자식이라는 자부심이 가득했으나, 팽가 내부에서 그걸 대단하게 여기는 이는 아무도 없었다.

여섯 아들들 모두 모계의 피는 온데간데없이 팽가주만 닮아 타고난 천력에 용담호혈을 가진 무골들이라, 그중에서 가장 강한 자가 가주 자리에 오르는 것을 모두가 당연하게 받아들이고 있었기 때문이다.

"네놈들은 결국 나와 닮았거나 나보다 못한 놈들이지. 그것만으로는 부족하다! 앞으로는 무한경쟁의 시대다. 가문의 미래를 위해선 나보다 뛰어난 후계가 필요하단 말이다!"

"뭐야, 결국 장가 잘 가라는 소리나 하려고 불렀단 말이야?"

팽치가 당장 들고일어날 듯 눈썹을 꿈틀거렸다.

다른 형제들도 어이가 없다는 듯 팽가주를 보았다.

하지만 팽가주는 여전히 진지하기만 했다.

"네놈들 전부 가라는 말이 아니다! 나를 뛰어넘는 무인을 탄생시키기 위해서는 팽가만큼 강한 집안의 여인을 맞아야 겠지!"

"팽가보다 강한 집안이라면……?"

"남궁세가다! 제왕검과 남궁제일검을 잇는 무재에 벌써 경지를 넘어선 검수! 남궁진혜에게 청혼서를 넣었다!"

팽가주의 말에 팽치의 눈이 찢어질 듯 커졌다.

쾅!

"아버지, 미쳤어?"

적호단주인 팽치와 부단주인 남궁진혜의 사이를 두고 말이 많았던 터라, 형제들의 시선도 자연스럽게 팽치를 향했다.

"나는 이 망할 집구석의 가주가 될 생각이 없다고 몇 번을 말해!"

팽치가 팽가주를 향해 소리쳤다.

그러자 팽가주가 코웃음을 치며 말했다.

"누가 네놈이라고 했나? 너희들 중 가장 강한 놈이 이 혼담을 차지할 것이다! 그리고 다음 대 팽가의 가주가 되겠지!"

팽가주의 선언에 여섯 형제의 눈빛이 흔들렸다.

"쓰불, 이딴 혼담을 남궁세가에서 받아들인 거야? 남궁이랑 이야기는 된 거냐고!"

팽치가 흥분해서 소리치자 기회를 잡은 듯 팽정이 벌떡 일어섰다.

"그게 네놈하고 무슨 상관이냐! 가주가 될 생각도 없다면서!"

"넌 좀 닥쳐, 새끼야! 찌그러져 있으라고!"

팽치가 중요한 순간 가주의 앞에서까지 노골적으로 자신을 무시하자, 결국 참다못한 팽정이 자리에서 일어났다.

쾅!

"이런 망나니 새끼! 잘됐다! 일전의 복수를 해 주마!"

팽정이 팽치를 향해 도를 겨누었다.

그걸 본 팽치 눈빛이 한없이 싸늘해졌다.

"날붙이를 겨눈 이상 각오는 한 거지?"

나지막이 묻는 목소리에 살기가 가득했다.

"허, 미친 새끼. 그때 내가 안 죽인 게 아니라 못 죽인 거라는 걸 알면서 나한테 날붙이를 겨눠? 나야말로 잘됐네. 이참에 네놈 모가지를 경이 제사상에 올려 주마!"

팽치의 주먹이 붉게 물들었다.

권사까지 피워 올리며 팽정을 노려보는 눈길이 흡사 원수를 보는 듯했다.

그때.

쿵!

"둘만 뭐 하는 짓이야? 가주 결정전이라면 나도 자격이 있다고!"

"가주 자리엔 관심이 없지만, 가장 강한 자를 가리는 거라면 이야기가 다르지."

셋째 팽호와 넷째 팽강이 끼어들었다.

그리고.

드르르르르륵.

팽신이 자리에서 일어서며 흥분한 듯 팽호와 팽강을 노려보았다.

"형님, 이거 싸워도 된다는 소리지?"

"저놈들을 죽도록 때려도 되는 거라면, 잘됐군."

팽수 또한 흥분을 감추지 않았다.

어릴 적 팽가 정문 앞에 버려진 쌍둥이 형제는 포악한 셋째와 넷째의 장남감과 같았으니. 그간 쌓인 원한이라면 그들도 적지 않았다.

"쓰불! 그래, 이 개새끼들아! 전부 해보자!"

콰광-! 쾅!

팽치가 탁자를 그대로 내리치며 팽정에게 달려들고, 팽수와 팽신이 옆에 있던 팽호와 팽강을 향해 주먹을 날렸다.

파파파파파팟-!

팽수가 팽신의 팔을 잡고 휘두르고, 팽신은 철혈백사십팔퇴(鐵血百四十八腿) 천석철퇴(天石剟頹)로 팽호의 도를 날리고 가슴을 밟았다.

퍼—억!

"큭! 이런 개새끼들!"

팽호가 피와 함께 욕지거리를 뱉으며 쌍둥이 형제를 노려보았다.

그사이.

원심력 그대로 이번에는 팽신이 팽수를 앞으로 던지고, 날아가듯 나간 팽수가 팽강과 주먹을 부딪쳤다.

퍼----엉!

두 사람의 기운이 부딪히며 기파가 사방으로 퍼졌다.

무식할 정도로 정직한 정면 승부에 두 사람의 승패가 한눈에 확연하게 드러났다.

팽신의 기운과 원심력까지 받은 팽수의 혼원벽력장에 팽강이 뒤로 밀려난 것이다.

"죽어라!"

팽수가 기회를 놓치지 않고 파갑추를 날렸다.

퍽퍽퍽퍽퍽-! 퍼-억!

"크읏! 너……!"

예상을 넘어서는 힘에 당황한 팽강이 팽수를 보았다.

놀라운 건 팽수의 힘만이 아니었다.

정확하게 급소만을 노리는 섬세함과 냉철하게 그의 반응을 관찰하는 눈을 보며 팽강은 팽수가 전력을 다하고 있지 않다는 것을 알았다.

간담이 서늘하게 식었다.

'분명 정의맹으로 가기 전엔 이 정도까진 아니었는데, 대체 그동안 무슨 일이 있었기에……!'

팽강의 얼굴에 당황스러운 기색이 역력했다.

팽수는 그런 팽강의 얼굴 위에 주먹을 꽂아 넣었다.

퍼—억!

"크-악!"

쿠웅.

팽강이 뒤로 날아가며 대성전 기둥에 처박혔다.

"방심하지 마라."

팽수가 덤덤하게 경고했다.

이제 와서 코피와 함께 이빨 두 개를 떨어뜨리며 날아간 팽강에게 한 말은 아니었다.

"방심 안- 해!"

퍼어어어억-!

팽신이 철혈백사십팔퇴 우각우천(牛角于天)을 펼치며 팽호를 하늘 위로 차올렸다.

그리고.

"개새끼야, 아직 안 끝났어!"

"우아악!"

파파파파파팟-!

팽호가 떨어지기도 전에 팽신의 파갑추가 팽호의 온몸을 두들겼다. 팽수, 팽신 형제가 어릴 적 팽호, 팽강에게 가장 많이 당했던 무공이 파갑추였다.

"후련하군."

"흐흐, 진화를 쫓아다니며 고생한 보람이 있네, 형님."

어릴 적 복수에 성공한 팽수, 팽신 형제가 서로 마주 보며 웃음을 터뜨렸다.

한편.

팽정과 팽치의 싸움은 서로 격렬하게 살기를 뿜어낸 것과 달리 일방적으로 흘러갔다.

퍼억! 퍽! 퍽!

"크억! 억! 자, 잠깐……!"

"닥쳐! 네놈이 아직 살아 있는 게 내가 이 집구석을 떠났기 때문이라곤 생각 안 해 봤지? 지금부터 해 봐, 늦지 않게!"

퍼—억!

팽치는 처음부터 붉은 권강을 선보이며 팽정의 도를 산산조각 내었다. 그리고 놀란 팽정을 향해 그때처럼 사정없이 주먹을 날렸다.

"어어억!"

또다시 코가 뭉개지고 앞니가 부러진 팽정이 겁을 먹은 듯 뒤로 물러섰다.

그것을 본 팽치는 더욱더 분노를 뿜어내며 권기를 날렸다.

파아아아아앗--!

붉은 호랑이가 포효하듯 팽치의 건곤신장이 팽정을 향해 날아갔다.

퍼------엉!

"……무슨 짓이야?"

팽치가 잔뜩 화가 난 듯 팽가주를 노려보았다.

팽가주가 팽치의 건곤신장을 막고 팽정을 보호한 것이다.

"죽이는 건 안 된다."

팽가주의 말에 팽치의 표정이 뒤틀렸다.

"그때, 저 개새끼가 경이를 죽일 땐 가만히 있더니, 이제 와서 죽이는 건 안 된다고? 왜? 이제라도 다 똑같은 자식새끼가 아니라 죽어도 되는 자식이랑 안 되는 자식이 따로 있었다고 솔직하게 말하게?"

팽치가 팽가주에게 이죽거리며 독설을 날렸다.

이번만큼은 팽치의 말이 팽가주에게 타격을 입힌 것인지, 팽가주의 눈매가 파르르 떨렸다.

이어서 팽가주의 입에서 한숨이 나왔다.

"그건 내 잘못이었다. 내 판단이 안일했다. 하지만 팽정도 팽경을 죽일 의도는 아니었고, 나도 그걸 방관하려 했던 건 아니었다. 그건 사고였을 뿐이다."

"고작 열두 살 먹은 놈에게 시종 하나 붙여 놓고 산을 오르게 해 놓고 죽일 의도는 없었다고? 그게 변명이 된다고 생각해?"

팽가주의 변명이 오히려 팽치를 분노하게 했다.

그때, 쓰러져 있던 팽정이 소리를 질렀다.

"뜨벌! 누가 진짜 호랑이가 나올 둘 알았냐고-!"

핏물 때문에 발음이 뭉그러져서일까.

억울하다기보다는 울음으로 가득한 외침이었다.

실제로 눈물과 핏물을 흘리는 팽정을 보며 팽치도 살기를 누그러뜨렸다.

다만 팽정을 노려보는 눈길은 여전히 싸늘했다.

"이 개새끼야! 호랑이가 나오는 산에 애를 꼬득여 보내 놓고 진짜 호랑이가 나올 줄 몰랐다니, 그게 말이 된다고 생각하냐!"

"잘몬한 거 알아…… 네가 떠랄하지 않아도 내 탓인 거 나도 안다고! 띠-발!"

팽정이 결국 제 속을 뒤집어 보이며 바닥에 드러누웠다.

그리고 온몸이 흔들릴 정도로 격하게 소리 없이 울음을 터뜨렸다.

"씨발……."

팽치가 욕지거리를 가며 돌아섰다.

저 한심한 꼴을 보자니 죽이고 싶은 마음도 사라진 것이다.

팽치가 문을 박차고 나가려는 때.

"가주님, 우린 가주 안 한다."

"아직 팽치보다 약하다는 걸 인정합니다."

발칙한 막내들이 돌아서 나가는 팽치의 뒤통수를 때렸다.

놀란 팽치가 돌아보자, 팽수와 팽신이 그를 향해 씨익 웃어 보였다.

"그럼 남궁세가와의 혼담은 팽치가 하는 것으로 결정한다. 이제부터 저놈이 팽가의 소가주다."

"자, 잠깐! 무슨 말을 하는 거야!"

팽치가 사색이 되어 달려왔지만 팽가주는 한번 뱉은 말을 주워 담을 생각이 없었다.

쌍둥이는 적호단에서 함께 생활을 하면서 형제애는 몰라도 동지애는 쌓은 팽치를 응원하며 그의 등과 어깨를 두드렸다.

"이참에 부단주님께 용기 있게 다가서십시오."

"사내답게, 힘내십시오."

팽정과 팽호, 팽강이 피를 흘리며 널브러져 있고.

팽가주는 이미 인장을 찍어 놓은 혼담서에 팽치의 이름을 적었다.

제아무리 망나니라 소문난 팽치라지만 가문의 인장이 찍힌 결정을 되돌릴 순 없었던 것이다.

"미친! 진짜, 남궁세가에서 이걸 받아들인대요?"

"내일 남궁세가로 출발할 거다. 가 보면 알겠지."

팽치의 물음에 팽가주는 일방적인 통보를 남기고 자리를 떴다. 팽치가 머릿속이 복잡한지 머리카락을 헤집었다.

"젠장, 그놈이 싫다고 난리를 칠 텐데……."

결국 저는 남궁진혜에게 마음이 있다는 말이었다.

세상이 다 아는 것을 저들만 인정하지 못하니, 팽가주는 당황한 팽치의 목소리를 들으며 고소를 머금었다.

'바보 같은 녀석.'

처음부터 팽치였다. 자식들 중 가장 강하고 현명하며 정의로운 후계는.

조금 억지스럽긴 하지만 이렇게라도 팽치의 등을 떠미는 동시에 팽치를 집안에 잡아 둘 수 있게 되었으니.

팽가주는 혼담서를 소중하게 접어 품 안 깊숙이 넣었다.

'사실 나도 남궁세가가 받아들일지는 몰랐는데. 이렇게 된 이상 두 사람 다 반드시 눌러앉힌다!'

팽가주가 굳게 각오를 다진 눈빛으로 대성전을 나섰다.

다음 날.

팽가주는 전날의 말이 허언이 아니었다는 듯 남궁세가로 가기 위한 행렬을 꾸렸다.

혼례품으로 마련한 약재와 가죽, 금은보화를 실은 수레부터 가신들과 팽정을 비롯한 형제들까지 모두 나섰다.

팽치는 이 모든 상황이 믿기지 않는 얼굴을 하고 있었지만, 그의 몸은 착실하게 남궁세가와 가까워지고 있었다.

"오늘 온다고 했나?"

"예. 제왕무적단이 대기 중입니다."

"좋아. 일단 절대 들켜서는 안 되네. 한 치의 오차도 없이 작전을 수행해야 하네."

"물론입니다!"

남궁가주와 남궁경 형제가 의천문 성벽 위에서 심각한 얼굴로 대화를 나누는 중이었다.
"오, 옵니다!"
청평원까지 나가 있던 제왕무적단원의 보고가 있고.
"준비하지!"
"충!"
남궁가주의 명에 제왕무적단이 결연한 표정으로 답했다.
잠시 후.
"진—화야---!"
먼지구름을 일으키며 남궁진혜가 의천문까지 내달리는 모습이 보였다.
청평원 사람들은 이제 남궁진혜의 폭주를 그러려니 하는 표정들이었다. 그리고 잔뜩 긴장한 제왕무적단원들이 정면만을 뚫어져라 쳐다보았다.
"비켜, 비켜! 진화는? 진화는 어딨는데!"
남궁진혜가 의천문과 조금 떨어진 곳에서 소리를 지르며 묻고, 성벽 위에 있던 제왕무적단원이 비장한 얼굴로 침을 삼켰다.
"아, 안에. 당연히 천화정에 계십니다!"
"……일단 문 열어!"
제왕무적단원의 말을 들은 남궁진혜가 슬쩍 그를 째려본 뒤 문 앞에 있는 무인들에게 소리쳤다.
남궁진혜는 활짝 열린 의천문으로 들어와 곧바로 창천원

을 향했다.

그녀의 뒤로 제왕무적단원들 몇이 따라왔다.

"아, 안으로 모시겠습니다!"

"필요 없어!"

"영애님 오신 걸 보, 보고도 해야 해서……."

"그래? 근데 왜 자꾸 말을 더듬어?"

"아, 아무것도 아닙니다!"

남궁진혜의 눈초리에 제왕무적단원이 황급하게 소리쳤다.

그에 남궁진혜가 홱- 하고 고개를 돌려 그를 째려보았다.

"……꿀꺽."

"귀 아파, 새끼야. 소리 안 질러도 다 들려. 쫄-긴. 킄킄. 우리 진화는 어때? 많이 아파? 얼마나 아프면 아버지가 전서까지 보냈대?"

"그, 글쎄요."

남궁진혜는 잔뜩 얼어붙은 제왕무적단원들을 보며 씨-익 웃었다.

대부분의 신입 무인들이 그녀를 보면 이렇게 얼어붙었으니, 특별하게 이상할 것은 없었다.

"근데, 왜 본가 경계를 제왕무적단이 보고 있어? 창궁무애단은 뭐 하고?"

"……그, 글쎄요."

창천원까지 달리며 남궁진혜의 물음이 계속될수록 따라가

는 제왕무적단원들의 얼굴은 점점 하얗게 질려서 모기만큼 작은 소리로 대답하는 것이 겨우였다.

한편, 성벽 위에선.

"안 들켜서 다행이라고 할지……."

"망할 년. 아버지, 작은아버지한테 인사도 없이 진화부터 찾아?"

남궁경과 남궁가주가 숨기고 있던 모습을 드러내며 떨떠름한 기색을 감추지 못했다.

그 옆에는 창백한 얼굴을 한 제왕무적단원이 무척 불안한 표정을 하고 있었다.

"전 거짓말했다고 나중에 죽지 싫습니다."

"괜찮아. 진화가 천화정에 있는 건 사실이니까."

"그걸 말이라고 하십니까? 당장 쫓아오시지나 않으면 다행일 겁니다."

남궁경이 위로를 시도해 보았지만 씨알도 먹히지 않았다.

그러자 곁에 있던 남궁가주가 심드렁하게 말했다.

"걱정 말게. 지금 들어가면 절대 나올 수 없을 테니."

"형님, 내 제자라서 하는 말이 아니라 제왕무적단 정도는 뚫고 나올 겁니다."

남궁가주의 호언장담에 남궁경이 회의적인 반응을 보였다.

"그게 제왕무적단주로서 할 말이냐?"

"내 제자지만 걘 요괴요."

남궁가주가 남궁경을 흘겨보면서도 결코 부정할 수 없는 말이었다.

"……천화정 안에 요괴도 꼼짝 못할 요괴왕후가 있거든."

"요괴왕후? 혀, 형수님? 진짜로요?"

"음."

"……."

남궁경과 남궁가주가 서로 말없이 정면만을 보았다.

'만나기만 하면 머리카락을 죄 뜯어 주겠다!'고 벼르던 하후민을 떠올리며 형제는 입을 꾹 닫았다. 말하지 않아도 제왕무적단보다 믿음직스러운 수문장이었다.

"팽가도 올 때가 되었나요?"

"진혜랑 겹칠까 봐 얼마나 걱정을 했는지. 팽가에서 이렇게 서두를 줄은 몰랐구나."

남궁가주와 남궁경이 남궁진혜의 마중도 아니면서 밖에 나와 있는 이유였다.

유주에서 출발하고도 양청현에서 달려오는 남궁진혜와 같은 날 도착한다니, 팽가에서 얼마나 서둘렀는지 알 수 있었다.

"그 바람에 꼴사납게 이러고 숨어 있잖아요! 그래 봤자 진혜밖에 데려갈 사람도 없는데 대체 뭐가 그렇게 급한 건지……."

"일찍 데려가 준다면 고맙지."

"그게 딸 가진 아버지가 할 말이오?"

"너는?"

"……."

티격태격하긴 했지만 남궁경과 남궁가주는 서로의 심정을 충분히 이해했다.

"어? 저기!"

"팽가가 벌써 왔어?"

"아니, 저건 진휘 마차 아닙니까?"

"……자식새끼들이 하나같이…… 으득."

그렇게 오라고 해도 오지 않던 남궁진휘가 유인책에 속아서 급하게 오고 있었으니.

심지어 본인이 아니라 남궁진혜를 향한 유인책이었다.

그러니 황급하게 달려오는 남궁진휘의 마차를 보는 남궁가주의 눈에서 검강 같은 안광이 쏘아져 나가는 것도 이해할 법했다.

서늘해진 분위기.

마침 망을 보던 제왕무적단원 하나가 급하게 소리쳤다.

"패, 팽가가 옵니다!"

"이번엔 진짜야?"

"이젠 더 올 자식도 없다!"

남궁가주가 제 눈치를 보는 남궁경에게 버럭 하며 의천문으로 손님을 맞으러 나갔다.

팽가주와 팽가 사람들은 양주를 들어섰을 때부터 잠삼현으로 오기까지, 남궁세가의 위세가에 크게 놀랐다.

근래에 남궁세가가 천하제일 세가라는 명성을 얻고 있긴 하지만, 팽가를 비롯한 다른 오대세가 사람들은 그것이 제왕검부터 남궁제일검, 창천신룡, 청명화 그리고 창천화룡까지 대를 잇는 고수들의 활약 때문이라고만 생각했다.

하지만 양주 땅에 들어선 후 느껴지는 남궁세가의 위세는 가히 양주 땅에 일국을 세웠다고 해도 과언이 아닐 정도였다.

제일 먼저, 팽가가 양주에서 첫발을 디딘 남궁세가가 소유한 장강의 포구는 중원에서 가장 큰 규모로 하루에도 수백 척의 배가 오가고 있었다.

그곳에서 청해상단의 선단이 실어 나르는 교역량도 어마어마했지만, 그곳을 오가는 모든 배들이 청해상단에 통행료를 지불하고 교역품을 신고하는 모습은 팽가주의 간담을 서늘하게 할 정도였다.

하지만 지금까지의 놀라움은 잠삼현을 보기 전 맛보기에 불과했으니.

"마을 전체가 남궁세가로군요."

그들이 있는 백호현도 이 정도는 아니었다.

백호현에서 팽가 장원이 가장 크고 가신들과 수하들까지

합한다면 백호현의 절반 정도는 팽가의 것이라 해도 되지만, 잠삼현은…… 그 전체가 남궁세가였다.

양주 사람들 전부가 남궁세가에 소속감과 충성심을 가지고 있는 것과는 비교도 안 될 정도였다.

양쪽으로 나뉜 동평원과 서평원은 남궁세가 사람들이 사는 마을이었고, 저잣거리에 서는 시장과 상점 들은 모두 그들을 위한 것이었다.

이곳에 있는 사람들은 모두가 남궁세가의 사람들이었다.

"남궁가주가 남궁세가만의 제국을 만들었군."

팽가주가 이제는 질투도 나지 않는다는 듯 탄성을 뱉었다.

팽치를 붙잡아 두기 위해서였지만 결론적으로 남궁세가와 혼약을 맺은 것은 탁월한 선택이었다고 생각했다.

"저게 뭐야?"

"팽가네. 우리 남편이 쉬쉬하며 말해 주던데, 진혜 아가씨가 저기로 시집가실 건가 보더라고."

"우리 진혜 아가씨를 데려간다고?"

"그래! 그러니까 어서 길 막지 말고 보내 드려."

주변에 있는 아낙들의 말이 팽가주의 귀에도 들어왔다.

'남궁세가도 우리와의 혼담에 호의적인 듯하군. 다행이야.'

팽가주가 흡족한 얼굴로 걸음을 재촉했다.

다른 팽가의 사람들도 먼지 하나 없이 길을 비켜 주는 남궁세가 사람들의 호의에 들뜬 얼굴로 길을 지났다.

잠삼현에서도 남궁세가 본가는 또 달랐다.

남궁세가의 본가는 거대한 성벽에 둘러싸여 하나의 요새와 같았고, 그곳을 지키는 무사들은 병사들과는 비교할 수 없을 정도로 강인해 보였다.

성벽 정문에는 정의맹의 영웅문에 버금갈 정도로 크고 화려한 의천문이 있었다.

"허허, 어서 오시오, 팽가주."

"오랜만에 뵙습니다, 남궁가주님."

"반갑습니다."

"제왕무적단주도 오랜만이군."

의천문에 마중 나와 있던 남궁가주와 남궁경이 팽가주와 팽가 사람들을 반갑게 맞았다.

다만 남궁가주는 팽가주가 이끌고 온 사람들에 한해서는 의아함을 감추지 못했다.

"저건 다 무엇입니까? 팽가에서 이렇게 대규모로 올 줄은 몰랐군요."

"아. 온 김에 혼담을 확정하고 혼례도 치렀으면 해서 말입니다."

"호, 혼례까지요? 아니, 혼례를 그렇게 급하게……."

혼례식이라니.

혼담도 이제 겨우 확정하는 마당에 세상 어디서 혼례를 이렇게 번갯불에 콩 구워 먹듯 한단 말인가.

남궁가주는 팽가주의 말이 금시초문인 듯 당황스러움을 감추지 못했다.

그때.

콰—광! 쾅--!

의천문에까지 굉음이 울려 퍼졌다.

그런데 누구 하나 놀란 얼굴을 하는 사람이 없었다.

남궁가주는 올 것이 왔다는 듯 눈 끝이 파르르 떨리고 있었고, 남궁경은 이 굉음을 예상했다는 듯 어색한 웃음을 지었다.

"하하하. ……그게, 격한 훈련이 있는 날이라 말입니다."

정확한 상황은 알 수 없었지만 남궁경의 어설픈 거짓말을 믿는 사람은 아무도 없었다.

다행인 것은 팽가주를 비롯해서 팽가 사람들의 반응이 너무 태연했다는 것이다.

"괜찮소, 우리도 매번 있는 일이라."

"하하하하. ……네? 매번?"

남궁경이 이상함을 알아차리기 전, 팽가주가 남궁가주를 재촉했다.

"안으로 들어가서 하던 이야기나 마저 하시지요."

"아, 그, 그럽시다. 안으로 드시지요. 나머지 분들은 총관이 접객당으로 안내할 것입니다."

찔리는 구석이 있던 남궁가주와 남궁경이 팽가주의 기세에 밀리면서 쫓기듯 남궁세가 안으로 들어갔다.

팽가에서 손님들이 도착하기 전.

제왕무적단원들은 남궁진혜를 무사히 천화정에 들여보내는 데에 성공했다.

덜컹! 덜컹!

언제나 열려 있던 천화정 문이 급하게 닫혔다.

"헉. 헉. 헉."

분명 걸쇠는 안에 있었건만 제왕무적단원들은 어디서 구해 온 건지 단단한 나무 기둥을 천화정 문 앞에 쌓았다.

"지금부터 여기서 대기한다. 절대 담이 뚫려선 안 된다!"

"아아!"

제왕무적단 조장의 외침에 단원들이 비장한 기합 소리로 대답을 대신했다.

남궁진혜가 이상한 분위기를 감지한 건, 천화정 안으로 발을 들이고 나서였다.

"진화야, 내 동생! 대체 어디가 아픈…… 응?"

스스슷.

천화정 식솔들이 은밀하고 신속하게 움직였다.

천화정에 있는 것이 자연스러운 기척들이라 남궁진혜도 크게 신경 쓰지 않은 것이 실수였다.

쾅. 쾅. 쾅.

천화정 입구의 문과 창문까지 모든 문이란 문이 일제히 닫혔다.

"뭐, 뭐야? ……헉!"

당황한 남궁진혜가 주변을 돌아보다 눈앞에 나타난 사람을 보고 크게 놀랐다.

호환, 마마보다 무섭다는 진짜 어머니가 나타난 것이다.

"뭐긴 뭐야, 니 어미다!"

"어, 어머니?"

어째서, 하후민의 얼굴을 보면 온몸의 힘이 빠지고 착실하게 쌓아 온 내공이 흩어지는 느낌이 드는 걸까.

순식간에 다가오는 하후민을 보면서도 남궁진혜는 발이 얼어붙은 듯 꼼짝도 하지 못했다.

"너, 이 기집애! 또, 또 소매 찢고 미친년처럼 달려왔지! 이년아! 진화한테 들이는 정성 반의반만 부모 생각을 해 봐라! 내 딸자식은 전쟁에 나갔는데, 금동불상은 왜 부수는 건데? 응? 응?"

철-썩. 철-썩!

중원에 천신천력을 타고났다는 장사 가문으로 유명한 곳이 세 곳 있다.

하후대장군부, 팽가, 황보가.

비록 방계지만 하후대장군부의 핏줄을 이은 하후민의 천력이 그녀의 손바닥을 타고 매섭게 남궁진혜의 등짝에 떨어졌다.

"아주 그냥 매번 청구서로 생존 신고를 하지? 응? 응? 양주에서 어미 가슴은 문드러지든지 말든지 그저 칼질하는 데 미쳐 가지고, 어?"

철-썩. 철-썩.

찰지게 맞아떨어지는 것보다 더 사납고 둔탁한.

마치 파도가 바위를 때리는 듯 하후민의 손길이 멈추지 않고 떨어졌다.

"내 팔자야! 내 팔자야! 사돈에 팔촌이 죄다 딸들 시집 보내고 눈물짓는다는데, 나는 응? 응? 진화만큼 예쁘지 않을 거면 하는 짓이라도 좀 예쁘든가! 그게 아니면 빨리 시집가서 손녀라도 품에 안겨 주든가, 응? 응?"

"악! 악! 엄마, 그래서 진화는 괜찮은 거야?"

"이게 아직도! 진화는 괜찮아! 네 아버지, 엄마 속이 문드러지지! 어?"

"아악! 그럼 그 전서는 뭐야?"

"뭐긴 뭐야! 너 시집 좀 보내려고 네 아버지가 널 유인한 거지! 그런 걸로 유인하는 네 아버지나, 거기에 걸리는 너나! 이런 멍청한 걸 낳고 내가 몸조리도 못 했다! 응? 응?"

"아아악! 그럼 나 속인 거야?"

"이게 아직도 뭘 잘했다고 목소리를 높여? 속인 거면! 속인 거면, 뭐!"

철---썩!

어째서, 어머니는 자식을 속이고 이다지도 당당한 것일까. 그리고 자신은 왜 항변 하나 못 하고 맞고 있는 것인지.

남궁진혜는 억울한 마음을 속으로 삭이면서, 하후민의 손바닥에 얌전하게 등짝을 내주고 때를 기다리기로 했다.

그리고 그 선택은 몹시 훌륭했다.

그녀의 생각보다 훨씬 빨리 기회가 찾아왔기 때문이다.

덜컹.

갑자기 문이 열리고.

"왜 문이 닫힌 거지? 진화는? 진화의 상태가 심각한 건가?"

남궁진휘가 꼭 닫힌 문을 열고 진화를 찾았다.

생각지도 않은 남궁진휘의 등장에 하후민도 놀란 듯했으나, 곧 남궁진휘가 이곳에 온 이유를 알아차렸다.

"이놈의 자식새끼들이 하나같이! 너 이놈의 새끼! 너도 진화 때문에 왔다 이거지?"

하후민이 콧김을 뿜으며 남궁진휘를 향해 다가갔다.

그 기회를 틈타 남궁진혜가 천화정 밖으로 몸을 날렸다.

"야! 너, 어딜 도망가! 너! 나중에 봐! 아직 다 안 끝났어!"

뒤에서 하후민의 으름장이 귀에 쏙쏙 박혔지만, 남궁진혜는 일단 지금 당장을 모면하는 데에 집중했다.

"어? 여, 영애 나온다!"

"안 돼, 막아!"

망을 보던 제왕무적단원이 다급하게 소리치고, 다른 단원들이 입구를 막고 담벼락을 지켰다.

그때, 푸른 기둥이 담벼락을 넘어까지 번뜩이며 그 거대한 위용을 자랑했다.

"이 새끼들. 비켜-! 니들은 나중에 보자!"

쉐에에에엑!

콰----광! 쾅!

"우아아악!"

천화정 정문이 그 앞을 지키던 제왕무적단원들과 함께 떨어져 나갔다.

검을, 아니 푸른 기둥을 든 남궁진혜가 순식간에 창천원을 탈출했다.

그리고.

퍼------엉!

"뭐, 뭐야?"

마침 남궁진혜를 만나기 위해 창천원으로 향했던 팽치는 검을 들고 달려드는 남궁진혜의 모습에 깜짝 놀라, 저도 모르게 주먹을 휘두르고 말았다.

"단주님……?"

남궁진혜가 놀란 듯 팽치를 보았다.

하지만 놀란 건 팽치도 마찬가지였다.

"누구 죽일 일 있냐! 집 안에서 왜 검강까지 들고 설치는 거야!"

불과 며칠 전 형제 싸움에서 권강을 피워 올린 팽치의 말이었다. 물론 그걸 알지 못하더라도 남궁진혜가 팽치의 말을 귀담아들을 리 없었다.

"놀랐잖아요! 대체 왜 단주님이 우리 집에 있는 거예요?"

"네가 나만큼 놀랐겠냐! 용건이 있으니까 왔지!"

팽치나 남궁진혜 두 사람 모두 한 치의 물러섬도 없었다.

집에서 검강을 들고 설친 남궁진혜나 남의 집에서 주먹부터 날린 팽치나, 둘 다 잘못했다는 생각은 눈곱만큼도 안 하는 얼굴들이었다.

"용건? 적호단에 임무 떨어졌어요?"

"아니. 적호단이 아니고…… 팽가."

차라리 주먹질이 낫지.

아무것도 모르는 얼굴로 묻는 남궁진혜의 모습에 팽치의 자신감이 떨어졌다.

"네? 뭐라고요?"

"팽가! 팽가! 가문의 일로 왔다고!"

"팽가? 단주님이 가문의 일로 왔다고요?"

괜히 신경질을 부리는 팽치의 모습에 남궁진혜가 고개를

갸웃거렸다. 그러다 흥분이 좀 가라앉고 나니 머리가 돌아가기 시작했다.

가문의 일로 왔다는 팽치.

불현듯 혼인을 위해 자신을 유인했다던 어머니 하후민의 말이 떠오르면서, 남궁진혜의 얼굴이 점점 사납게 구겨졌다.

"설마…… 남궁에 혼담을 보낸 가문이 팽가예요? 쓰불, 그래서 내 서방 될 놈은 누구라는데요?"

"그, 그건 왜 묻는데?"

죄를 지은 것도 아닌데 괜히 창피하고 수줍은 기분에 팽치가 움츠러들었다.

그런 팽치의 속내도 모르고, 남궁진혜가 입꼬리를 끌어 올렸다.

'뭐지? 혼담을 깰 방법이 있는 건가?'

팽치가 조금 수상쩍고 조금은 아쉬운 눈빛으로 남궁진혜를 보았다.

혼사는 가문과 가문의 약속으로, 남궁세가나 팽가 같은 대세가일수록 격식과 가문의 약속을 중시했다. 게다가 요즘같이 여기저기서 혼인을 통한 동맹을 맺고 있는 때에 남궁세가와 팽가의 혼담을 단지 혼담으로만 볼 수도 없었다.

팽치가 그랬듯 남궁진혜도 그런 것 정도는 알고 있었다.

"혼담을 깰 수 없다면 서방 놈을 죽여 버리면 돼요."

남궁진혜가 흉신악살처럼 사납게 올라간 눈으로 입만 웃

으며 말했다.

살랑살랑 봄바람처럼 흔들리던 팽치의 마음이 한여름 태양처럼 화르륵 타올랐다.

"나다."

"……뭐요?"

"네 서방 될 놈, 그게 나라고."

"아…… 젠장."

팽치의 말에 남궁진혜의 표정이 멍-해졌다.

그러다 곧 남궁진혜의 입에서 욕지거리가 새어 나왔다.

"젠장?"

팽치가 눈썹을 꿈틀거렸다.

내가 그렇게 마음에 들지 않는 것인가.

그렇다고 해도 다른 형제들에게 이 혼담을 넘길 생각은 없었지만, 순간 서운한 마음이 드는 건 어쩔 수 없었다.

그때.

쉐에에에엑--!

팽치가 코앞까지 날아든 검을 피하며 남궁진혜를 노려보았다.

"야!"

"아, 왜요? 죽지도 않을 거면서!"

팽치의 고함에도 남궁진혜는 뻔뻔했다.

열이 받은 팽치도 비호처럼 날아들어 오른쪽 주먹으로 남궁진혜의 검을 때렸다.

그리고 왼 주먹으로 남궁진혜의 복부를 후려쳤다.

퍼-억!

"단주님이야말로 신부 될 사람한테 주먹질을 한다고요?"

남궁진혜가 급하게 왼쪽 팔뚝으로 팽치의 주먹을 막으며 소리쳤다. 그러면서 오른손으로 팽치의 옆구리를 향해 검을 찔러 갔다.

휘-익!

"흥! 이래 봐야 세상천지에 너 예뻐할 사람이 또 있을 줄 알아? 그나마 나니까 미친년처럼 날뛰어도 예쁘다고 봐주는 거야!"

"지금…… 날 예뻐한다고 한 거예요?"

"……누, 누가!"

"방금! 단주님이 그랬잖아요!"

"아니야! 그런 적 없어!"

퍽! 퍽! 퍽!

귀까지 시뻘겋게 달아오른 팽치가 주먹을 뻗고, 남궁진혜도 얼굴을 붉히며 검과 주먹으로 그것을 막았다.

"나 좋아해요?"

"아니라고 했잖아! 그리고 넌 새끼야, 여자가 부끄러움도 없냐!"

"좋아하는 거 맞네! 예쁘다며!"

"닥쳐-! 닥치라고!"

퍽! 퍼억!

처음 아슬아슬하게 급소를 노리던 검과 주먹이 이제는 서로 합을 맞춘 듯 부딪히기만 했다. 푸른 몽둥이 같던 검강도 사라졌고, 피처럼 사납던 권기도 없었다.

팽치와 남궁진혜는 잔뜩 달아오른 얼굴로 친선 대련을 하듯 주먹을 주고받았다.

언뜻.

"멈춰야 하는데 쪽팔려서 멈추지 못하는군."

근처 나무 아래에서 구경을 하고 있던 남궁교명이 입꼬리를 비틀며 두 사람을 비웃었다.

"에이, 이번에는 진짜 사생결단을 낼 줄 알았더니, 재미없게."

남궁구는 아예 김이 샌 듯 아쉬워 보였다.

"……저렇게 동네방네 떠들다가 누님이 창피해하시면 어쩌지?"

진화가 걱정스러운 듯 남궁진혜를 보고 있었다.

하필 창천원 밖으로 빼돌린 진화가 남궁구, 남궁교명과 함께 본가로 돌아오는 길이었다.

그들 외에도 진화를 수행하는 암풍단이 숨어 있었고, 창천원 경계를 서던 창궁무애단원들도 좋은 구경을 놓치지 않았다.

지나가던 가신과 식솔 그리고 소문을 듣고 모여든 이들까지, 좋은 구경을 위해 웃음소리마저 참고 있는 중이었다.

심지어 숨죽이고 있는 사람들 중에는 팽가의 무인들과 식솔들도 있었다.

"저러다가 누님 진짜 못 멈추실 거 같은데……."

이 많은 사람들이 사랑싸움인지 사랑 고백인지도 모를 대련을 지켜보고 있었으니.

진화의 걱정대로 주먹을 나누는 팽치와 남궁진혜도 사태를 인식하고 점점 홍조가 짙어지고 있었다.

"위험한 건 우리야. 저러다가 이 많은 사람들을 기절시키겠다고 들면 어쩌냐고."

"설마."

"설마가 아니야. 방금 두 사람 눈빛이 달라졌다고."

남궁구가 날카롭게 눈을 빛내며 그간 봐 온 팽치와 남궁진혜라면 그러고도 남을 거라 확신했다.

실제로 팽치와 남궁진혜도 흘낏흘낏 주변을 파악하는 중이었다. 하지만 다행히 그런 일은 일어나지 않았다.

"남궁진혜--! 손님한테 이게 무슨 짓이야!"

남궁가주와 남궁경, 팽가주 그리고 팽가 형제들이 창천원에 초대를 받아 가는 중에 이 광경을 발견했기 때문이다.

"이, 미친 개망나니 같은 것들. 조용히 따라와라."

남궁경이 으르렁거리며 팽치와 남궁진혜를 사람들의 눈을 피해 창천원 안으로 끌고 가고.

"송구합니다."

"저희야말로."

이마를 잡은 남궁가주와 미간을 구긴 팽가주가 서로 사과를 주고받으며, 서둘러 창천원 안으로 들어갔다.

창천원은 남궁세가 직계와 그들의 허락이 없으면 아무나 들어갈 수 없는 곳이었으니.

"……도련님은 좋겠다. 창천원까지 가서 구경할 수 있잖아."

"뒷이야기가 궁금하긴 하군요."

남궁구와 남궁교명을 비롯한 많은 이들이 진화를 향해 부러운 시선을 보냈다.

그날 저녁, 팽치와 남궁진혜의 혼사가 확정되었다.

당연한 일이었다.

팽치와 맞설 만큼 강하다는 건 팽가에선 흠도 되지 않았다. 오히려 팽가주는 눈으로 확인한 남궁진혜의 무공이 팽치만큼 강하다는 데에 몹시 흡족해했다.

집안도 마음에 들고, 망나니 아들도 잡아 주고, 스스로도 몹시 강한.

팽가주는 남궁진혜를 꼭 팽가로 데려가고 싶어 했다.

마찬가지로 집안도 마음에 들고, 망나니 딸을 예뻐해 주며, 딸을 제지할 만큼 강한.

남궁가주로서도 남궁진혜에게 팽치만 한 사내가 없다는

것을 인정하며 남궁진혜를 꼭 팽가로 보내고 싶어 했다.

우연히 듣게 된 대략 '네가 아무리 미친년이라도 나는 널 예뻐한다!'는 팽치의 고백이 남궁가주의 마음에 한 톨 남겨져 있던 망설임을 치워 버렸다.

창천원 앞에서 팽치가 우렁찬 목소리로 고백한 이야기가 온 남궁세가에 퍼지고 하후민과 팽연화의 귀에도 들어가면서, 그녀들 또한 이 급한 혼사에 찬성했다.

"대단하군요! 천력이라면 우리 팽가도 지지 않는데, 우리 며느리의 힘은 실로 하늘이 내려 준 듯합니다!"

"며, 며느리요?"

혼담이 결정되고 벌인 연회에서도 팽가주는 남궁진혜에 대한 애정을 대놓고 드러냈다.

'이 사람이 이렇게 유들유들했나?'

남궁가주는 그런 팽가주의 모습이 어색하다 못해 놀라울 지경이었다.

"하늘이 주긴 무슨. 다 내 핏줄을 이은 거지."

"하하하! 맞습니다! 제왕검께서 남궁세가의 뿌리임을 모르는 이가 없지요."

오만하다는 평을 듣는 팽가주가 제왕검에게 아부를 떨 정도였다.

하지만 그런다고 제왕검의 기분이 금세 좋아지진 않았다.

"혼례를 그렇게 급하게 잡을 것이 있나?"

"그때가 최고의 길일이라고 합니다."

"허, 참. 어차피 길일이라는 것도 또 오고 올 것인데, 뭘."

"둘이 워낙 불, 불이라서 무탈하게 살려면 꼭 그날에 해야 한답니다. 그거 아니면 삼 년 뒤에나 그 비슷한 길일이 온다는데요……."

아까 분명 본인도 찬성을 해 놓고 계속 딴지를 거는 제왕검의 변덕에, 남궁가주가 웃으면서 이를 꽉 깨물었다.

그리고 조용히 입 모양이 움직이지 않도록 제왕검의 귀에 속삭였다.

"삼 년 동안 아버님께서 진혜를 봐주실 겁니까?"

"흐음."

제왕검이 조용히 술잔을 들었다.

"하하하하! 오늘 이렇게 조촐하게 혼담을 축하하는 연회를 하지만, 여드레 뒤 혼례 날에는 급히 잡은 것이 느껴지지 않을 정도로 성대하게 치르도록 하겠습니다."

"오, 남궁가주님께서 이리 흡족하게 하나밖에 없는 금지옥엽을 주신다니, 앞으로 이 팽 모가 더 성의를 다하겠습니다!"

남궁가주와 팽가주가 함께 술잔을 들며 유쾌한 분위기를 이어 갔다.

남궁세가와 팽가 가신들의 분위기도 무척 좋았다.

"와, 팽가주님이 오해를 단단히 했네. 저 마녀가 남궁세가의 외동딸은 맞지만 금지옥엽은 다른 사람인데."

"굳이 말해 뭐 해. 좋은 날 해 주는 좋은 소리인 것을."

"하긴. 그나저나 이제 우리 마녀가 너희들 형수가 되는 건가? 괜찮을까?"

남궁구와 남궁교명의 시선이 팽가 쌍둥이에게 향했다.

산만 한 덩치에 호전적인 팽가 형제는 양주에서부터 쭉 봐 온 남궁세가의 위세와 팽치와 대등하게 싸운 남궁진혜, 그런 둘을 양손으로 제압한 남궁경의 무위를 확인하고 얌전히 연회를 즐기는 중이었다.

그 덕에 팽가 쌍둥이도 오랜만에 친우들과 술잔을 나누는 시간을 보낼 수 있었다.

"우리 팽가는 강할수록 살기가 좋으니까, 형수님께도 좋은 곳이 될 거다."

"아니, 내 말은 저 마녀 밑에서 같이 살게 될 너희가 괜찮겠냐고."

"우린 적호단으로 간다."

"마침 두 자리가 비었다."

"오!"

"축하한다."

남궁구와 남궁교명, 팽가 형제가 마음 놓고 술잔을 들고 서로를 축하했다.

한편.

진화는 슬쩍 연회장에서 빠져나온 중이었다.

연회가 시작된 후로 내내 진화는 팽가 사람들의 시선에 집중 세례를 당해야 했다.

최후에 역천마제를 죽인 영웅, 창천화룡 남궁진화에 대한 무림인들의 동경은 팽가 사람들도 예외가 아니었기 때문이다.

결국 소란스러운 것을 싫어하는 데다 부담스러운 사람들의 시선을 견디다 못한 진화는 도망치는 것을 택했다.

"청림으로 도망을 오는 것이 습관이 된 것이냐?"

"너무 시끄러워서요."

스승 남궁호명의 타박에 진화가 민망한 듯 웃었다.

그런 진화를 보며 남궁호명이 슬쩍 술병을 건넸다.

"친애하는 누님이 혼인을 한다니 속이 쓰린 것은 아니고?"

"그럴 리가요. 두 사람…… 잘 어울려요."

진화는 술병을 받아 들며 흐려지던 말을 단호하게 마무리 지었다.

이제 정말로 남궁진혜가 행복해질 차례였다.

이전 생에 목도 없이 미련 가득한 모습으로 천화정 앞에 서 있던 남궁진혜가, 이제는 전쟁 이후의 미래를 살고 있는 것이다.

"누님이 혼인도 하고, 머지않아 어여쁜 아이도 가지시겠죠? 어머니가 되고 할머니가 되고……."

진화가 말을 하는 것만으로도 기쁘다는 듯 웃어 보였다.

그 표정이 행복해 보이면서도 애잔한 것이, 남궁호명은 괜히 얼굴을 찌푸리며 진화의 손에서 술병을 빼앗으려 손을 뻗었다.

"술병 들고 제사 지내냐? 이리 내."

"아, 자, 잠깐만요."

진화가 당황한 얼굴로 남궁호명의 손을 피해 술병을 지켰다. 그리고 가만히 술병을 노려보았다.

"왜 그래? 술 한 모금 못 먹어 본 놈처럼…… 설마, 아직 술도 못 마셔 봤냐?"

"예."

"허! 남궁세가 놈들은 대체 널 얼마나 애지중지 키운 거냐? 네 아비는 아홉 살에 제왕검의 술병을 훔친 놈이야!"

남궁호명은 기가 막힌다는 듯 헛웃음을 지으며 진화를 기다려 주는 듯 혼잣말을 이어 갔다.

"일곱 살 때부터 술병을 노리더니, 이 년 동안 벼르다가 실행에 옮긴 거지. 그러고 보면 그놈도 간덩이가 부은 건지, 용의주도한 건지 헷갈려."

남궁호명의 입에서 나오는 아버지의 과거지사를 들으며 진화가 웃음을 흘렸다.

술은 정말로 처음이었다.

이전 생에서부터 지금까지.

취기 따위야 내공으로 날리면 그만이건만, 약점이 될 만한 것, 자신을 즐겁게 만드는 것, 저를 위해 돈을 쓰는 것까지 모든 것을 꺼리던 진화는 지금껏 술을 마셔 본 적이 없었다.

이제 약점을 노리는 귀천성이나 남궁세가의 적도 사라졌고, 진화가 인생을 즐길 수 없는 이유들도 사라졌다.

그러니 오늘은 술을 입에 대도 괜찮을 것이다.

결심을 굳힌 진화가 술병을 입에 대고 한 모금 꿀꺽 삼켰다.

제자의 첫 음주를 지켜보던 남궁호명도 호기심 어린 눈으로 진화를 보았다.

"어떠냐, 좋지?"

"……맛이 없습니다. 이런 걸 대체 왜 마십니까?"

불쾌한 향이 입과 코를 가득 채우고 식도가 타들어 갈 것 같은 느낌이 드는 것이.

진화가 오만상을 찌푸리며 원망스러운 눈으로 남궁호명을 보았다.

"크큭! 크흐흐흐, 아직 술맛도 모르다니. 네가 인생에 쓴맛을 못 봐서 그래. 어린 노무 새끼! 하하하하하!"

남궁호명이 진화의 머리칼을 헤집으며 크게 웃었다.

그때.

청림의 기운이 움직였다.

스승과 제자의 눈이 대번에 날카롭게 변하고, 그들은 누구라고 할 것 없이 침입자가 나타난 곳으로 향했다.

그리고.

-저런.

남궁호명이 침입자, 팽치를 안타까운 눈으로 보았다.

그가 연회장에서 청림으로 온 이유야 뻔했기 때문이다.

-쪽팔려서 도망친 모양인데, 왜 하필 청림으로 왔을까?

청림은 남궁세가의 뒤를 노리는 침입자들을 죽이기 위해 만들어진 함정으로, 청림에 발을 디딘 적은 방향감각부터 서서히 오감을 상실하고 끝내 내기가 뒤틀려 주화입마에 빠지게 되었다. 그러니 위험해지기 전에 어서 기운을 풀고 길을 내줘야 했다. 그렇게 혀를 끌끌 찬 남궁호명이 손을 쓰려 하는 참이었다.

턱.

진화가 남궁호명의 손을 잡았다.

-잠시 이대로 두죠.

-뭐?

남궁호명이 황당하다는 듯 진화를 보았다. 그 순간 진화가 아이처럼 개구진 눈빛으로 환하게 웃고 있었다.

-……두 사람이 잘 어울린다며?

-그게 좋다고 한 적은 없잖아요.

어쨌든 팽치는 문제가 생기기 전에 청림에서 풀려났다.

진화의 심술에 고개를 저은 남궁호명이 팽치가 본격적으로 청림 깊숙이 들어오기 전에 길을 열어 주었기 때문이다.

"어머, 우리 사위, 어제 과음했는가?"

"아닙니다! 늦어서 송구합니다."

아침부터 하후민이 반갑게 팽치를 맞이하자 팽치가 민망한 얼굴로 고개를 숙였다.

진짜로 과음을 했다면 억울하지 않을 텐데, 팽치는 하후민처럼 저를 놀리는 사람들을 피하느라 연회에서 술을 마실 겨를도 없었다.

'뒤늦게 멀미를 했나? 아니면 나도 모르는 사이에 저 새끼한테 머리를 맞았나?'

팽치가 의심스러운 눈길로 남궁진혜를 보았다.

"호호호, 아침부터 눈을 못 떼네? 우리 딸이 그렇게 예쁜가?"

하후민이 눈을 초승달처럼 만들며 팽치의 옆구리를 툭 때렸다.

식탁에 앉은 다른 사람들도 흐뭇한 얼굴로 팽치를 보고 있었다.

"아, 아니, 그게 아니라……!"

팽치가 다급하게 변명을 하려고 했지만.

퍼-억!

"윽!"

"얼른 앉아요!"

남궁진혜가 얼굴을 붉히며 팽치의 옆구리를 치는 터라, 억지로 변명을 하는 것도 꼴이 우습게 되었다.

결국 팽치는 억울함을 꾹 누르고 자리에 앉았다.

"하하하! 혼례를 앞둔 젊은 사람들이 참 보기가 좋군요."

"그렇습니다."

남궁가주와 팽가주가 흐뭇하게 웃었다.

남궁가주는 팽가주와 팽치를 비롯한 팽가 형제들을 창천원으로 초대했다.

귀한 손님들이니 최고로 귀하게 대접하겠다는 의도였다.

더불어 앞으로 한 가족이 될 관계이니 혼례식이 있기 전까지 가깝게 정을 나눌 시간을 보내는 것도 좋겠다는 하후민의 적극적인 의견도 있었다.

그 결과가 이렇게 탱탱 부은 얼굴로 마주하는 아침 식사 자리였다.

"우리 진화, 아프진 않다지만 얼굴이 홀쭉하네. 많이 먹어."

"진화야, 이것도 먹어 보렴."

남궁세가의 아침 식사는 팽가 사람들이 왔다고 달라지지 않았다.

남궁진휘와 남궁진혜가 경쟁하듯 진화의 밥그릇에 고기 요리를 쌓았고.

거기에 팽연화와 남궁경이 한 젓가락씩 보태면서 보다 못한 덕순할매가 진화의 그릇을 바꿔 주는.

평소와 똑같은 모습이었다.

그 모습을 처음 보는 팽가 사람들이 신기한 눈으로 진화의 그릇을 쳐다보고, 평소보다 더 민망했던 진화가 사람들의 눈치를 보았다.

"아, 왜, 애 밥 먹는데 부담스럽게 쳐다봐요? 자요, 단주님도 밥 먹어요."

진화를 보는 팽치의 시선을 발견한 남궁진혜가 무심한 척 그의 밥그릇에도 반찬 하나를 투척했다.

"……."

팽치가 의외라는 눈으로 남궁진혜를 보았다.

그때 그 이상한 고백 이후로 두 사람은 창피함과 민망함에 서로를 피해 다니느라 진지하게 이야기를 나눈 적이 없었다.

'그래도 싫은 건 아닌가 보군.'

팽치는 돌아가는 상황과 지금 남궁진혜의 행동을 보면서 남궁진혜가 나름 그의 고백을 거절하지 않는 것이라 생각했다.

그리고 그런 생각이 팽치도 모르게 그의 얼굴에 드러났다.

세상에 가장 숨기기 힘든 것이 사랑이라 했던가.

팽치가 얼굴을 붉히며 입꼬리를 실룩거리고 있었던 것이다.

툭.

"드세요."

진화가 새파란 채소 하나를 팽치의 접시 위에 올렸다.

"어? 어, 고맙다."

팽치는 얼떨떨한 얼굴로 진화의 친절을 받으면서 고개를 갸웃거렸다. 하지만 사랑은 사람을 바보로 만든다고.

평소였다면 진화의 친절을 의심부터 했을 팽치가 무심코 진화가 준 채소를 입에 넣고 말았다.

"읍!"

팽치의 눈이 튀어나올 듯 커졌다.

열매가 익기 전 한여름 뙤약볕에 독이 오를 대로 오른 화초가 진화를 대신에서 팽치의 혀를 때렸다.

다행히 화기애애한 식사 자리에서 그 모습을 제대로 본 사람은 진화의 일거수일투족을 모두 살피고 있던 남궁진휘뿐이었다.

–진혜가 시집가는 것이 아쉬운 것이냐?

남궁진휘가 진화에게 전음을 보냈다.

처음에 움찔하던 진화는 아쉬운 눈빛으로 슬쩍 남궁진혜를 보았다.

–팽가는 많이 거칠다는데, 게다가 적호단주님은 성정도 불같고…… 누님이 걱정됩니다. 형님은 괜찮으십니까?

진화가 전음으로 되물었다.

그러자 남궁진휘가 고민도 하지 않고 답했다.

–이 형은 누구라도 저걸 데려가 주는 것만으로도 좋구나.

남궁진휘가 후련한 얼굴로 팽치의 접시 위에 화초 하나를 더 올려 주었다.

그렇다고 팽치가 좋다는 건 아니었으니까.

젓가락으로 화초를 든 팽치의 손이 부들부들 떨렸다.

팽치의 인내심을 시험하는 칠 주야가 지나고.

드디어 혼례식 날이 되었다.

혼례식은 성대하게 치르겠다던 남궁가주의 호언장담처럼, 잠삼현 전체가 혼례식을 치르기 위해 움직였다.

급하게 치러지는 혼사였지만 남궁가주와 팽가주는 빙서와 예서, 혼서를 모두 나누었고, 대례 물품과 수량을 기록하는 혼서는 그 길이만도 석 자가 넘었다.

제국의 난다긴다하는 집안들은 모두 육례를 철저하게 지키며 혼례 절차를 진행하였는데, 납채, 문명, 납길, 납징, 청기, 친영 중에서도 가장 중요한 것은 역시 신랑이 신부를 데리러 와 혼례식을 치르는 친영(親迎)이었다.

친영을 위해 의천문 앞 동평원과 서평원 사이를 가로지르는 소천로엔 붉은 등과 폭죽, 붉은 꽃잎이 가득 대기 중이었고, 꾹 닫혀 있던 남궁세가 본가도 모든 손님들을 위해 개방되었다.

그늘막이 처진 천장에 붉은 꽃들이 가득해서 하늘이 보이지 않을 정도였고, 신랑을 맞이할 문틀 위를 가로 대는 나무는 무려 황금으로 장식되어 있었다.

해가 조금씩 떨어지고 하늘이 붉게 물들었을 때.

"오, 온다-!"

"와아아아--!"

화려한 작변을 머리에 쓴 팽치가 말을 타고 등장하자 잠삼현의 남궁세가 사람들이 모두 환호성을 질렀다.

검은 말은 작변을 쓰고 검고 붉은 면복을 입은 팽치를 든든하게 받칠 정도로 거대했으니. 남궁세가에 속한 이들 중 적호단주 팽치의 명성을 모르는 이들은 없었으나 오늘따라 더 늠름한 신랑의 모습에 모두가 탄성을 보냈다.

"와, 와아아아아---!"

탄성 소리는 팽치가 지나가고 더 커졌다.

팽가에서 붉게 장식한 수레 다섯 대에 귀하다는 호피부터 금은보화를 가득 실어 왔기 때문이다.

잠시 후, 금으로 번쩍이는 나무 아래로 남궁진혜가 나왔다.

"와아……."

매응의 검은 깃털로만 만든 각선으로 얼굴을 가렸지만, 머리칼 한 올 어긋나지 않게 쪽 진 머리에 비녀와 장신구로 화려하게 장식하고 양주의 현청비단으로 지은 옷을 입은 남궁진혜의 모습은 그 자태만으로도 감탄을 자아내었다.

"아가씨, 아름답습니다!"

"아가씨, 힘내세요! 이제 가는 겁니다!"

"와하하하하하!"

너 나 할 것 없이 모두 남궁의 식구라, 사람들은 자기 일처럼 기뻐하며 남궁진혜를 축복했다.

물론 짓궂게 응원을 보내는 이들도 있었으나 남궁진혜마저 웃음을 터뜨렸을 정도로 모두가 행복한 날이었다.

마침내 말에서 내려 다가온 신랑에게 신부가 얼굴을 가리던 각선을 건네며 절을 하고, 신랑 또한 공손하게 각선을 받아 들고 신부를 향해 절을 했다.

그렇게 둘은 부부로서 첫인사를 주고받은 것이다.

"크흠, 어휴, 나도 주책이야. 이렇게 좋은 날에 눈물이 나네."

"너무 행복한 날이지만 진혜를 보낼 생각에 아쉬워서 그렇죠. 저도 눈물이 나는데 형님은 오죽하실까요."

본격적인 식을 위해 안으로 들어가는 신랑 신부를 보며 하후민이 눈물을 흘리자, 팽연화 역시 눈물을 닦으며 그녀를 위로했다.

하지만 수십 년을 함께하고도 팽연화가 적응하기 힘든 것이 있었으니.

하후민의 강인함이 언제나 팽연화의 상상을 초월한다는 것이었다.

"아니. 동서, 내가 저년 키우느라 고생한 게 생각나서 그래. 저 기집애가 뽑아 놓은 기둥 정도는 팽가에서 보낸 예물로 퉁- 치면 되겠더라고. 그래서 서운한 건 좀 덜해."

"혀, 형님도, 참. 호호호……."

하후민의 말에 팽연화는 웃음으로 대충 놀라움을 얼버무렸다.

남궁가주도 혼례식이 진행되는 내내 싱글벙글이었다.

"킁!"

"하하하하. ……좋은 날에 콧물 뿌리지 말고 저리로 가 있거라."

"씨-잉! 킁!"

사부인 남궁경이 콧물까지 흘리며 서운해하고 있자, 남궁가주가 그의 귓가에 대고 조용히 속삭였다.

남궁가주는 오늘 이 예식을 방해할 만한 어떤 것도 용납하지 않겠다는 듯 비장했다.

예법에 따라 팽치와 남궁진혜가 함께 손을 씻고, 음식을 나눠 먹고 난 뒤 입을 헹구었다.

그리고 혼례식의 거의 마지막 절차나 다름없는 합근, 함께 술을 나눠 마셨다.

"……!"

술향을 느낀 팽치와 남궁진혜가 두 눈을 크게 떴다.

그리고 잔에 담긴 술을 단숨에 입속으로 털어 넣었다.

합혼주로 나온 술이 제왕검 남궁강이 애지중지하던 고정공주였기 때문이다.

술 중에 모란이라 불리며 일 년에 열 병도 만들지 못하는 귀한 술이라, 팽치와 남궁진혜가 동시에 술병에 남은 술을 아쉬운 눈으로 쳐다보았다.

그런 신랑 신부의 모습이 또다시 사람들의 웃음을 자아냈다.

"아가씨, 그거 전부 다 마시는 거 아닙니다!"

"부창부수로군. 하하하하!"

"누가 저 술병 좀 치워. 혼례식이 끝나지 않겠어!"

"그냥 한 잔씩들 더 드려!"

결국 팽치와 남궁진혜는 남은 술을 탈탈 털어 한 잔씩 더 마시고 몹시 만족한 얼굴을 했다.

남궁가주와 하후민의 눈에서 검강 같은 안광이 나왔지만, 오늘로써 남궁진혜는 팽가로 갈 것이었다.

남궁진혜의 혼례식이 끝나고.

진화 또한 아쉬워서 떨어지지 않는 발걸음을 떼고 남궁세가를 떠나야 했다.

황제와 한 약속을 지키기 위해 황궁으로 돌아가야 했기 때문이다. 그래도 조금 위안이 되는 것은 남궁경, 팽연화 부부와 함께 간다는 사실이었다.

"처리할 일이 많아서 큰아버지 내외에는 등극식에나 오실 수 있을 것 같구나. 가문의 일 때문에 그런 것이니, 서운해도 네가 좀 이해해 주렴."

"네."

사실 진화보다는 남궁가주와 하후민 내외가 더욱 아쉬워했었다.

진화가 황태자에 오르게 된다면 아무래도 이전처럼 남궁세가에서 함께 사는 일은 없을 것이기 때문이다.

"네 큰어머님이 진혜 보낼 때도 우셨는데, 이번에도 또 눈물을 보이셔서 우리 진화가 마음이 좀 그렇지?"

팽연화가 서운한 기색이 역력한 진화를 안쓰러운 듯 쓰다듬었다. 그러자 옆에서 남궁경이 눈치 없이 끼어들었다.

"진혜 보낼 때는 시원해서 울었잖소. 진화 때와는 다르지."

"가가도, 참. 설마 진심이셨겠어요?"

"……."

그날 밤 남궁가주가 '앓던 이가 빠진 기분이구나. 당장은 허전하지만 앞으로 쭉 행복할 것 같은 그런 기분.'이라고 했던 걸 아는 남궁경은 그저 입을 다물었다.

팽연화가 진화를 눈짓하며 남궁경의 옆구리를 찔렀기 때문이다.

진화는 팽연화와 남궁경의 노력을 생각해서 모르는 척했다.

"그나저나 진휘 때문에 큰일이네요."

팽연화가 다른 화제로 말을 돌렸다.

진화에게 언제나 통할 수밖에 없는 화제였다.

"진휘 형님요?"

예상대로 진화가 눈이 동그래져서 묻자, 팽연화가 웃음을 참는 듯한 표정을 지었다.

"진혜가 먼저 혼례를 치렀으니, 진휘도 어서 혼례를 치르긴 해야 하는데. 온 중원에서 매파를 보내는 통에 네 큰아버지가 그걸 거절하느라 일이 배로 느셨다는구나. 호호, 그만큼 진휘를 탐내는 집안이 많은 거니까 좋은 일이겠지?"

"큰일이긴 하지. 진휘도 혼기가 찼는데 주변에 가깝게 지내는 여인은커녕 여인의 그림자도 못 봤으니. 신붓감은 줄을 섰는데, 그렇다고 아무나 배경만 보고 들이밀 수도 없고."

남궁세가를 보고 넣은 혼담이 절반이겠지만 남궁세가의 권력이 아쉽지 않은 유력 가문에서 남궁진휘만 보고 넣은 혼담도 적지 않은지라. 부모의 입장에서는 즐거운 비명을 지를 수밖에 없는 상황이었다.

바쁜 남궁가주, 가모를 대신해서 남매를 돌봐 온 팽연화와 남매의 스승이었던 남궁경은 벌써 남궁진혜를 시집보내고 남궁진휘의 장가를 고민하고 있는 상황이 감회가 새로운 듯했다.

"진휘가 원체 관심을 보이지 않으니, 형님께서 화가 나서 진휘더러 제 손으로 신붓감을 고르라고 하셨다는데……."

하후민의 마음과 다르지 않던 팽연화는 막상 남궁진휘의 손에 맡기고도 걱정스러운 모양이었다.

그런 팽연화의 속도 모르고 남궁경은 웃음부터 터뜨렸다.

"흐흐흐, 진휘 녀석이 질색하겠군. 도망이나 가지 않으면 다행이지."

"……그렇군요. 저기, 실제로 도망 나온 사내들이 둘씩이나 있으니."

분위기가 서늘해진 것은 당연한 수순이었다.

남궁세가 직계는 아니지만, 직계가 귀한 남궁세가엔 직계만큼이나 유능하고 유망한 청년이 둘이나 더 있었으니.

이번 전쟁에서 명성을 떨친 남궁구와 남궁교명 또한 가문과 부모에게 밀려드는 혼담으로 정신을 차리지 못할 정도였다.

남궁진휘의 것만으로도 감당하기 힘들, 아니 귀찮았던 남궁가주가 가문으로 들어오는 모든 혼담을 그들의 부모에게 미뤘고, 눈치 빠른 남궁구와 남궁교명이 부모님께 시달리기 전에 도망을 나온 것이다.

진화 본인이 현경의 고수에다 제왕무적단주와 제왕무적단이 함께하고 있는 상황에서, 진화를 호위하겠다는 남궁구와 남궁교명의 핑계가 너무 궁색했다.

가만히 있다가 불똥을 맞은 남궁구와 남궁교명이 팽연화와 남궁경의 눈총을 피해 뒤로 처졌다.

"혼례 문제로 주변이 난리군."

남궁교명이 고개를 절레절레 저으며 한숨을 쉬었다.

“그러니까. 짐승들이 궁지에 몰리면 본능적으로 자손 번식에 힘쓴다더니, 전쟁으로 죽은 무림인의 수를 이번에 다 채울 모양이야.”

남궁구가 입술을 삐죽이며 맞장구를 쳤다.

“어휴, 한동안은 황궁에 꽁꽁 틀어박혀서 나올 생각을 말아야지.”

이어진 남궁구의 말에 남궁교명도 고개를 끄덕였다.

한편.

팽연화만큼이나 남궁교명과 남궁구의 도망에 분노하는 사람이 있었으니.

가뜩이나 관리해야 할 문서가 산더미인 창서각주 남궁희는 책상의 절반을 차지하고 있는 혼인의향서를 꾸―욱 말아 쥐었다.

“허어, 튀었단 말이지…… 잡으러 가야 하나.”

사람 좋고 점잖기로 유명해서 별호마저 양서군자인 창서각주 남궁희가 조용히 눈을 내리깔며 매섭게 빛나는 눈빛을 감췄다.

“황도라…….”

중얼거리는 목소리에 한숨 소리가 섞여 나왔다.

귀천성이 무너지고 역천마제가 죽임을 당하는 것으로, 신제국도 자연히 멸망을 당했다.

한 제국 황성에는 국문장이 마련되었다.

"스스로 칭제를 하는 망극한 역천을 벌인 왕광과 파륜이 죽었으나, 네놈들은 잘못된 칭제의 무리를 따르며 신하의 본분을 잃고 백성들의 삶을 도탄에 빠뜨렸다. 게다가 네놈들은 폐하를 배신하여 한 제국에 전쟁의 위기를 만들었을 뿐 아니라 네놈들 스스로 전쟁을 일으키기까지 했다. 사태가 이 지경이 되었음에도 병사들을 희생시키며 제 살길만을 도모하는 추태를 부렸으니. 감히 살아날 욕심은 부리지 않는 것이 좋을 것이다!"

국문장에는 도망치다 잡혀 온 신 제국 호족들이 모조리 무릎 꿇려 있었다.

애초에 그들의 죄라는 것이 너무도 명백하여 그들을 고신하고 심문하는 것은 불필요한 절차였다.

하지만 한 제국 황제는 물론 신하들마저도 그 불필요한 절차를 감행할 만큼 그들에 대한 원한이 깊었으니.

승상을 위시한 한 제국 신하들은 몇 날 며칠 국문장의 불을 밝히고 잡아 온 죄인들을 고신했다.

물을 말은 없었다.

단지 몇 날 며칠 이어진 고통과 공포심마저도 한 제국이 그들에게 내리는 벌이었을 뿐이다.

“살아날 욕심? 이미 한 제국의 손에 붙잡혔을 때 버렸던 욕심이다! 지금에 와서 우리에게 욕심을 부린다는 건, 우리를 고문하기 위한 네놈들의 핑곗거리일 뿐임을 하늘이 알고 땅이 알 것이다! 퉤엣! 솔직해져라! 그저 우리에게 분풀이를 하고 싶었다고 하는 것이 나았을 것이다, 이 위선자들아-!”

만신창이가 된 복건주가 서슬 퍼런 눈빛으로 단상을 노려보며 소리쳤다.

“저, 저……!”

과연 허수아비 같은 두 황제를 앞에 내세우고 신 제국과 호족들을 움직인 냉심(冷心), 복건주다운 날카로운 말이었다.

속내를 꿰뚫린 한 제국 신료들은 화가 나면서도 당황한 기색을 숨기지 못했다.

하지만 신 제국에 복건주가 있다면, 한 제국에는 그들의 배신에도 불구하고 기어코 전 황제를 끌어내리고 현 황제를 등극시켜 제국의 실정을 바로잡는 데 성공한 명신(名臣) 조위례가 있었으니.

조위례는 단상에서 냉정하다 못해 무심한 눈으로 복건주를 내려다보았다.

"저자의 입을 쳐라!"

"예!"

조위례의 말에 서슬 퍼렇게 복건주를 노려보고 있던 군사가 가차 없이 몽둥이를 휘둘러 복건주의 입을 때렸다.

퍼-억!

"크아아악!"

생니가 부러지고 입과 코에서 피가 줄줄 쏟아졌다.

그런 복건주의 머리 위로 조위례가 덤덤하게 말을 이었다.

"역적들이 착각을 하고 있구나. 네놈들의 신나라는 역사서 어디에도 인정되지 않을 것이다. 그러니 네놈들은 배신에 성공하여 나라를 세우고 끝내 보복당하는 적이 아니라, 한 제국을 배신하려다가 실패한 역신으로 남을 것이다. 지금의 고신은 네놈들에게 어떤 죄를 더하거나 무언가를 알아내기 위한 것이 아니다. 지금의 고신은 형벌이다! 감히 제국에 분란을 일으켜 제국의 근간을 흔들고 수많은 백성들의 목숨을 희생시켰으며 그들의 삶을 힘들게 만든, 네놈들에 대한 벌!"

조위례의 말에 한 제국 신료들의 눈빛이 단단하게 굳었고, 반면 복건주와 신 제국 호족들의 눈빛은 거칠게 흔들렸다.

"그, 그래 봐야 신 제국은 존재했었다. 네놈들이 아무리 발악을 해 봐야 네놈들이 패배했던 역사는 사라지지 않는다!"

복건주가 발악을 하듯 외쳤다.

하지만 그마저도 조위례는 코웃음을 치며 냉소를 지었다.

"우리가 신 제국을 하나의 사건에 불과하다고 말한다면 그런 것이다. 결국은 우리가 이겼고, 역사는 영원불변한 것이 아니라 승자의 기록일 뿐이니까."

가볍게 복건주를 비웃은 조위례가 더 들을 말도, 할 말도 없다는 듯 자리에서 형벌 패를 골랐다.

"지엄한 황제 폐하의 명에 따라 역적들에 대한 구형을 전한다. 역적들의 목을 베어 황궁 밖에 효수한 후, 놈들의 사지를 나눠 중원 전역에 조리돌림 할 것이다. 또한 역적의 삼대는 교형에 처하며, 나머지 구족에 해당하는 무리는 모조리 노예로 삼아 국경에서 대대손손 노역을 시킬 것이다! 신료들은 폐하의 명을 실행하라!"

"예, 명을 받드옵니다. 황제 폐하 만세 만세 만만세!"

건장한 장수들이 황제가 있는 대전을 향해 배를 올리고 고신으로 제대로 몸을 가누지 못하는 죄인들을 모두 끌고 나갔다.

"아, 안 돼! 안 돼-!"

"내 자식들은 안 돼! 자식들만은 제발--!"

"……."

누군가는 공포에 질려 울부짖고, 누군가는 이뤄질 수 없는 바람을 빌고, 복건주를 포함한 나머지는 끝이 다가왔음을 아프지만 조용하게 받아들였다.

황권에 대항한 패자의 말로가 어떨지 그들 모두 한 번씩 그려 본 적 있었기 때문이다.

수십 명이나 되는 역적들의 잘린 목이 장대에 걸려 이름과 죄목이 적혀 황성밖에 전시되었다.

징그럽고 무서운 광경이었지만, 낙양의 백성들은 누구 하나 그런 표정을 짓지 않았다.

오히려 그들의 목을 향해 욕을 하다 못해 돌이나 쓰레기를 던져 그곳을 지키던 군사들이 막아야 할 정도였다.

그들에 대한 백성들의 원성이 극에 달했던 것이다.

반대급부로, 한 제국과 황제, 진화에 대한 칭송은 끝을 모르고 올라갔다.

"이황자님이 돌아오셨다지?"

"이제 황태자가 되시겠네!"

"다른 황자들도 다 나쁘진 않지만 적통 황자께서 황태자에 오르셔야지!"

"암. 친히 친정을 나가 역도들을 죄다 섬멸하고, 요괴 같은 신 제국 황제를 직접 추살하셨는데! 천장이라 불리던 황제 폐하를 쏙 빼닮으신 게 분명해!"

진화가 황성에 돌아왔다는 소문이 돌고.

백성들 사이에서도 기대감이 올랐다.

얼마 뒤.

"……이제 짐은 적통 황자 한진화를 황태자 위에 올려 종묘와 사직을 공고히 할 것이다! 대소 신료들은 그리 알고 황태자의 즉위식을 거행하라!"

"명을 받드옵니다. 황제 폐하, 만세 만세 만만세!"

한 제국 조정은 진화의 황태자 등극을 완전히 결정하였다.

그동안 황제와 황후가 꾸준히 용심을 표현하고 조정 중신들이 움직였음에도, 정작 본인이 전쟁터로 가서 소식이 없으니 '기다, 아니다' 말들이 많았다.

다음 간택전을 노리며 열을 올리던 신료들도 슬슬 눈치를 보며 뜸해지기 시작하던 차였다.

그런데 역적들을 모두 죽이고, 심지어 천하제일 무인이라 부르던 신 제국 황제마저 진화가 직접 죽이고 나자 그런 의구심들이 쏘옥 들어갔다.

낙양 외곽에 있지만 유자들 사이에선 꽤 유명했던 석양호가 하루아침에 사라진 것을 모르는 신료들이 없었다.

아름다운 용모에 천장이라 불리는 황제를 꼭 닮은 용맹함이라, 한 제국 조정 안팎에서는 이번에야말로 제국에 꼭 맞는 황태자를 찾았다며 기대가 높았다.

진화의 황태자 즉위를 결정짓고 잠시 짬을 낸 황제가 황후궁을 찾았다.

"폐하."

"오오, 인사는 됐소. 일어나지 마시오."

황제는 다소 호들갑스러운 손짓으로 자신을 맞는 황후의 인사조차 만류한 채 그녀를 침상으로 이끌었다.

"오늘 일은 모두 잘 처결하셨나요?"

확정적인 일이었지만 그래도 일말의 걱정이 남아 있었던 황후가 황제의 팔을 잡아끌며 물었다.

황제는 그런 황후의 손등 위에 살포시 손을 포개며 고개를 끄덕였다.

"걱정할 것 아무것도 없다 하지 않았소. 황후는 괜한 걱정을 하여 짐을 심려케 하는구려."

"송구하옵니다, 폐하. 하지만 갑자기 일이 이리되어……."

"어허. 진화를 위한 그대의 마음도 알지만 그대 배 속의 아이도 우리의 아이요."

황후가 공교롭다는 듯 상심한 표정을 짓자마자 황제가 엄한 얼굴을 하며 황후의 배에 남은 손을 살포시 올렸다.

자손을 생산하기에 불가능한 나이는 아니지만 그렇다고 적지도 않은 나이. 가뜩이나 진화를 찾기 전까지는 심병으로 몸이 약해져서 운신도 힘들어하던 황후가 아니던가.

황제는 몸도 약하고 나이도 적지 않은 황후에게 찾아온 기적을 지키기 위해 말 한마디, 행동 하나하나 신경 쓰는 중이었다.

“진화를 배려하기 위해 공포하지는 않았으나, 황태자 등극식을 마치는 대로 대소 신료들에게 아이의 존재를 공포할 것이오.”

“하지만…….”

“어허! 그대는 아무것도 신경 쓰지 말고, 태의의 말대로 침상에서 꼼짝도 하지 말고 용종을 지키는 일에만 신경 쓰시오. 남은 것은 모두 짐이 알아서 할 것이오.”

“네, 폐하.”

어느 집안이나 늦둥이는 귀엽다고 하지 않나.

황제와 황후라고 뒤늦게 찾아온 자식이 반갑지 않은 것은 아니었다.

다만 시기가 시기인지라 뒤늦은 직계 황손이 생겼다는 사실이 진화의 위치를 흔들게 될까 봐 걱정스러웠다.

그래서 황제와 황후는 진화의 황태자 등극식을 마치고 뒤늦게 황손의 잉태 사실을 알림으로써 진화에게 힘을 실어 주기로 했다.

하지만 그것과는 별개로, 황후의 건강과 배 속의 황손을 지키기 위해 앞으로는 조심해야 할 일이 많았다.

"진화에게는 말해 준 것이오?"

"후후후, 안 그래도 양주대부님과 동생, 진화가 다 함께 있는 자리에서 이야기했어요. 양주대부님과 동생은 남궁세가에 도움이 될 만한 귀한 약재나 무림에 유명한 의선문에 보약을 의뢰하겠다며 나가고, 우리 진화는…… 푸훗!"

남궁경과 팽연화는 처음부터 지금까지 한 점 거짓 없이 진심으로 황제와 황후 부부를 위했다.

예는 다소 부족할지 모르나 단순한 충의를 넘어 자식을 나눠 가진 진심만큼은 넘쳐 나니. 황제와 황후 또한 남궁경과 팽연화를 혈육처럼 아끼게 되었다.

황제는 황후의 회임 소식을 듣고 남궁경과 팽연화가 얼마나 기뻐했을지 눈에 선했다.

다만, 진화의 이야기에서 갑자기 웃음을 터뜨리는 황후의 모습은 조금 의외였다.

"진화가 뭘 어찌했기에, 황후가 그리 웃으시오?"

황제가 궁금한 기색을 숨기지 않고 물었다.

그러자 황후가 눈빛을 반짝이며 화사하게 웃으며 말했다.

"그 아이의 표정이 그렇게 다채롭게 변하는 건 처음 보았습니다. 당황스러운지 눈빛이 흔들리고, 어쩔 줄을 모르더라고요. 다행한 건, 많이 기쁜 모양이더군요."

"기뻐하더라고?"

"제 손을 꼭 잡더니 기운을 어쩐다 저쩐다, 무림인들의 뭔가가 있나 봐요. 그걸 해 주러 매일 아침에 오겠대요. 저는 아가 덕분에 아침마다 호강하게 생겼어요. 호호호호."

황후야말로 정말로 기쁜 듯이 웃고 있었다.

근래에 들어 가장 행복해하는 얼굴이라, 그 모습을 지켜보는 황제도 기꺼운 마음으로 웃지 않을 수 없었다.

아이라니.

동생이라니…….

황후궁을 나오고도 진화는 다소 얼떨떨한 표정이었다.

"우리 진화, 많이 놀랐니?"

"아, 조금, 그랬나 봐요. 생각지도 못한 일이라……."

진화의 솔직한 말에 팽연화가 빙그레 웃어 보였다.

남궁경은 본가와 의선문에 전서를 보내겠다며 먼저 달려가고, 오랜만에 단둘이 남은 팽연화는 따뜻한 손으로 진화의 손을 꼭 잡았다.

"그랬구나, 우리 아들. 놀랄 만도 하지. 큰일을 앞두고 잔뜩 긴장해 있다가 갑작스럽게 소식을 들었으니까."

팽연화가 따뜻한 눈빛으로 진화를 보았다.

곧 숨이 꺼져 갈 듯 위태롭던 아이에게 저가 바란 것은 그저 숨 한번 시원하게 쉬어 주는 것뿐이었는데, 그랬던 아이가 어느새 장성하여 지금은 제국의 황태자 위에 오르게 되었다.

"인생은 참 알 수가 없지. 하늘의 순리대로 흘러가는 것이 분명할진대, 항상 놀랍고 예상을 벗어나는 일뿐이니까 말이야."

"……."

진화는 따뜻하게 제 손을 토닥여 오는 팽연화의 온기가 담긴 손길을 느끼며 조용히 그녀의 말을 경청했다.

"우리 아들을 불행하게 했던 큰 고비가 물러났으니, 앞으로는 행복할 일만 있을 거야. 하지만…… 인생이란 알 수가 없으니, 앞으로도 너를 놀라게 하거나 때때로 힘들게 하는 일이 생기겠지? 그때마다 기억하렴. 네 뒤에 든든한 폐하가 있고 힘센 아버지가 있고, 황후 마마와 나도 있으니. 물론 남궁세가도 있지. 우리는 네게 어려움이 닥치도록 내버려 두지 않을 거란다."

팽연화가 부드럽지만 단호한 말투로 말했다.

그녀는 황제 부부와 자신들의 진화에 대한 사랑, 그리고 남궁세가의 절대적인 애정을 확신하고 있었다.

"이번에도 황후마마는 회임을 하시고도 내내 네 걱정뿐이셨어. 너를 위해 이렇게 기쁘고 중요한 일은 알리지도 않으셨고. 그게 가족이란다. 황후마마의 회임은, 네게 그런 가족이 하나 더 생긴다는 소리고."

"……알고 있습니다."

알 것 같았다.

이전 생이라면 몰랐겠지만, 지금의 진화는 부모님과 형제,

가족들의 든든한 애정과 지지가 무엇인지 잘 알았다.

진화가 찬찬히 지금 제가 느끼는 감정이 무엇인가 생각해 보니…… 그건 설렘이었다.

“곧 있으면 전혀 상상하지도 못했던 자리에 오르고, 또 전혀 생각지도 못했던 새 가족을 얻게 되겠지만…… 예, 어머니. 전혀 싫지 않아요. 오히려 기대가 되는 것 같습니다.”

진화가 진지하게 말했다.

진화는 제가 이렇게 말할 수 있는 자신감이 어디서 나오는지 이제는 확실히 알고 있었다.

팽연화는 그런 진화의 모습을 보며 흐뭇하게 웃었다.

사람은 일생에서 몇 번의 중요한 전환점을 맞는다.

중요한 심정적 변화로 인한 전환점은 개인마다 다르겠지만, 얼마 전 혼례를 치른 남궁진혜처럼 사회적으로 성장하면서 가지는 전환점도 있다.

팽연화는 진화가 그런 전환점을 맞았다고 생각했다.

가족과 친지를 넘어 거대한 제국을 어깨 위에 올리고도 든든하게 웃는 진화를 보면서, 팽연화는 시원섭섭함을 넘어 가슴이 벅차오르는 듯했다.

진화도 그런 팽연화의 마음을 아는 듯 이전보다 더 다부진 얼굴로 고개를 끄덕여 보였다.

하지만 그런 다부진 얼굴은 오래가지 못했다.

본격적인 등극식 준비가 시작되면서.

"등배! 등배 어디 있나!"

"요석과 홍옥, 청옥, 녹옥, 이 자수정 박힌 것까지 총 다섯 가지입니다!"

"뭐? 그것밖에 안 되나? 전부 옷에 차 봐야 하니, 궁녀들은 황자님을 정복으로 환복시켜 드리고 너는 장추궁으로 가서 등배를 더 가져오너라!"

"예!"

건희궁 궁인들의 난리를 들으며, 하루에도 수백 번씩 옷을 입었다 벗었다, 절을 했다 말았다, 머리를 풀었다 묶었다를 반복한 진화는 벌써 질려 버린 얼굴이었다.

진화는 제국의 무게보다 지금 제 머리 위에 꽂힌 비녀의 무게가 더 무거울 수도 있다는 걸 실감하고 있었다.

그런 진화를 보며 황후와 팽연화가 유쾌하게 웃었다.

"점환점은 또 하나의 시작이란다. 뭐든 시작이 어려운 법이지."

믿고 있었던 두 어머니의 배신 아닌 배신에도 불구하고, 진화에게 한 가지 위안이 되는 것이 있다면.

"저하, 오고 계시답니다!"

"도련님, 지금 애들 다 들어왔대!"

내관과 거의 동시에 남궁구가 친우들의 도착 소식을 알려왔다.

진화는 밝은 얼굴의 남궁구를 보며 남궁세가 참석자 중에 남궁희가 포함되었다는 말은 하지 않기로 했다.

진화의 등극식에 진화의 모든 친인들이 황궁으로 초대되었다.

황태자의 등극식을 이렇게 성대하게 하는 법은 없었으나, 이제까지 하나의 제국을 멸망시키고 황태자 위에 오르는 후계도 없었다.

황제는 예법에 따라 등극식은 조촐하게 치르는 대신 전쟁 승리를 기념하고 진화의 황태자 등극을 축하하는 연회를 크게 열기로 하며 무림에 있는 진화의 인연들까지 모두 초대했다.

남궁세가는 물론 정사연합에 있는 제왕검과 성승, 옥허신검 그리고 천수현인과 제갈가주, 그리고 사패천주와 홍랑대부, 마침 황도에 있던 하오문주가 황성으로 초대되었다.

진화의 친우라 할 수 있는 숙청단원들도 빠지지 않았다.

"우앗! 뚱뚱땡중, 이제 몸은 괜찮은 거야?"

남궁구가 반갑고 놀라운 마음에 목소리를 높였다.

반면 남궁교명은 놀란 눈을 떴다가 차갑게 식었다.

"……넌 저걸 보고도 묻냐."

남궁교명의 말에 남궁구는 물론 진화도 웃음을 흘렸다.

걱정했던 마음이 무색하게 현오가 이전과 똑같은 모습으로 나타났기 때문이다.

물론 석양호에서 보았던 현오가 아니라 그 이전에 승복을 아슬아슬하게 만들었던 현오가 말이다.

"푸하하하! 대체 뭘 어떻게 했기에 이렇게 빨리 원상 복귀가 되는 거냐? 아니, 살이 좀 더 찐 거 같은데?"

"어떻게 하면 소림에서 그렇게 살이 찌는 거냐?"

"아미타불, 자네들은 내 인고의 수행을 모르네. 얼마나 힘들었는데!"

"인고는, 개뿔!"

"식탐지옥이냐? 식탐지옥?"

현오의 반발에도 불구하고 남궁구와 남궁교명이 계속해서 현오를 놀렸다.

그렇게 장난을 치며 그의 턱살이며 뱃살을 찌르는 척 남궁구와 남궁교명은 현오의 몸 상태를 확인했다.

"흉터가…… 남았네."

진화가 옷깃 사이로 보이는 붉은 거미줄 같은 흉터를 발견하고 안타까운 눈을 했다.

그러자 현오가 냅다 달려와서 진화의 멱살을 잡았다.

"저, 저……!"

동 태감과 내관들이 경악했다.

"그래! 자네 덕분에 내 몸이 온통 거미줄투성이야! 사숙조랑 사부님이 자꾸 내 등판 위에서 장기를 두려고 한다고!"

"정말 괜찮은 건가?"

"안 괜찮다니까!"

"……다행이네."

"자네, 내 말 듣고 있는 건가?"

현오가 부정하면 부정할수록 진화는 안심할 수 있었다.

야무지게 멱살의 쥔 손가락 움직임과 힘을 주는 방식에는 전혀 문제가 없었고, 독기로 상했을 거라 생각한 내부도 일정한 호흡과 회복을 보여 주고 있었기 때문이다.

진화가 안도의 한숨과 함께 환하게 미소를 지어 보였다.

그런 진화의 모습에 현오도 멱살을 쥔 손을 풀고 웃어 보였다.

"오, 부처님, 부디 이 중생의 귓구멍을 열어 주소서."

"하하하하!"

"자, 자, 그만하고 어떻게 지냈는지 안으로 들어가서 차근차근 이야기를 나누자고!"

천연덕스러운 현오의 모습에 웃음을 터뜨리며, 황자궁을 제 집처럼 안내하는 남궁구를 따라 모두 건희전으로 들어갔다.

숙청단은 모두 열다섯 명이었지만, 사패천 출신들은 아직 도착하지 않았다.

사패천의 출신들은 나중에 사패천주와 함께 등극식에 참석할 예정이었다.

그래서일까.

건희전에서 진화를 중심으로 옹기종기 모여 앉은 현오, 남궁구, 남궁교명과 팽가 형제 그리고 당혜군, 나하연, 제갈상, 관서겸의 모습이 정의무학관 시절을 떠올리게 했다.

고작 몇 년이었지만 함께 먹고 자면서 새로운 경험을 했던 기억이 그들의 인생에서도 가장 아름다운 추억으로 남아 있었기 때문이다.

모두 감회에 젖어 정의무학관 시절에 대해 이야기를 나누었다.

"충격이었지. 뭐 저렇게 생긴 사람이 있나 했다니까."

"그거 아나? 입관시험에서 소림 나한들이 도련님을 보고 제대로 힘을 못 썼지. 도련님이 그들에게 준 건 짜릿한 뇌전이었지만."

"시험관이 준 독을 안 먹었을 때는 어떻고. 그거 먹고 우린 다 죽는 줄 알았는데, 설마 그걸 거절하는 사람이 있을 줄이야."

"그거 안 먹은 거였어? 와! 난 남궁세가 소공자가 그걸 어떻게 해독했나 싶어서 얼마나 머리를 굴렸는데!"

"그때부터 콧대 높은 도련님이었네."

대부분 정의무학관에서의 첫 기억으로 진화를 떠올렸다.

모두에게 충격적인 미모였고, 충격적인 행보였기 때문이다.

"와하하하! 황당했지. 이 콧대 높은 도련님이 "이 만두를 먹고 싶다면, 오성반점에 줄 서러 가겠나?"라는 한마디에 덥석 손을 잡을 줄 몰랐거든. 그때 본가에서 '도련님한테 먹을 거 사 준다고 접근하는 놈은 없는지 살피라'는 지침이 내려오고 난리도 아니었지."

남궁구의 말에 갑 조 출신들은 그때를 떠올리며 웃음을 터뜨렸다.

다만 본가에서 지침까지 내려왔다는 걸 처음 들은 진화만은 편하게 웃을 수 없었다.

"그렇게 도련님을 오성반점에 꼬셔 간 놈이 스님인 게 더 문제지 않나?"

"흐흐흐, 현오는…… 현오잖아."

"언젠가 파계당하고 숭산 밑에서 장사할 거라니까."

"내기는 아직 끝나지 않았다."

"날 두고 내기까지 했단 말인가?"

"아직 유효하다."

갑 조 일행은 현오의 파계를 두고 내기를 했었다.

잊고 있었긴 하지만 팽가 형제의 말처럼 내기는 여전히 유효했다.

"그나저나 생각을 달리해야 하나? 소림은 대체 널 얼마나 아끼는 거냐?"

남궁구가 새삼스러운 눈길로 현오의 뱃살을 찔렀다.

순식간에 손가락 두 마디가 살에 파묻히는 것을 보며 찌른 사람이 더 놀랐다.

"소림에선 대체 무슨 짓을 한 거지?"

진심 어린 남궁구의 물음에 모두 현오를 보았다.

현오가 한숨을 푹 쉬었다.

"별것 아닐세. 만년독수의 독기는 태워 버리는 게 그걸 없앨 유일한 방법인 걸 알자마자, 성승께서 불마공으로 매일 독기를 태워 주셨지. 뇌전과 달리 매일 내공으로 열기를 일으키는 것은 성승께도 부담스러운 일이었고, 나는 나대로 어찌나 아픈지…… 나는 고통을 못 이겨 발버둥 치고 사형제들이 내 팔다리를 붙잡느라 고생하셨지."

현오가 씁쓸한 얼굴로 차를 한 모금 씹듯이 삼켰다.

미간을 구기는 모습이 그때를 회상하며 감회에 젖은 듯 보였지만, 일행은 모두 그가 국화차가 써서 그랬음을 알고 있었다.

"……그래서 살은 대체 어떻게 찐 거냐고?"

본론을 요구하는 남궁교명의 말에 현오가 몹시 서운한 표정으로 그를 보았다.

"허어, 자네들은 내 고통과 인고의 시간에 대해선 관심이 없나?"

"그렇게 아픈데 살이 쪘으니까 더 궁금한 거지."

"어떻게 찌긴! 정의무학관에 계시던 숙수님이 복귀하셔서, 치료 때마다 고기만두를 찌고 튀기고. 소림에서 고기가 보이거나 냄새가 나면 안 된다고 만두만 계-속."

"아아. 그 고기만두 때문에 치료를 참으셨구먼?"

"아니, 중요한 건 그게 아니지 않나!"

"그게 제일 중요하지! 어쩐지 골고루 잘 쪘더라."

남궁구가 계속해서 현오를 놀리고, 진화를 비롯한 일행은 그 모습을 흐뭇하게 지켜보았다.

치료를 할 때마다 고기만두를 먹었다면, 저렇게 살이 찔 정도로 많은 시간 동안 현오에게 치료가 필요했다는 사실이 었으니. 진화와 친우들에겐 현오가 그 많은 치료를 견디고 돌아왔다는 사실이 중요했다.

잠시 숙연해진 분위기.

제갈상이 분위기를 전환하듯 목소리를 높였다.

"정의무학관 입관 때의 충격은 나보다 더한 사람이 없을 걸. 머리털 나고 처음 보는 미인을 만났는데 모지리 같은 막내아가씨가 괜한 시비를 걸어서 그 손에 죽을 뻔하질 않나."

"큭큭큭, 그때, 네 얼굴이 웃겼는데."

"네 말은 더 웃겼을걸. '우리 공주님은 미친년'이라고 했던가."

"……."

같은 기억을 반대 입장에서 기억하는 남궁구가 킬킬거리며 웃자, 제갈상이 차가운 눈으로 남궁구의 언행을 곱씹어 주었다.

진화가 무심하게 남궁구를 쳐다보는 것으로 그의 웃음이 뚝 멎었다.

“우여곡절과 갖은 비리 끝에 겨우겨우 병 조에 들어갔는데, 어디서 바퀴벌레 같은 인간이…….”

제갈상의 눈이 관서겸을 노려보았다.

“아니, 나도 어쩔 수 없었다고. 우리같이 가난한 문파에서 한 달 가까이 되는 여정을 감당하려면 속옷 한 장이라도 아껴야 했으니까.”

“그렇다고 한 달에 속옷 두 장은 심하지 않나?”

“잠깐!”

제갈상과 관서겸의 티격태격 속에 당혜군이 끼어들었다.

“우린 옷 버리는 수련도 많았는데 두 개 다 빨았을 땐 어떻게 했어?”

“하하하하하.”

당혜군의 당연한 의문에 관서겸이 대답 없이 웃었다.

“다행이지. 이번에 귀천성이 몰락하면서 본래 우리 문파가 가지고 있던 옥로주 유통권을 다시 가져오게 되었거든. 숙청단 소속이었다는 소문 때문에 제자들도 많이 들어오고, 재원도 늘고……. 하하, 덕분에 이제는 속옷은 아끼지 않아도 된다네.”

관서겸이 웃으며 하는 말로 진화에게 감사의 마음을 전했다.

당금 무림에 십이좌회 외에 창천화룡의 명성만큼 큰 것이 없었으니, 숙청단 소속이었다는 사실이 어떤 공과보다 큰 명성과 부를 안겨 주고 있었기 때문이다.

"그건 나도야. 당혜평이랑 본격적인 후계 시험에 들어가 있어. 당혜평이랑 동등하게 시험받는 것도 다 숙청단 덕분이야. 게다가 지금은 내가 조금 더 유리한 것도 같아. 당혜평이랑 혼인하기로 한 백룡문가 여식이 도망갔거든. 후후후후."

당혜군이 고소하다는 듯 웃음을 흘렸다.

그에 남궁구가 장난기 가득한 얼굴로 당혜군을 흉내 내며 말했다.

"후후후후, 네가 유리해서 다행이야. 그런데 혼인할 사람에게 차인 건 너도 마찬가지 아니야? 후후후후."

"아우, 씨! 아니야! 난 내년에 결혼한다고!"

"뭐? 누구랑?"

"누구긴 누구야, 진 공자지!"

"오오! 진 공자가 큰 결심하셨군."

"역시 의지의 독마녀!"

당혜군의 갑작스러운 발표에 일행이 소리 내어 감탄하자, 당혜군의 얼굴이 새빨갛게 달아올랐다.

혼인 소식을 전한 사람들은 또 있었다.

제갈상과 관서겸이었다.

"연환대를 맡기로 하고, 가주님께서 중매를 선 단천문주의 여식과 혼인하게 되었다. 그쪽이나 이쪽이나 소가주 자리가 비어 있어서 상황이 복잡하긴 하지만."

제갈상의 말처럼 그의 상황은 좀 복잡했다.

연환대는 제갈세가 무단 중에서도 요직이었지만, 제갈세가 내부에서 슬슬 제갈상을 소가주에 올려야 한다는 말이 나오고 있었다.

제갈후현이 몸을 회복했지만 지은 죄가 크고 인격적으로 여전히 부족해서 소가주가 되기에는 자격이 없다는 윗전의 반대가 있었기 때문이다.

게다가 단천문도 유일한 아들인 단소천보다 누이인 단소경을 따르는 세력이 제법 있는 터라, 상황이 복잡했다.

"소경은 동생의 자리를 차지할 생각이 없어. 나도 제갈세가의 소가주를 꿈꿔 본 적도 없고. 상황은 복잡해도 우리 두 사람의 뜻이 일치하니 다행이지."

제갈상이 애써 웃어 보이며 모두를 향해 괜찮다는 뜻을 전했다.

"난 어릴 적 정혼자와 혼인한다."

"뭐? 말도 안 돼!"

"그건 무슨 뜻이지?"

"몰라서 물어?"

관서겸의 말에 자칫 무거워질 수 있는 분위기를 순식간에 풀어졌다.

"어휴, 다들 하나둘씩 다 혼인을 할 때지. 그래서 우린 이렇게 도망 나오고, 팽가 형제는 적호단으로 도망하고."

남궁구의 한탄에 도망자들끼리 눈을 마주쳤다.

지금 당장은 이렇게 피해 있었지만, 그들도 언제까지 피할 수는 없을 것이었다.

"그런데 진화, 아니 황자님도 이제 혼인을 해야 하지 않나? 황실일수록 후계를 더 중요하게 여기잖아. 황태자 위에 오르면 곧바로 간택전이 열린다고 들었는데."

제갈상의 말에 모두의 시선이 진화를 향했다.

"……간택전이라니."

"막 삼처사첩 거느리고 그런 건가?"

장가가기는 싫다면서 거의 모든 친우들의 시선에 부러움이 가득했다.

그때, 당혜군이 슬쩍 옆을 돌아보았다.

황궁에 온 내내 나하연이 조용했기 때문이다.

'남궁 공자를 포기하기로 한 건가? 하긴 황궁에 들어서면 격차를 느끼지 않으려야 않을 수가 없으니.'

당혜군은 어설픈 위로를 하는 대신 걱정스러운 눈으로 나하연을 바라보았다.

당혜군뿐 아니라 드문드문 일행의 시선이 나하연을 스쳐갔다.

장난스럽게 접근했지만 모두 나하연의 진심을 알았기 때

문이다.

원하든, 원치 않았든.

그들은 이제 모두 전환점을 맞이해 있었다.

앞으로는 이렇게 함께할 날도 없을 것이었다.

"황태자는 도망 못 가나?"

"황명 거역인데, 황태자 위에 오르자마자 역적이 되라는 거냐?"

"하하하! 그건 그렇네. 혼인하기 싫다고 역적이 되는 것도 웃기지. 하하하!"

순간순간 서운하고 아쉬운 마음이 스치며 웃음소리도 공허해졌지만, 그들은 마지막까지 최선을 다해 함께 있는 시간을 유쾌하게 보내기 위해 애썼다.

황도 낙양의 밤.

낙양의 수많은 변화가 중에서도 대화로는 깜깜한 밤에도 불이 꺼지지 않는 불야성으로 유명했다.

황도의 부유한 호족들과 조정의 고관대작들이 다니는 고급 주루들이 즐비하여 귀한 불과 초를 아낌없이 쓸 수 있었기 때문이다.

그런 금싸라기 땅에 간판도 없이 검은 천에 점(占) 자가 쓰인 깃발 하나 덩그러니 매달린 모습은 눈에 띄지 않으면서도 눈에 띄는 듯했다.

"이번에는 점집인가."

한 사내가 점집 깃발을 보며 한숨을 쉬었다.

그리고 성큼성큼 건물의 뒤로 걸어갔다.

검은 두건을 쓴 키가 큰 청년이 작은 쪽문 앞을 지키고 있었다.

"에헤이, 아저씨, 입구는 저쪽이에요!"

청년은 껄렁한 말투로 사내를 향해 뒤로 돌아가라는 손짓을 했다.

그 모습을 보며 사내가 싸늘하게 코웃음을 흘렸다.

"이미 내가 온 것을 알고 있음을 안다. 열어라."

명령 같은 서늘한 말에 청년의 눈빛이 가라앉았다.

"그러니까요. 대남궁세가 남궁희 장로님을 위해 앞문을 열어 두었습니다."

청년이 두 손으로 앞을 가리켰다.

사내, 남궁희가 눈썹을 꿈틀거렸다.

청년의 태도는 처음보다 공손해졌으나, 슬쩍 비틀린 입꼬리와 남궁희를 올려다보는 눈빛이 몹시 불손했기 때문이다.

'어찌할까…….'

남궁희가 흥미로운 듯 청년을 보았다.

잠시 생각하던 그가 손을 쓰려는 찰나, 안에서 문이 열렸다.

"털끝 하나 건드릴 생각하지 말아요. 내 아들 같은 아이니까."

하오문주가 직접 문을 열고 나타났다.

두건으로 머리카락을 가리고 남궁희를 맞고 있던 군조가 놀란 눈을 떴다.

남궁희가 하오문주와 군조를 번갈아 보다가 하오문주를 향해 비웃음을 날렸다.

"친자식은 버려 놓고 새 자식을 주워 키운 건가? 그래도 양심은 남아서 아들이 아니라 아들 '같은' 아이라고 하는 거고?"

"……."

"……."

날카롭게 비수를 찌르는 남궁희의 말에 하오문주가 눈살을 찌푸리면서 당황스러운 눈으로 군조를 보고 군조 역시 서운함을 감춘 얼굴로 걱정스럽게 하오문주를 보았다.

남궁희는 그런 하오문주를 향해 배부른 맹수처럼 웃어 보였다.

하오문주의 집무실.

하오문주 채명지와 남궁희가 마주 앉은 가운데 군조가 어색한 얼굴로 한쪽 구석에 자리했다.

군조는 경계심 가득한 눈초리로 남궁희를 보다가 걱정스러운 눈으로 채명지를 보는 등 심적 갈등을 고스란히 드러내고 있었다.

채명지가 가볍게 한숨을 쉬었다.

"군조야, 그러지 말고 나가 보렴."

"하지만 어머니, 아니 문주님, 저자는, 아니 저분은……."

남궁희의 앞에서 어머니를 어머니라 불러도 될지.

남궁희를 적대해도 될지, 남궁구의 아버지로 예를 갖춰야 할지.

남궁구와 자신을 친우로 정의할 수 있을지.

채 끝내지도 못한 군조의 말에는 그가 고민하는 것이 다 들어 있었다.

"괜찮으니 나가 봐."

채명지의 거듭된 권유에 군조는 결국 입을 꾹 다물고 밖으로 나갔다.

둘만 남은 집무실.

채명지와 남궁희가 서로를 노려보며 한참 침묵을 지켰다.

그들 사이로 매섭게 바람이 부는 듯했다.

먼저 침묵을 깨뜨린 건 채명지였다.

"뭐요? 계속 그렇게 볼 거면…… 옷자락이라도 풀까요?"

남궁희가 미간을 와락 구겼다.

"우리가 그런 말을 할 사이는 아니지 않나?"

여전히 황당한 여자였다.

"……행동으로도 보이지 마라."

"칫."

남궁희의 말에 채명지가 아쉬운 표정으로 슬쩍슬쩍 올리던 치맛자락을 놓았다.

"하아……."

그들 사이로 매서운 바람 대신 깊은 한숨이 흘렀다.

여자는 하나도 변한 것이 없었다. 피처럼 짙은 붉은 옷에 어울리지 않는 평온하고 단아한 얼굴.

이십팔 년 전에도 그랬다.

온 사방에 피비린내가 진동하고 시체가 널브러진 가운데, 여자는 갓 피어난 꽃처럼 싱그럽게 웃었다.

"어머, 봤어요?"

능청스럽고 뻔뻔스럽기까지 한 말에 기가 막혔다.

남자도 변한 것이 없었다.

힘든 임무를 수행하고 겨우 적진을 빠져나가는가 싶은 순간, 여자는 남자에게 발각되었다.

'귀천성 잔당인가?'

이토록 가까이 접근할 때까지 기척을 느끼지 못했다는 사실에 충격을 받으며, 여자는 잔뜩 경계심을 높이고 환하게 웃었다.

'미인계가 통할까?'

불안한 마음을 감추고 능청스럽게 연기를 이어 가려는 순간.

'……독한 놈.'

남자는 여자의 턱밑에 검을 들이대고 있었다.

남자는 인정사정없이 여자를 결박해서 포로로 잡았다.

"하오문이라……."

"그러는 당신은 어디죠?"

"하오문이 이곳엔 왜 왔지?"

"귀천성 소속은 아니죠?"

여자는 남자의 질문에 질문으로 받아쳤다.

그녀는 손발이 결박된 상태였음에도 불구하고 조금도 기세에서 밀리지 않았다.

"……지금 본인이 질문을 할 처지인 것 같은가?"

남자가 조금 황당한 듯 물었다.

그러자 여자는 자신만만하게 남자를 훑어보며 말했다.

"정파죠? 하오문을 알아보고도 곧바로 죽이지 않는 걸 보면. 정파 체면에 사패천 소속을 함부로 죽일 순 없을 테고, 이만 풀어 주는 건 어때요?"

남자는 여자가 몹시 당돌하다고 생각했다.

하지만 조금 고민은 되었다.

당장 여자를 풀어 주기엔 남궁세가의 전선에서 뭘 하고 있었는지 꺼림칙했고, 포로로 데려가기엔 복귀하는 행로에 귀천성 무인들이 가득했기 때문이다.

"질문이 안 통하니 협박을 해 보지. 이곳에서 뭘 하고 있었는지 말해라, 내가 당신을 살각에 던져 버리기 전에."

"읏."

여자는 남자의 말을 전혀 예상하지 못했던 듯 당황한 기색을 숨기지 못했다.

그런 여자를 보며 남자가 속으로 혀를 찼다.

'뭐 이렇게 허술해?'

여자는 그런 남자의 속을 아는지 모르는지 궁지에 몰린 새끼 짐승처럼 잔뜩 움츠리고 남자를 노려보았다.

그동안 남자는 상황을 조금 더 살펴보았다.

'살각과 하오문의 물밑 전쟁이 치열하다더니…… 저자들이 모두 살각 출신이었던가?'

남자의 눈이 시체를 하나하나 살폈다.

그러다 시체들 속에 익숙한 이목구비를 발견했다.

'저자는 살각의 소혈선! 이 여자…… 살각의 후계를 암살한 건가?'

남자가 놀란 눈으로 여자를 보았다.

'생각한 것보다 훨씬 더 엄청난 짓을 벌였군.'

소혈선을 포함한 살각 암살자를 죽일 정도라면 여자의 실력도 실력이지만 신분 또한 만만치 않을 것이었다.

남자는 여자에 대한 평가를 달리했다.

살각 암살자들과 소혈선을 모두 죽일 정도라면, 여자가 크게 지친 상태였던 것이 남자에게 행운이었다.

'역시 결박은 풀지 않는다.'

남자가 결론을 내렸다.

그사이, 여자도 결론을 내렸다.

"나 좀 포로로 들고 가요."

"……뭐?"

"내가 포로 한다고요. 어차피 당장 문파로 돌아가지도 못해요. 소혈선을 죽였는데, 나도 당분간은 몸을 피해 있어야 하거든요. 적극적으로 협조하죠."

"……."

뻔뻔한 여자였다.

남자는 기가 막혀서 말을 잇지 못했다.

"……저기, 칼 좀 치워 줄래요?"

남자는 말 대신 그녀의 목에 재차 검을 겨눴다.

여자는 긴장한 얼굴로 검을 내려다보며 치워 달라는 듯 고갯짓을 했다.

씨알도 안 먹힐 짓이었다.

"이렇게 예쁜 여자가 항복을 한다는데 뭐가 그렇게 살벌해요?"

남자는 끝까지 검을 치우지 않았다.

짐 덩어리를 데리고 가느라 복귀 행로가 어려워지겠지만, 이 위험한 여자를 자유롭게 두는 것보다는 낫겠다고 판단했다.

"참, 어디 문파예요?"

"……."

위험하지만 대책 없는 여자였다.

전쟁은 몇 년 더 이어졌다.

살각은 소혈선을 죽인 범인을 찾느라 혈안이 되었지만, 조사 결과 살각에서 하오문 소문주를 습격하다가 동귀어진한 것으로 되었다. 하지만 그 결과를 살각은 물론 하오문도 받아들이지 않았다.

"하오문의 서하라고?"

"여태 몰랐어요?"

서하, 채명지가 눈을 동그랗게 뜨고 물었다.

눈동자가 바람에 촛불 날리듯 흔들리는데 낯빛은 하나 바뀌지 않았다.

그 모습을 보며 남자, 남궁희가 한숨을 쉬었다.

"가주님의 명이다. 포로에서 손님으로 신분을 전환한다."

"자, 잠깐. 나 여태 포로였어요?"

남궁희의 말에 채명지가 깜짝 놀란 듯 물었다.

여태 주제 파악도 못 했다니.

남궁희는 채명지를 한심한 눈으로 보았다.

"왜 그런 눈으로 봐요? 난 억울하다고요!"

"억울해?"

채명지는 남궁희를 원망하는 눈으로 쏘아보고, 남궁희는 그런 채명지를 이해할 수 없었다.

"누가 포로를 이렇게 풀어 둬요! 비단옷에 하녀도 붙여 주고…… 난 또 괜히 기대했네."

"무슨 기대?"

"난 당신이 날 꼬시는 줄 알았죠. 그래서 되지도 않는 꽃꽃이도 하면서 부지런히 수작에 넘어가고 있었는데! 부리지도 않은 수작에 넘어가려고 애썼다니, 부끄러워서 어떡해요!"

"……."

억울한 부분이 그것이었던가.

말은 부끄럽다면서 이번에도 낯빛 하나 바꾸지 않고 말하는 채명지의 모습을 남궁희가 황당하다는 듯 보았다.

어쩐지 남궁희의 얼굴이 붉게 달아오르는 느낌이었다.

"어? 당신, 지금 부끄러워하는 거예요?"

느낌이 아니라 남궁희의 얼굴이 새빨갛게 물들어 있었다.

남궁희가 놀라서 큰 손으로 제 얼굴을 감싸 보았지만, 이미 절대 보여서는 안 될 사람이 보고 난 이후였다.

"에-! 얼굴 빨개졌네! 하하하하! 당신도 부끄러워하는 거죠? 솔직히 말해 봐요. 이제까지 날 꼬시려고 수작 부린 거

맞죠?"

"아니다!"

"그럼 이제부터 좀 꼬시려고 해 봐요."

"……뭐?"

남궁희가 얼굴에서 손을 떼고 놀란 눈으로 채명지를 보았다.

채명지가 남궁희의 옷자락을 붙잡고 있었다.

장난스럽게 끌어 올린 입꼬리와 달리 그녀의 눈동자는 지진이라도 난 듯 흔들리고 있었다.

몇 년, 꿈같이 행복한 날들이 이어졌다.

피비린내 나는 세상만을 보아 온 남궁희와 채명지에겐 믿을 수 없을 정도로 행복한 순간들이었다.

"꺄하하하하-!"

"어이구, 우리 구, 웃었어요?"

옥구슬보다 듣기 좋은 아이의 웃음소리와 사랑하는 여인의 목소리에 얼음 같은 남궁희의 얼굴에도 미소가 지어졌다.

하지만 그 시간들은 정말 꿈처럼 지나갔다.

깜깜한 밤.

콰-직.

"……."

채명지는 까마귀가 떨구고 간 전서를 손에 쥐고 입술을 깨물었다.

피가 나도록 입술을 깨물고 있던 채명지는 결국 몇 년 동안 귀하게 입었던 청색 비단옷을 벗고 검은 무복을 입었다.

"기어이 가겠다는 건가?"

"……다녀올게요."

"여전히 거짓을 말할 땐 눈동자가 흔들리는군."

남궁희의 지적에 채명지가 저도 모르게 그의 눈을 피했다.

'다녀오겠다'는 말이 거짓은 아니었다.

다만 이번에 갔다가 돌아오지 못할 수도 있겠다는 생각을 했을 뿐.

"살각의 공격에 본 문이 초토화가 되었어요. 문주님이…… 어머니께서 중태에 빠지셨대요."

"……."

변명처럼 늘어놓는 채명지의 말을 들으며 남궁희는 아무 말도 하지 않았다.

그런 남궁희를 두고 채명지가 도망치듯 밖으로 나갔다.

그리고 남궁세가의 담을 넘기 전.

채명지는 떨어지지 않는 발걸음으로 작은 아이가 잠든 곳으로 향했다.

남궁세가 담벼락에 늘어지듯 핀 능소화 하나를 따서 잠든 아이의 옆에 두었다.

'다시 오마. 꼭 다시 오마.'

채명지가 잠든 아이의 얼굴을 쓰다듬으며 눈물을 흘렸다.

하지만 채명지가 아이의 볼을 쓰다듬는 지금 이 시간에도 그녀의 어머니와 형제, 문도들이 죽어 가고 있을 터였다.

채명지는 피와 눈물을 쏟으며 남궁세가의 담을 넘었다.

그녀가 눈물을 흘렸던 자리에 조용히 아이가 눈물을 흘리고 있을 줄은 상상도 하지 못한 채.

쉐에에에에엑---!

채명지가 남궁세가의 담을 넘자마자 그녀의 뒤로 날카로운 바람이 날아들었다.

타타타다탓!

그녀의 발밑에 일곱 개의 단검이 박혔다.

"……!"

눈을 크게 뜬 채명지가 고개를 번쩍 들었다.

남궁세가의 담벼락 위로 남궁희가 그녀를 내려다보고 있었다.

"오늘 당신이 이 담벼락을 넘을 수 있었던 것은 그 아이의 어미이기 때문이다. 석 달. 그 안에 돌아오지 않는다면 이대로 떠난 것으로 간주하겠다."

석 달 뒤.

남궁세가는 양주로 들어온 귀천성 일파와 결전을 앞두고 있었다.

제왕검과 의천결사대가 이미 출발했고, 남궁세가에 있는 모든 무단이 그곳으로 갈 것이었다.

그리되면 남궁희와 고혼암풍단만이 남아, 남은 이들을 지키기 위해 잠삼현으로 들어오는 모든 입구를 닫을 것이다.

그것을 채명지도 알고 있었다. 그럼에도 불구하고 떠나기로 한 것은 채명지의 선택이었다.

"밖으로 나간 후 당신은 남궁세가에 대한 어떤 것도 떠들어선 안 된다. 아이를 찾아서도 안 된다. 남궁에서 당신이 가졌던 어떤 권리도 주장할 수 없다. 지키지 않는다면, 어린 자식을 두고 갈 정도로 지키고 싶었던 것들을 단숨에 날려 버릴 것이다."

전쟁은 참으로 잔인했다.

남궁희는 사랑하는 여인에게 죽음을 경고해야 했고, 채명지는 그럼에도 떠나야 했다.

서로 지켜야 할 것이 있었기에 서로의 선택에 대해 원망하지 않았다. 다만 방에서 흐느끼고 있을 어린 자식이 가슴에 사무칠 뿐이었다.

다시 하오문주의 방.

채명지와 남궁희가 서로를 바라보는 눈에 원망 따윈 없었다. 오히려 수십 년간 떨어져 있었지만 채명지의 눈빛은 애틋하기까지 했다.

"경고를 보냈더군요. 그래요. 돌아가는 건 포기하겠어요. 이곳에 남아서 하오문을 책임지기로 한 건 내 선택이니까. 하지만, 그 아이가 밖으로 나왔을 때 만나는 것조차 막는 건 좀 너무하지 않나요?"

"……."

채명지가 눈을 부릅뜨고 따지는 말에 남궁희는 아무 말도 하지 않은 채 눈썹을 들썩였다. 그리고 조용히 물었다.

"왜 내가 막고 있다고 생각하지?"

남궁희의 말에 채명지가 혼란스러운 눈으로 그를 보았다.

"뭐……라고요?"

채명지의 머릿속엔 이미 스쳐 지나가는 생각이 있었다.

남궁희도 그것을 알기에 천천히 입꼬리를 올렸다.

"여전히 거짓말을 못 하는군. 내가 당신에게 보낸 건 경고였다. 남궁세가에서 알게 된 내 정체나 남궁세가의 방비와 관련해서 어떤 말도 하지 말라는. 구와 당신의 만남을 거부한 것은 내가 아니다."

"하, 하지만 그 아이는……."

"남궁의 작은 송골매로서 스스로 판단한 거겠지. 당신을 거부한 것은 구다."

또다시 지진이 난 듯 흔들리는 채명지의 눈동자를 보며 남궁희는 기어코 그 말을 하고 말았다.

"나는 경고를 하러 왔다. 다시는 그 아이와의 만남을 두고 거래를 하자느니 같잖은 도발을 하지 마라. 겨우 지켜 낸 이곳을 하루아침에 잃고 싶지 않다면."

"……당신!"

남궁희의 경고에 채명지의 얼굴이 경악으로 물들었다.

채명지는 남궁희의 경고가 단지 경고만이 아니라는 걸 알았다.

사방을 압박하듯 스산한 기운으로 몰아치던 고혼암풍단의 조용한 위협을 아직 기억하고 있었기 때문이다.

"구를 만나고 싶다면 구를 설득해라."

남궁희가 미련 없이 자리에서 일어섰다.

그렇게 수십 년 만의 만남을 종결하고 돌아서려는 찰나.

남궁희가 걸음을 멈췄다.

"아까 그 아이…… 후계로 삼은 거라면 나쁘지 않은 선택이더군."

남궁희의 말에 채명지가 고개를 번쩍 들었다.

여지를 주는 것인지 아닌지 애매한 말.

채명지가 아는 남궁희가 할 법한 말이었다.

"내 할 일이 끝나고 나면, 다시 담을 넘어도 되나요?"

채명지의 목소리가 떨렸다.

"그때 당신이 모든 걸 버릴 각오를 한다면. 다만 작은 송골매가 담을 넘게 해 줄지는 모르겠군."

"……!"

남궁희가 망설임도 없이 말하고 성큼성큼 방을 나갔다. 하지만 결국 '남궁구만 괜찮다면 자신은 괜찮다'는 말이었다.

실로 남궁희다운 허락.

채명지의 눈에서 눈물이 떨어졌다.

남궁희가 나가고, 군조가 어깨를 떨며 흐느끼는 채명지에게 급히 달려갔다.

군조가 채명지를 보듬었다.

"어머니……!"

"하하, 저 사내는 여전히 귀엽고, 아프구나……. 흥, 저는 좋다는 말을 안 하면 내가 모를 줄 알고."

채명지가 눈물을 흘리며 환하게 웃는 모습에, 군조는 어찌할 바를 모르고 일단 그녀의 눈물을 닦아 주었다.

눈물을 닦은 채명지는 웃음을 멈추지 않았다.

"군조야, 그래도 형제가 있는 것이 좋겠지?"

"네? ……하지만 찔러도 피 한 방울 안 나올 것 같던걸요."

채명지의 물음에 금방 알아채지 못한 군조도 곧 채명지가 누굴 말하는지 알았다.

군조의 표정이 시무룩하게 변했다.

"후후, 괜찮아. 아닌 척 수작 부리는 것을 보면, 겉은 달라도 속은 제 아비를 쏙 빼닮은 것 같으니까. 황궁에 가는 날이 내일이지? 내일은 청색 옷을 입어야겠어."

남궁희의 허락 아닌 허락을 얻은 채명지는 의욕으로 가득 찼다.

군조는 불안한 듯했지만 채명지를 말리지 않았다. 그가 채명지를 본 후 가장 행복해하는 얼굴이었기 때문이다.

"화를 내지 않으면 다행일 것 같지만, 어머니가 그러시겠다면 예쁜 옷으로 준비할게요."

"후후후, 그거 다 튕기는 거야. 이 부자는 당기고 당기는 게 답이라고! 나만 믿으렴!"

채명지가 자신만만하게 말했다.

하지만 군조는 계속 불안했다.

어쨌든 채명지를 거부한 것이 남궁구였기 때문이다.

'게다가 그 남자, 내게 살기를 보내면서 대화를 차단하지도 않았어. 마치 억지로라도 들으라는 듯. 대체 뭘 노리는 거지?'

군조는 채명지를 향해 살기를 뿜어내던 남궁구를 떠올리며 잔뜩 들떠 있는 채명지를 걱정스럽게 보았다.

진화의 등극식이 있는 날.

남궁세가 식구들이 황궁으로 오는 날이기도 했다.

등극식 준비로 새벽부터 바빴던 날이지만 진화는 식구들을 맞이하기 위해 황궁 문까지 마중을 나왔다.

멀리서 마차에서 내려 걸어 들어오는 사람들의 모습이 보였다.

"……."

반가운 마음에 진화를 따라온 남궁구의 턱이 벌어졌다.

남궁가주의 뒤를 따라 들어온 남궁희를 이제야 본 것이다.

고개를 돌린 남궁구가 배신감 가득한 눈빛으로 진화를 보았다.

"뭐, 왜?"

"우아, 도련님, 이렇게 뻔뻔하게 나오기야?"

"뭣 하면 또 도망가면 되잖아, 나와 달리."

진화는 장난기 가득한 표정으로 어제 간택전을 두고 짓궂게 놀리던 남궁구를 상기시키곤 도망치듯 앞으로 나갔다.

"할아버지, 큰아버지, 큰어머니, 형님!"

반갑게 외치며 뛰어가는 진화의 뒤로 남궁구가 '우아, 우아.' 하며 배신감에 가득한 소리를 냈다.

다만.

"전하, 체통을…… 전하-!"

동 태감의 애달픈 목소리에 남궁구의 소리가 묻혔다.

"할아버지!"

"오, 허허허허! 우리 전하, 잘 있었는가?"

진화가 반갑게 제왕검의 손을 잡자, 제왕검도 화색이 되어 진화를 끌어안고 등을 두드렸다.

귀천성이 사라진 이후 진화도 확실히 달라졌다.

식구들을 대하는 데에 있어 거리낌이 없어진 것이다.

모처럼 꽃 같은 손자의 살가운 행동에 취해 있던 제왕검은 진화의 등을 두드리고 얼굴을 쓰다듬고 나서야 옆에서 불편한 헛기침 소리를 내는 동 태감을 발견했다.

"흠, 흠. 흐으흠!"

"뭐야? 이거 아니야? 이거 내 손주한테 반말도 못 하고, 차려야 하는 예의는 왜 이렇게 많은 건지. 앞으로 손주 얼굴은 마음대로 보겠어?"

불편한 기색이 역력한 동 태감에게 제왕검도 만만치 않게 불편한 기색을 내뿜었다.

꼬장꼬장한 두 노인의 눈빛이 부딪히고.

이 경우엔 정파제일 고수라는 제왕검과 대등하게 눈싸움을 하는 동 태감이 대단하다고 해야 할까.

두 사람의 분위기가 험악해지기 전에 진화가 슬쩍 끼어들었다.

"하하, 할아버님, 여긴 우리끼리 있지 않습니까, 편히 대해 주세요. 할아버님이 아니었다면 죽었을 목숨입니다. 폐하께서도 이해하실 겁니다."

"흐흐흐, 그렇지?"

진화의 말에 제왕검이 흡족한 웃음을 지으며 은근히 동 태감에게 콧대를 세웠다.

진화가 슬쩍 동 태감의 손등을 두드리는 것도 모르고 말이다.

대신이라긴 뭣하지만 그런 진화의 모습을 남궁가주와 가모가 지켜보고 있었다.

'우리 진화가 많이 유연해진 것 같지?'

'많이 친근해지기도 했고요. 안심해도 되겠어요.'

남궁가주와 가모가 서로 눈을 마주치며 흐뭇하게 웃었다.

"장추궁으로 가시죠. 모두 기다리고 계십니다."

진화가 익숙한 듯 식구들을 안으로 이끌었다.

아침 일찍 황궁으로 온 남궁세가 식구들은 특별히 황제와 황후를 알현하고 진화의 등극식에 참석할 예정이었다.

그렇게 모두 함께 발길을 돌리려는 때.

황궁 정문에서 또 다른 무리가 걸어 들어오는 것이 보였다.

"여-어! 남궁이로군!"

사패천주가 반가운 얼굴로 손을 들어 보였다.

그 사이로 무언가가 쌩-하니 달려왔다.

"흉—아!"

한수림을 발견한 진화의 눈이 커진 것과 동시에 그 옆에 있던 남궁구의 눈도 커졌다.

'저 여자가……!'

'미쳤군.'

사패천주의 뒤로 푸른 비단옷을 입은 하오문주를 발견하고, 남궁구와 남궁희 부자가 약속이라도 한 듯 와락 얼굴을 구겼다.

남궁세가 식구들이 장추궁에서 남궁경, 팽연화와 함께 황제와 황후를 알현했다.

"황제 폐하를 뵙습니다. 황제 폐하 만세 만세 만만세."

한 제국의 백성으로서 이때만큼은 제왕검도 무릎을 꿇었다. 하지만 자리에서 벌떡 일어선 황제가 제왕검이 무릎을 꿇기도 전에 그의 몸을 일으켰다.

"이제야 은인을 뵙습니다."

"과분한 말씀입니다."

"아닙니다. 우리 진화를 그 간악한 무리의 손에서 구해 온 분이 어르신이라 들었습니다. 부디 편히 대해 주세요."

황제와 황후는 제왕검을 향해 존대를 하며 고개를 숙여 보였다.

제국 주인의 인사에 제왕검이 펄쩍 뛰었다.

"어이쿠, 뭔가 바라고 한 것이 아니었습니다! 과한 인사는 거두어 주십시오."

"아닙니다. 그래서 더 감사합니다. 감사……합니다."

제왕검의 손사래에 황후가 목소리를 떨며 눈물을 글썽였다.

"황후의 말이 맞습니다. 제국의 어떤 것을 내주어도 아깝지 않을 것입니다."

황제는 걱정스러운 눈으로 황후를 감싸며 제왕검에게 진심을 전했다. 그러자 제왕검이 진지한 얼굴로 고개를 저었다.

"그런 말씀은 거두어 주십시오. 저 아이, 아니 황태자 전하께 받은 것이 더 많습니다."

"하하, 편히 하셔도 됩니다. 제국의 은인이시니, 얼마든지 그러셔도 됩니다."

제왕검이 실수를 하고 슬쩍 눈치를 보는 모습이 남궁경과 닮아 있어, 황제는 유쾌하게 웃으며 제왕검의 실수를 정정하지 않았다.

그동안 남궁경과 마음을 터놓는 의형제로 지낸 터라 제왕검의 모습이 더욱 친근했다.

예는 다소 부족할지 모르나 진심이 가득한 사람들.

황제와 황후는 이렇게 선의와 정직함이 온몸으로 느껴지는 사람들 사이에서 진화가 컸을 거라 생각하면 그저 고마울 뿐이었다.

"크흠. 황공하옵니다. 제가 하고자 하는 말은, 저희가 진화에게 받은 것이 더 많다는 것입니다. 늘그막에 어여쁜 손주를 얻어 그 성장을 볼 수 있었지요. 애정을 쏟은 만큼 그걸 돌려주려 애쓰는 모습이 얼마나 사랑스러운지, 진화가 들어오고 손녀 있는 늙은이들도 부럽지 않았습니다."

제왕검도 분명 손녀는 있었다.

그러나 아무도 제왕검의 말에 딴지를 걸지 않았다.

"말년에 웃을 일을 만들어 준 것도 감사한 일이건만, 진화는 이 늙은이의 평생 염원마저 이뤄 줬습니다. 진화가 무림을 구했습니다. 남궁과 무림이 진화에게 구명지은을 입은 것이지요. 그러니 과한 인사를 거두셔도 됩니다."

말을 하는 제왕검의 눈빛이 진화에게 닿았다.

촉촉한 눈동자엔 진화에 대한 애정과 고마움, 자랑스러움이 가득 담겨 있었다.

"아버님의 말씀이 맞습니다. 진화가 십수 년 동안 남궁세가에 지지 않는 꽃이 되어 그 향과 정을 잊지 못할 정도로 깊게 나누었으니. 가문을 대표하여 두 분께 깊이 감사드립니다."

황제와 황후를 향해 깊게 고개를 숙이는 남궁가주를 따라 가모 하후민, 남궁경, 팽연화, 남궁진휘와 진혜까지 모두가 함께 고개를 숙였다.

그 모습에 황제와 황후는 물론 진화까지 눈물을 글썽이며 크게 감격했다.

한편.

남궁세가 사람들이 황제와 황후를 알현하는 동안 사패천

사람들은 접견실에서 기다리고 있었다.

"정말 너무해! 예쁜 형아를 얼마 만에 보는 건데 방해를 하느냐고!"

한수림이 입술을 불툭 내밀고 투덜거렸다.

오랜만에 진화를 볼 생각에 황도까지 한달음에 달려왔건만, 고대했던 운명적 재회는 실패하고 말았다.

황궁 입구에서 진화에게 달려가 허리를 안기 직전에 동 태감과 내관들이 진화의 앞을 가리고 남궁진휘가 한수림의 목덜미를 달랑 들었기 때문이다.

"사랑엔 장애물이 많다는데, 왜 내 편은 없는 건지!"

한수림이 저를 도와주지 않은 강무련을 새초롬하게 째려보았다.

강무련은 그런 한수림조차 귀엽다는 듯 그의 머리칼을 헝클어뜨리듯 쓰다듬었다.

"어이구, 이 녀석아! 이제 황태자 전하가 되실 분이다. 어여쁜 영애들 다 놔두고 왜 하필 진화에게 빠져서 이 난리인 거냐?"

"아우, 형님은 눈도 없어? 당연히 횽아가 제일 예쁘니까 그렇지!"

어릴 때부터 입이 야무진 한수림은 강무련에게 한마디도 지지 않았다. 게다가 한수림의 말은 뜻하지 않게 아무 상관도 없던 사람의 가슴에 비수를 꽂았으니.

'망할 놈의 꼬마!'

사파제일미 초서비가 살쾡이 같은 눈으로 한수림을 째려보았다.

그때, 문이 열리고.

"들라 하십니다."

엄 태감이 사패천 일행을 안으로 데려가고.

"황제 폐하를 뵙습니다. 황제 폐하 만세 만세 만만세."

"허허허! 어서 오시오. 황태자를 위해 먼 길 와 주어 고맙소."

목숨을 건 전쟁.

전쟁터에서 서로 등을 맞댈 수 있는 동료의 의미를 누구보다 잘 알고 있는 황제가 사패천 일행을 반갑게 맞았다.

"아, 형님, 여기가 바로 극락일까? 황궁에 또 납치를 당해도 이런 황궁이라면 구하러 오지 않아도 좋아."

"뭐?"

한수림의 말에 강무련이 황당한 듯 아래를 내려다보자, 한수림이 황후와 진화를 번갈아 보며 황홀한 표정을 짓고 있었다.

"역천마제가 이래서 황제가 되려고 환장을 했었나 봐."

"뭐어?"

"하하하하하하하하!"

뭣 모르는 아이의 말이라기엔 너무 진심이 담긴 표정과 말투였으니.

황제가 먼저 대소를 터뜨리는 것과 동시에 모두가 웃음을 터뜨리고 말았다.

장추궁에서 모두가 화기애애한 시간을 가지는 동안.

남궁구와 남궁희, 하오문주가 십수 년 만에 서로 얼굴을 마주했다.

"하아……."

남궁구가 고개를 숙이며 한숨을 쉬었다.

남궁구의 한숨에 남궁희의 눈썹이 꿈틀거리고, 하오문주 채명지의 눈동자가 크게 흔들렸다.

잠시 생각을 정리한 남궁구가 고개를 들어 남궁희와 채명지를 보았다.

"대체 무슨 생각이신 겁니까?"

냉막한 표정만큼이나 차가운 목소리였다.

진화나 친우들과 함께 있을 때엔 상상도 할 수 없을 정도로 냉막한 표정과 차가운 목소리였다.

"네 아버지와 널 버린 것이 아니었다. 전쟁으로 인해 길이 막혔고……."

"아버지와 저만큼 하오문의 식구들이 소중했던 거겠죠."

채명지는 마음을 굳게 먹고 그때의 사정을 설명하려 했지만, 남궁구가 단호하게 그녀의 말을 잘랐다.

벌써 애틋하게 젖어 든 채명지의 눈과 달리 남궁구의 눈은 처음부터 지금까지 덤덤하기만 했다.

채명지가 당황하며 남궁구를 보았다.

"그때의 사정이나 뭐 그런 걸 줄줄 읊을 거라면 안 그러셔도 됩니다. 그걸 이해하지 못할 나이도 아니고, 전쟁으로 헤어진 이들이 한둘도 아닐 테니까요."

채명지는 남궁구의 말투에서 조금 이상함을 느꼈다.

자신에게는 지금도 가슴이 미어지는 비극이었건만, 남궁구의 말투에는 전혀 그런 슬픔이 느껴지지 않았던 것이다.

"만약 남궁세가가 그런 위기에 놓였다면 저도 같은 선택을 했을 겁니다. 남편과 아들도 가족이지만, 어머니나 사형제들도 가족이니까. 지내 온 시간으로 치자면 그들이 좀 더 길었죠. 게다가 그쪽은 목숨이 경각에 달렸고, 아들에게는 남편과 남궁이라는 울타리가 있으니 안심도 되었겠죠. 다 이해합니다."

남궁구의 말에 채명지의 눈동자가 흔들렸다.

틀린 말도 없고 다 이해한다고 말을 하는데 저-만큼 거리가 느껴지는 건 왜일까.

"하지만 그걸 다 이해하는 것과 당신을 받아들이는 건 다르죠."

남궁구가 채명지와 눈을 마주치고 덤덤하게 말했다.

쿵!

채명지는 제 속이 내려앉는 소리를 들었다.

왜 남궁구가 덤덤했는지, 왜 이해한다면서도 거리감이 느껴지는지 이유를 알 것 같았다.

"나는 이제 성인입니다. 어머니라는 존재가 필요할 나이가 아니라는 겁니다. 남궁을 지켜야 하는 내가 하오문주가 된 당신을 만나야 할 필요성을 느끼지 못합니다. 게다가…… 당신과 나 사이에는 그런 위험을 무릅쓸 만한 정(情)도 없고요."

덤덤한 말투로 가차 없이 밀어내는 남궁구의 모습에 채명지는 그녀의 생각이 처음부터 잘못되었다는 걸 깨달았다.

남궁구에겐 그때의 일이 아프긴 했지만 채명지가 생각하는 만큼 비극적이지 않았던 것이다.

게다가 세월이 흐르면서 그 아픔마저 희석되었다.

채명지의 눈동자가 지진이라도 난 듯 흔들리고, 그런 채명지를 보는 남궁희의 눈에 안타까움이 묻어났다.

남궁희는 이미 남궁구의 생각을 알고 있었던 듯했다.

'너무 부족함이 없어서 탈이었나.'

남궁희는 너무 잘 키워도 탈이라 생각하며 고개를 저었다.

채명지가 입술을 깨물었다.

그리고 갑자기 눈물을 가리는 듯 고개를 돌렸다.

"흑! 역시! 아들이 엄마 없이 자라서 저렇게 삭막하게…… 흑흑, 내가 죄인이구나. 네 아비 손에 맡기는 게 아니었는데."

"……!"

갑자기 제게 돌아오는 화살에 남궁희가 억울한 듯 두 눈을 크게 떴다. 하지만 남궁구는 눈 하나 깜짝하지 않았다.

"아버지의 교육관에 공감하지 못하신다는 유감이군요. 어쩌겠어요, 전 이미 이렇게 자란 것을."

남궁구가 한쪽만 삐뚜름하게 올라간 입꼬리로 채명지의 연기를 비웃었다.

결국 채명지도 자세를 바로 했다.

"후우. 이것도 통하지 않는단 말이지…… 좋아, 내가 물러날게. 그래, 네 말대로 이제 와서 어미랍시고 나서는 것도 웃기지. 하지만 내가 널 낳았어. 우리 사이에 정이 없다는 건 말도 안 되는 이야기다. 난 네게 모정이 있으니까."

"……보기보다 버린 것에 미련이 강하시네요."

남궁구의 눈빛이 서늘하게 가라앉았다.

모정(母情)이라니.

사정이 어쨌든 버려진 자식의 귀엔 몹시 거북한 단어였다.

"버린 게 아니야!"

"그게 그거죠."

채명지가 격하게 부정했지만 남궁구에겐 통하지 않았다.

앞으로도 통할 것 같지 않았다.

남궁구의 기세가 사납게 변하자, 남궁희도 심각한 눈으로 남궁구와 채명지를 보았다.

그때, 채명지가 남궁구를 향해 활짝 웃었다.

그리고 남궁희의 팔에 손을 올렸다.

"……!"

남궁희가 놀란 눈으로 채명지를 보았다.

펄쩍 뛰며 팔이 빠질 뻔했지만, 채명지가 남궁희의 팔을 꼭 쥐고 놓아 주지 않았다.

"새어머니라고 생각하렴."

"뭐……요?"

"정 날 받아들이기가 힘들다면, 생판 처음 보는 새어머니 될 여자라고 생각하렴. 앞으로 네 아버지와 말년을 함께하기로 했으니까, 틀린 말도 아니잖니. 모자간의 정이야 이제부터 차차 쌓아 가 보자꾸나, 아들아."

채명지가 이를 꽉 깨문 것보다 더 결연한 얼굴로 남궁구를 향해 웃어 보였다.

남궁구는 황당하다 못해 기가 막힌 듯 턱을 벌리고 채명지와 남궁희를 보았다.

아들의 눈치를 보던 남궁희가 팔을 빼려 했지만 채명지가 내공까지 일으켜 잡고 있었다.

예나 지금이나 만만치 않은 여자였다.

그날.

해가 중천에 떠오른 정오에 대전 앞으로 황금 용이 수놓인 붉은색 거대한 차양막이 쳐졌다.

대전을 통하는 계단 아래에 대소 신료들이 시립하고, 계단 위에 황족들과 특별히 남궁세가 직계들이 자리한 가운데.

황룡흑포를 입은 진화가 입장하며 등극식이 시작되었다.

"……하여, 하늘과 땅, 천지신명과 만백성에게 알리노니. 동해왕 한진화를 제국의 황태자에 봉하였음이다. 황태자는 천명을 섬기고 백성을 아울러 짐의 다음, 그다음 만대에 이르기까지 제국의 평화와 안녕을 이어 갈 것이다."

황제가 진화의 머리 위에 황룡성관을 올렸다.

"대소 신료들은 황태자 전하에게 면복삼배를 올리라!"

승상 조위례가 계단 위에서 크게 소리쳤다.

그의 목소리를 따라, 계단 위에 있던 황족과 남궁세가 직계들부터 계단 아래를 가득 채운 대소 신료들이 일제히 바닥에 몸을 엎드리고 절을 했다.

"경하드리옵니다, 황태자 전하!"

"황태자 전하, 천세 천세 천천세!"

"천세 천세 천천세--!"

사람들의 목소리가 황궁을 가득 채우고 궐 담을 넘어갔다.

쿵! 쿵! 쿵!

대고 소리가 울리고 황궁 밖의 백성들도 새로운 황태자가 등극했음을 알게 되었다.

"와아아아아아---!"

"황태자 전하, 천세 천세 천천세!"

"황제 폐하, 만세 만세 만만세!"

신 제국이 무너지고 곳곳의 역적들이 사라지고 있었다.

들녘에는 무르익은 곡식들이 풍년을 알려 주고 있었고, 사방으로 연결된 길을 통해 물산이 쏟아졌다.

태평성대였다.

바닥을 살아가는 백성들이야말로 태평성대를 가장 잘 아는 존재들이었으니.

백성들은 이 태평성대를 이어 갈 후계자의 등장을 진심으로 환영했다.

"황태자 전하, 천세 천세 천천세!"

황도 전체가 진화를 환영하는 소리로 쩌렁쩌렁하게 울렸다. 황궁 전체를 아우르는 상석에 서서 진화는 쏟아지는 소리를 온몸으로 받아 냈다.

그리고 마침내 한 제국의 황태자가 되었다.

대낮처럼 환한 연회장.

황궁 호수 위에 마련된 무대에는 악사들과 아름다운 무희들이 보는 것만으로도 호사스러운 공연을 펼치고, 연회장 주변은 갖가지 꽃과 비단 천으로 화려하게 장식되어 마치 다른 세상에 온 듯했다.

예법에 따라 진행하는 등극식과 달리 황제와 황후가 그들의 기쁨을 연회장에 쏟아부은 것이 눈으로 보일 정도였다.

연회장에 입장하는 손님들마다 탄성을 자아냈다.

"황제 폐하께서 황태자 전하를 몹시 아끼신다더니. 연회장 좀 봐요."

"그러게요. 이전 황태자의 등극 축하연과 비교되는구먼."

"쉿! 그런 소린 말고요. 일황자와 황태자의 사이가 나쁘지 않다는 소문도 못 들었어요?"

"아, 그, 그래요?"

연회장에 먼저 입장한 귀부인들과 그 자식들이 뒤쪽에 자리를 잡으며 수군거렸다.

큰 연회가 열릴 때마다 초대받아 오는 이들도 이런 광경은 처음인지, 연회장의 모습부터 주변에서 주워들은 황궁 소식들까지 할 말들이 많아 보였다.

이윽고 대소 신료들이 들어와서 익숙한 듯 자리를 잡고.

진화의 친인으로 초대받은 무림인들이 들어왔다.

"아……!"

맨 먼저 정의맹 사람들이 들어왔다.

성승과 옥허신검이 선두에 등장하자 사람들의 입에서 탄성이 흘러나왔다.

중원 불문과 도문의 두 기둥인 소림과 무당파 거두들의 등장도 등장이지만, 성승과 옥허신검은 보기만 해도 신성이 느껴지는 풍모라, 성승의 몸에 난 흉터와 옥허신검의 비어 있는 소매마저 지난 세월의 풍파를 이겨 낸 굽어진 소나무처럼 영험해 보였다.

그들의 뒤로 천수현인 제갈길현과 현학문주 운송선생이 들어왔는데, 천수현인과 현학문주의 명성은 황도의 유자들에게도 널리 알려져 있었다.

마지막으로 정파 출신 숙청단원들이 들어섰을 때도 다시 탄성이 터졌다.

훤칠한 체격에 눈이 크게 뜨일 정도의 미남미녀들, 게다가 하나같이 무림 명문 출신의 신진 고수들이라 호족들 사이에 자리한 젊은이들 중에는 숙청단원들을 보며 얼굴을 붉히는 이들도 있었다.

그러나 사패천 무인들이 등장했을 때, 사람들의 분위기는 또 달라졌다.

"허어!"

감히 황제의 앞에서 흑포를 걸치진 않았지만, 검은 호랑이가 수놓인 피처럼 붉은 적포를 입은 사패천주의 모습은 좌중을 압도했다.

무겁게 가라앉은 분위기.

사패천주의 뒤로 역시나 피처럼 붉은 무복을 입은 강무련과 무복만큼 붉은 머리칼을 드러낸 군조는 정파 출신 숙청단원들과 달리 사납고 야성적인 매력을 뿜으며 호족 여인들의 눈길을 사로잡았다.

반면 붉은 옷을 입은 이들 사이에 당당하게 시리도록 푸른 경장을 입은 하오문주와 밤이 환해질 정도로 아름답고 요염한 초서비가 등장했을 땐 노소를 가리지 않고 남자들이 술렁거렸다.

하지만 그들의 뒤로 얼굴에 하얗게 분칠을 하고 붉디붉은 입술로 웃고 있는 노인, 홍랑대부와 깜찍한 외모에 맞지 않는 무심한 표정을 한 한수림이 들어오자 소란스럽던 연회장에 침묵이 흘렀다.

야성적이고 사나운 기운을 뿜는 이들 사이로 노인과 아이까지 더해지자, 뭐라 말로 형언할 수 없는 기묘하고 위험한 분위기가 생겼다.

그들은 그들로 인해 변한 분위기에도 아랑곳하지 않고 실로 사파 무림인들답게 당당하고 자유분방하게 연회장에 들어섰다.

드르르륵.

의자를 빼는 소리가 크게 울리고.

마침내 정파와 사파 무림인들이 황족들과 가장 가까운 자리에서 한데 어울려 앉자, 무림인들의 독특한 분위기가 호족들과 대소 신료들 사이에서 무척이나 이질적으로 보였다.

“……”

사방에서 소란스럽던 분위기가 한번 크게 술렁였다.

잠깐의 침묵 직후 더 시끄러워졌다.

"새, 생각보다 훨씬 뻔뻔한 작자들이로군요."

"허어, 성승과 청연도사께서 사파인들과 어울릴 줄은 몰랐군."

"그래 봐야 다 무림인 아니겠어요?"

"저렇게 가슴을 훤히 드러내다니, 천박한 출신들은 어찌할 수 없나 봐요."

"쉿! 황태자 전하께서 저 무림인들을 아끼셔서 이 자리까지 불렀는데, 괜히 말 한마디 잘못했다가 눈 밖에 나지 말자고."

노골적인 수군거림.

그 속에 들어 있는 불쾌한 평가와 배척이, 감각이 예민한 무림인들의 귀로 쏟아졌다.

"한 주먹이면 찍소리도 못할 것들이 더럽게 앵앵거리는군."

"그러니까. 주둥아리들을 콱 쥐어박고 싶군."

성승과 옥허신검의 말이었다.

"닥쳐. 그런 말들 할 거면 사패천주에게 대신 하라 그래."

천수현인이 이를 악물고 입 모양이 보이지 않게 주의를 주었다.

"아, 왜? 뚫린 입으로 말도 못 하나?"

"입이 아니라 소림 재정을 뚫고 싶지 않으면, 그냥 닥쳐. 운현 그 맹한 놈이 따로 부탁까지 하더라. 네가 처먹는 술값, 고기값이 저놈들 주머니에서 나오는 거라고."

"나는 왜?"

"네놈은 뭐가 다르냐?"

"……."

천수현인의 말에 따로 반박할 말을 찾지 못한 성승과 옥허신검이 조용히 입을 닫고 앞에 있는 잔을 들었다.

"……차(茶)군."

"젠장."

당연히 술이 들었을 거라 생각했던 성승과 옥허신검은, 황궁 궁인들의 철저한 배려에 한숨을 흘렸다.

"흥아는? 흥아는?"

"수림아, 가만히 있어."

"음. ……싫어."

조금 고민해 보고 거절하는 것이 더 얄미웠다.

'반항기인가?'

탁자 아래에 있는 강무련의 주먹이 움찔거리는 순간.

쿵!

"……!"

강무련은 물론 사패천 사람들 모두의 눈이 커졌다.

사패천주가 한수림의 머리를 쥐어박을 줄은 누구도 상상하지 못했던 일이었기 때문이다.

"우씨. 아부지, 왜 때려!"

사패천주의 꿀밤을 맞자 한수림이 얼굴을 잔뜩 찌푸리고 대차게 따지고 들었다.

아무리 살살 때려도 주먹질을 하다가 우각살호권을 만들어 낸 인간의 꿀밤이었거늘.

사패천 내부에서 한때 유난히 귀여운 한수림의 출생을 두고 말들이 많았지만, 이렇게 보면 한수림은 사패천주의 아들이 확실한 듯 보였다.

“까불지 마. 전에도 네 마음대로 까불다가 납치까지 당했잖아. 조용히 형 말 들어.”

사패천주가 목소리를 깔고 엄하게 한수림을 타일렀다.

물론 통할 리 없었다.

“싫……다면?”

“허허허, 그럼 궁댕이가 터지도록 처맞겠지.”

“체엣.”

한수림이 슬쩍 사패천주의 눈치를 보며 묻자, 사패천주의 이마 위로 혈관이 도드라졌다.

결국 협박까지 듣고서야 입술을 댓 발 내밀고 입을 다문 한수림이었다.

쪼그만 녀석이 천하의 사패천주를 슬쩍 떠보기까지 하는 모습에 강무련은 그만 웃음을 터뜨리고 말았다.

“하하하하! 이 앙큼한 녀석!”

“우아악! 이 형님은 왜 갑자기 발작이야? 형님, 진짜 그러지 말고 서비 누나랑 얼른 혼인이나 해!”

강무련이 한수림을 끌어안고 괴롭히듯 귀여워하자 예상치

못한 반격이 돌아왔다.

"하하하하하! 이 되바라진 녀석!"

강무련의 손길이 거칠어졌다.

잠시 뒤, 신경질적으로 머리를 정돈하는 한수림의 앞으로 초서비가 달콤한 당과를 당겨 주었다.

밤이 깊어지자, 황족들이 들어왔다.

스르르륵.

호족들이 일제히 자리에서 일어서고 무림인들도 눈치껏 일어섰다.

"황자 마마를 뵙습니다."

"하하하, 노사는 오랜만입니다. 얼굴을 잊겠습니다. 종종 이 사람의 궁을 찾아 주세요."

"분부 받들겠습니다."

일왕자가 친근한 얼굴로 대소 신료들과 대화를 나누고.

"황자님, 강녕해 보이시니 다행입니다."

"말씀만으로도 감사합니다."

"어머, 공주님, 이제 꽃이 만개한 듯하군요."

"호호호, 정부인께서도 참. 칭찬이 과하세요. 호호호호."

수많은 호족들이 저마다 황족들이 지나는 걸음마다 한마디씩 말을 붙이기 바빴다.

무림인들은 숙청단원들을 제외하면 황족들과 일면식도 없

거니와 친분이 있는 것은 더더욱 아닌 터라, 그들은 적당한 때를 보아 자리에 앉았다.

'모르면 천수현인을 보자!'

천수현인과 운송선생이 자리에 앉는 것을 보면 예법에 어긋난 행동은 아닌 듯싶었다.

그런데 주변 호족들의 눈빛이 달라졌다.

"어머, 저길 봐요."

"허어! 참!"

"하긴 저치들이 뭘 알겠어요. 앞으로 황궁 문턱을 또 넘어볼 것도 아니고."

성승과 옥허신검을 향해 동경의 눈빛을 보낼 때는 언제고, 호족들은 이제 모두를 깔보며 수군거렸다.

연회장에 입장하는 순서부터 모든 것을 따지기 좋아하는 호족들로선, 자신들보다 황족들 가까이 앉은 무림인들이 거슬리던 차였다.

그들은 황족들과의 한마디가 엄청나게 큰 위세라도 되는 듯 황궁과 정치와는 거리가 먼 무림인들을 무뢰배 취급하며 본격적으로 그들을 무시하고 험담을 늘어놓기 시작했다.

듣기에 따라서는 낯 뜨거운 조롱과 희롱이 이어지는 터라 몇몇 이들의 인내심도 슬슬 한계에 달해 갔다.

그때.

"황제 폐하 납시오-!"

엄 태감의 목소리가 연회장을 쩌렁쩌렁 울려 퍼졌다.

황족들은 물론 모든 이들이 자리에서 일어나 공손하게 고개를 숙였다.

"황제 폐하를 뵙습니다, 만세 만세 만만세."

"황후 폐하를 뵙습니다, 만세 만세 만만세."

"황태자 전하께 경하드리옵니다, 천세 천세 천천세!"

황족들과 대소 신료들, 호족들 모두가 앵무새처럼 한 치의 어긋남도 없이 인사하며 허리를 숙였다.

무림인들 역시 굳은 얼굴로 눈치껏 허리를 숙였다.

'뭐 이렇게 내내 숙여야 해? 척추가 휘어지겠네.'

'쓰불, 다시는 오나 봐라.'

불쾌한 기분에 아까까지 광영스럽던 일마저 짜증스럽게 느껴졌다.

"모두 평신 하라."

황제의 말이 있고 모두가 허리를 폈다.

그와 동시에.

"헉!"

"어, 어떻……."

곳곳에서 숨을 참거나 말을 멈추는 소리가 났다.

황제와 황후, 황태자 진화가 무림인, 남궁세가 사람들과 함께 등장했기 때문이다.

남궁세가 사람들은 당당하게 호족들을 지나쳐 대소 신료들을 통과한 뒤 황족들과 간단한 고갯짓으로 인사를 나누었다.

"오! 저기, 저놈들도 왔군요. 저치들이 이 늙은이의 친우들입니다."

"허허, 그렇소? 오, 저들은 짐도 명성을 들어 본 자들이로군."

제왕검과 황제는 서로를 편하게 대하기로 했다.

황제는 기어코 존칭을 사양하는 제왕검의 부탁을 들어 그를 평대 하고, 제왕검은 황제의 명에 따라 다소의 예가 부족하더라도 그에게 편히 말을 걸었다.

남궁경과 비슷한 성품의 제왕검은 빠르게 황제와 가까워질 수 있었다.

물론 일국에 가까운 남궁세가를 이끄는 남궁가주와도 통하는 것이 많았다.

아니, 사실 이유는 갖다 붙이기 나름이었다.

식사 내내 진화의 그릇 위에 고기를 쌓기 바쁜 남궁세가 사람들을 보며, 황제와 황후에겐 그들과 가까워지지 않을 이유가 없었다.

"이 땡중이 성승이고, 외팔이가 청연입니다. 이 곰 같은 녀석이 사파를 일통한 한구혈이고요."

제왕검은 사패천주의 소개에는 조금 더 공을 들였다.

사파에 대한 세간의 인식을 의식한 동시에 황제의 앞에서 천주나 지존의 호칭을 피하기 위함이었다.

경솔한 듯하면서도 사패천주와 황제 모두를 배려하는 마음 씀씀이에, 황제의 안에서 제왕검에 대한 평가가 한층 더 올라갔다.

"제왕검 덕분에 중원 불문의 등불과 도문의 선구자를 보는구려."

"황공하옵니다."

"그게 어찌 저 칼만 잘 쓰는 놈의 덕분이겠습니까. 다 우리 황태자 전하의 덕(德), 덕분이지요."

"허허허허, 청연도장의 말씀이 참으로 와닿는군."

"어어? 폐하, 이치들 앞에서 제 면을 세워 주시기로 해 놓고 이러시깁니까?"

"하하하하, 미안하오. 내 자식 자랑에 깜박했소이다. 하하하하!"

황제가 큰 소리로 웃음을 터뜨리자 반대로 연회장 전체가 숙연해졌다.

모든 눈과 귀가 황제와 황후, 황태자가 있는 곳으로 향했다.

황제가 무림인들과 친분을 나누고 그 옆에서 황태자까지 나서서 한 명 한 명을 소개하고 대화를 나누는 모습에, 대소 신료들과 호족들이 턱을 벌리고 그 광경을 바라보았다.

무엇이든 재고 따지길 좋아하는 그들의 생리에 따르자면. 지금까지 그들이 뽐내듯 보이던 영향력이란 건 결국 절대적인 권력 앞에선 태양 아래 반딧불처럼 초라해질 뿐이었으니.

"모두 황태자를 위해 마련한 연회에 참석해 주어 고맙소. 오늘 하루는 짐이 무엇이든 부족하지 않게 내놓을 테니, 넉넉하게 누리고 황태자를 축하해 주시오."

"성은이 망극하옵니다. 황제 폐하 만세 만세 만만세!"

"황태자 전하, 천세 천세 천천세!"

인사가 끝나는 것에 맞춰 악사들의 연주가 시작되고 황궁 무희들이 화려한 춤을 뽐냈다.

지금만큼은 모두가 즐겁게 연회를 즐기기 시작했다.

연회가 무르익어 가고.

이번 연회에서 황제와 황후, 황태자 진화의 관심이 온통 남궁세가와 무림인들에게 가 있었으니, 일찌감치 마음을 접은 이들은 저마다 연회를 즐기기 시작했다.

황자와 공주 들은 평소 친분이 있던 젊은 영식, 영애 들과 따로 자리를 가지고, 대소 신료들은 뚜렷하진 않지만 은근히 나뉜 파벌끼리 자리했다.

호족들도 저들 사이에 나뉜 철저한 급에 따라 뭉치거나 가장의 파벌에 따라 흩어졌다.

물론, 그러면서도 모든 이들의 신경은 황제와 황후, 황태자를 향해 있었다.

태양이 없이는 어떤 화려한 꽃도 피어날 수 없으니 말이다.

황제가 흩어진 척 그들의 주변을 맴도는 이들을 보며 먼저 말을 꺼냈다.

"짐이 오기 전 불쾌한 일이 있었다면 이해하시오. 대의 앞에서 허심탄회하게 함께할 수 있는 무림인들과 달리, 저들은 신료들이나 그 집 식구들이나 할 것 없이 정치가 삶이고 일상이오. 그러다 보니 개중에는 남을 헐뜯고 깎아내리는 것이 스스로 격을 올리는 거라 생각하는 이들도 많소."

"흠. 사람 사는 것이야 다 똑같지 않겠습니까. 무림에도 그런 자들이 넘쳐 나는 편이지요."

손님을 초대해 놓고 그들을 불쾌하게 만들었을까 봐 신경 쓰는 황제에게, 제왕검이 싱긋 웃어 주며 술병을 흔들었다.

엄 태감이 얼른 비어 있는 병을 치우고 새 병을 가져다주었다.

"호오. 그럴 때 무림인들은 어찌하오?"

황제가 호기심 어린 표정으로 각자의 잔에 술을 채워 주었다. 그것을 공손히 받아 들고 단번에 털어 넣은 사패천주가 시원하게 답했다.

"좀 괜찮으면 죽빵을 때리고, 영 아니다 싶으면 대가리를 날려 버립니다."

"음? 하하하하하하! 그거 참…… 황궁과 비슷하군."

"그렇습니까? 황궁도 무림 못지않게 살벌하군요. 허허허허허!"

황제와 무림인들이 이곳에 있는 대부분의 신료들과 호족들의 간담이 서늘할 만한 농담을 서슴없이 나누며 즐거워하는 사이, 황후와 여인들도 정답게 교분을 나누었다.

황후는 몸이 약한 자신과 달리 거친 무림을 살아가며 사내들과 어깨를 나란히 하는 가모 하후민이나 하오문주의 이야기에 흥미가 많았고, 황후의 회임을 알고 있는 팽연화가 황후의 옆에서 궁인들이 나설 틈도 없이 그녀를 챙겼다.

진화는 남궁진휘와 앞으로는 자주 보지 못할 숙청단원들과 즐겁게 회포를 풀었다.

끊임없이 황제와 황후, 황태자를 향해 신경을 곤두세우던 신료들과 호족들이 그런 모습을 두고도 수군거렸다.

"……회임하신 것 아니야?"

"뭐, 회임?"

"쉿!"

"그, 그럼 황태자 전하는? 이제 등극하셨는데……."

"글쎄. 적통 황자가 태어난다면, 무림인 출신보다는 황궁에서 나고 자란 적통 황자가 좀 더……."

황궁을 채운 사람들은 쥐새끼처럼 부지런하게 보고, 관찰하고, 헐뜯었다.

그런 사람들의 목소리를 들으며.

타–악.

나하연이 술을 입안에 털어놓은 뒤 과격하게 잔을 내려놓았다. 그녀의 힘에 술잔이 바스러졌다.

당혜군은 황궁에 온 내내 묘하게 가라앉아서 말이 없었던 나하연을 걱정스럽게 보았다.

“왜 그래? 이제 황태자가 되니 더 보기 괴로워? 이만 돌아갈까?”

당혜군은 나하연이 실연으로 괴로워하는 것이라 생각했다. 하지만 당혜군의 물음에도 나하연은 자리에서 꿈쩍도 하지 않았다.

“나, 아무래도.”

“아무래도?”

“간택전에 참여해야겠어!”

“그래…… 응? 뭐?”

“저 쥐새끼 같은 년들 한 방에 정리하고 꽃 같은 진화 공자 옆에 말뚝을 박겠다고!”

나하연의 당찬 선언에 경악한 당혜군이 그녀를 보았다.

무림 고수들의 청력으로 그녀의 선언은 당연히 진화를 포함한 모두의 귀에도 들어갔다.

“하하하하, 왜 하연 낭자가 농을 안 하나 싶었다.”

“우리 황태자 전하, 나중에는 저것도 그리울 거야. 많이 들어 두라고.”

안타깝게 아무도, 진화조차도 그게 진심일 거라 생각하지 않았다.

나아갈 진進 이야기 화話 : 황태자 한진화

색색의 화초가 흐드러지게 핀 정원을 지나.

화려한 궁전에 꽃 같은 궁녀들이 부채를 흔들어 산들바람을 만들고, 그 사이로 천상의 선인 같은 가족이 화목한 시간을 보내고 있었으니. 부채를 든 궁녀들조차 행복한 미소를 달고, 지나는 궁인들마저 눈길을 주지 못해 안달이었다.

황후가 두 번째 황손을 출산한 후 창신궁은 사철 내내 봄날 훈풍이 부는 듯했다.

"연화야, 여기 보렴. 오라버니가 왔구나."

"꺄-하!"

비단 금포에 싸인 아이를 안은 선녀처럼 아름다운 여인과 황룡흑포를 입은 천인 같은 중년인의 사이에서, 송옥이나 반안의 환생이 아닐까 싶을 만큼 아름다운 청년이 어정쩡하게 허리를 굽히고 어찌할 바를 모르고 있었다.

"요 녀석. 벌써 인물을 가리는 건가? 어째 태자가 왔을 때만 방긋방긋 잘 웃는단 말이지."

황룡흑포를 입은 중년인, 황제가 짐짓 미간의 주름을 만들며 아기와 진화에 대해 말했지만 그의 입가엔 미소가 가득했다.

옥쟁반에 구슬 굴러가는 듯한 맑은 아기의 웃음소리도 듣기 좋았지만, 제 팔뚝만 한 작은 아이에게 손가락을 잡히고 어쩔 줄을 모르는 진화의 모습이 재밌으면서도 흐뭇했기 때문이다.

진화와 나누는 이런 작은 일상들이 온 마음 가득 행복해 올 때가 있었다.

아이가 태어난 이후 특히 더, 한 번도 보지 못했던 진화의 새로운 표정을 볼 때마다 잃어버렸던 시간들이 채워지는 느낌이었다.

그런 생각을 하는 것은 황후도 마찬가지였는지, 황후 또한 황제와 같이 진화의 얼굴에서 눈을 떼지 못했다.

"한번 안아 보겠니?"

"아, 하지만……."

"괜찮아. 아이는 그렇게 쉽게 부서지지 않으니까."

황후가 거절하려는 듯한 진화에게 얼른 아이를 감싼 금포를 안겼다.

"아!"

진화가 화들짝 놀라면서도 양손으로 금포를 받치고 어쩔 줄을 몰라 했다.

진화는 도움을 구하는 눈으로 황후를 보았다.

"어마마마, 연화가 위험합니다. 어서 받아 주세요."

"글쎄. 연화는 좋은가 본데?"

"네?"

"꺄아! 흥헤헤헤헤!"

황후의 말처럼, 아이는 진화의 양팔 위에서 흔들리는 것이 마음에 들었는지 연달아 웃음을 터뜨리고 있었다.

"허! 고얀 놈. 이것도 전에 짐이 해 주었던 둥기둥기 아니오? 그땐 이렇게 좋아하지 않았는데 말이오!"

황제가 이번에는 정말로 서운한 모양이었다.

"욘석, 오라비가 해 준다고 이렇게 웃어? 벌써부터 인물을 밝혀서 어찌할꼬? 음?"

황제가 즐겁게 웃고 있는 황녀의 통실통실한 볼을 꼬집으려는 듯 손을 뻗자, 진화가 은근히 몸을 틀어 그 손을 피했다.

그 모습에 황후와 황제, 궁인들이 웃음을 참지 못했다.

나라의 안팎은 평안하고 황실은 화목했다.

제국의 황녀가 태어나고 한 제국 황궁에는 한동안 훈풍만

부는 듯했다.

불과 한 달 전까지만 해도 말이다.

한 달 전, 황태자 후궁전에 간택전이 열렸다.

무려 일 년간 명망 높은 호족 집안이나 이름난 재녀들을 추천받아 그녀들의 사주를 황실 침례청에서 선별했다.

사실 황태자비나 황태자의 후궁 간택전은 힘 있는 호족들이 여식을 보내기 선호하는 자리가 아니었다.

간택전의 초간택에 통과하면 그 이후에는 궁인의 신분이 되는 것이라 궐 밖으로 나갈 수도 없는데, 일황자의 선례를 보듯 황태자가 무탈하게 황제 위에 오르는 경우도 별로 없었기 때문이다.

하여 힘 있는 호족들은 최종 간택으로 후궁 자리를 보장받고서야 여식을 보내는 경우가 많았다.

대신 지방 호족이나 재인에게는 나쁘지 않은 자리였다.

궁인이 된다면 평생 궁핍하지 않게 재주를 부리고 녹봉까지 받으며 살 수 있었으니. 언감생심 윗전의 자리만 넘보지 않는다면 특별히 험한 일 없이 세상에서 가장 귀하고 좋은 것만을 곁에 두고 살 수 있었기 때문이다.

하지만 이번 간택전은 달랐다.

황태자에 오른 한진화 본인이 그 누구보다 강한 무림 고수이자 전쟁을 승리로 이끈 명장인 데다, 제국의 유일한 적통 황자로 황제와 황후의 총애가 어떤 때보다 남달랐기 때문이다.

모두가 특별히 큰일이 없다면 무탈하게 황제 위에 오를 것이라 예상했다.

게다가 얼마 전 특별히 큰일이 될 수도 있었던 황실의 두 번째 적통 황손마저 황녀로 태어나면서, 황태자의 앞길을 막을 것은 아무것도 없을 것으로 보였다.

"종사중랑의 꼴이 우습게 되었지. 황궁에서 적통 황자가 나면 어쩌니 하다가 간택전을 놓쳤으니."

"안 그래도 그 양반 여식이 등극식 연회에서 황태자 전하를 보고 홀딱 반해 상사병에 걸렸다고 소문이 나지 않았소. 소문이 퍼질 대로 퍼져서 따로 혼처를 찾기도 힘드니. 흐흐흐, 모르긴 몰라도 그 집 안식구는 화병이 났을 것이오."

"아니, 그 사람도 참 답답하오. 황후 폐하께서 회임을 숨길 정도로 황태자 전하를 애지중지하시는 것을 보고도 모르나?"

"답답한 사람은 끝까지 제 발목을 제가 잡게 두시지요. 하하하하."

다른 사람의 불행이 마치 자신들의 행복인 양 신료들이 수군거렸다.

이때다 싶어서 헐뜯는 소리가 당사자의 귀에도 들어갔지만, 판단이 잘못되었다고 결론이 내려진 시점에서 그는 패배자였다.

종사중랑이 다른 이들에게 잘못한 것은 아니지만 구실을 준 순간부터 그는 험담과 조롱을 감수해야만 하는 것이 황궁의 생활이라. 패배자는 그저 귀를 닫고 꼬리를 만 개처럼 황궁을 빠져나갈 뿐이었다.

모처럼의 조롱거리가 사라지자 사람들의 화제는 다른 곳으로 돌아갔다.

험담할 것이 아니라면, 남은 것은 질시와 투기뿐이었으니.

“가장 유력한 이들이 중서령과 하남윤, 효기장군의 여식이라지요?”

“효기장군은 질녀라더군요. 북위대장군부에서도 가까운 질녀를 보냈다 하고요.”

“허어, 북위장군도 대단하시군.”

“이번에는 하후대장군부에서도 장남의 여식이 왔다고 합니다.”

“하후대장군부에서도요?”

“그만큼 황태자 전하의 입지가 단단하다는 것이겠지요.”

“모두 다섯인가요? 허! 참…… 끼어들 여지가 없겠구먼! 쯧쯧!”

간택전을 무시한 종사중랑을 노골적으로 헐뜯던 사람들이었으니, 그들은 당연하다는 듯 간택전에 여식을 보내 놓은 터였다.

하지만 간택전에서 높은 첩지를 받는 후궁이 많아 봐야 다섯이라는 걸 감안하면, 제국에 내로라하는 명문가에서 보낸 여식들이 딱 다섯이었으니 남은 자리는 없다고 봐야 했다.

간태전에 여식을 보내 놓은 사람들의 얼굴에 아쉬움과 분노가 스쳤다.

그때, 일행 중 하나가 느긋하게 입을 열었다.

"너무 그리 생각할 것도 아니오."

"……무슨 뜻이오?"

"우리 같은 낭관들 여식에게 떨어질 자리는 결국 재인이나 미인밖에 더 있겠소?"

"허! 그래도 그 댁 여식은 미색이 곱기로 소문이 자자했으니 삼간택까지 간다면 모를 일이지 않소? 혹시 황태자 전하의 눈에 들지도."

"에이, 그래 봐야 자리는 정해져 있는 것이오. 그러니 다른 기회라도 잡는 것이 좋지 않겠소? 나는 여식에게 그리 일렀소."

낭관 중 하나가 목소리를 낮추고 은밀한 비밀이라도 전하듯 말했다. 그러자 다른 이들도 몸을 숙이며 그의 말에 귀를 기울였다.

"다른 기회라니, 그게 무엇이오?"

"다섯 집안 여식 중에서도 더 튼튼한 줄이 있을 것이 아니오. 효기장군의 질녀보다는 중서령과 하남윤의 여식이 낫고, 그들 모두 대장군부와 비교하기엔 모자란 감이 있지요."

"호오."

"음."

낭관의 말에 다른 사람들의 머릿속이 부지런히 돌아갔다.

'원귀빈의 일도 있고 하니, 북위대장군부보다는 하후대장군부에 줄을 대었겠군.'

'질녀보다는 장남의 여식이 낫지. 직계와 한 다리 건너 방계는 차이가 크니까.'

조용히 눈알만 굴리는 사람들을 보며 낭관은 피식 새어 나오려는 웃음을 참았다.

그들이 아무리 입을 다물고 있어 봐야 그들의 생각이랄 것이 뻔했다.

'하후대장군부에 줄을 넣을 생각만 하고 있겠지. 멍청하긴. 결국 삼간택에 가면 본인들의 능력이 황실 윗전의 눈에 띄어야 하는데. 하후대장군부의 여식이 하후씨답지 않게 뼈대가 여물지 못하고 몸이 약하다는 소식도 못 들었나? 게다가 북위대장군부가 질녀로는 모자라다는 걸 알면서도 간택전에 넣었어. 필시 원귀빈의 일을 만회하기 위해 애를 쓸 것이 뻔하지.'

낭관이 여식에게 친분을 쌓으라 명을 내린 곳은 북위대장군부 쪽이었다.

하지만 그 말은 쏙 빼놓고 사람들을 하후대장군부로 유도한 것은, 북위대장군부의 질녀 곁에 붙을 경쟁자를 떨어뜨려 놓기 위함이었다.

결국 끈끈하게 친교를 나누는 척 함께하고 있었지만, 그들 모두 제 잇속만 차리기 급급한 얄팍한 관계일 뿐이었던 것이다.

'원영농이라고 했던가? 저 떨거지들이 다 떨어지고 나면, 원영농이 소의를 받을 때 우리 명환도 귀인 정도는 받을 수 있겠지.'

귀인이라면 나쁘지 않았다.

황손까지 낳았던 허용화와 원귀빈이 죄를 짓고 떨어진 첫 자리가 미인이었으니, 그보다는 윗줄이 아니던가.

운이 닿아 인물도 없는 원영농보다 먼저 황손을 잉태한다면, 그녀의 자리 따윈 거뜬하게 뛰어넘을 것이었다.

'아무리 아비가 낭관이라도 황손이면 용화 자리는 따놓은 당상이지. 게다가 그때 되어 황손의 외조부 되는 내가 낭관의 자리에 머물러 있을 리도 없고. 흐흐흐흐!'

낭관은 멀리 내다보며 행복한 미래를 꿈꾸었다.

하지만 그가 잡은 줄이 가장 튼튼할 것이라는 예상부터 큰 착각이라는 것을 깨닫는 데에는 얼마 걸리지 않았다.

간택전이 열린 후궁전.

삼백 명이 넘는 꽃같이 어여쁜 처자들이 긴장되고 들뜬 기색으로 정원에 모여 있었다.

지방 호족 출신들이나 중인 출신으로 추천을 받아 올라온 이들은 벌써부터 황궁의 화려함에 취해 있는 모습이었다.

그리고 다른 한쪽에서는 중앙 호족 출신들이 그런 이들을 비웃고 있었다.

벌써 같은 지방 출신들끼리, 중앙에서 같은 파벌의 집안 여식들끼리, 끼리끼리 패를 이룬 모습이었다.

삼백 명이 넘는 사람 중에서도 후궁으로 간택된 사람은 미리 정해진 것이 관례인 터라, 간택전에 모인 여인들도 그 사람들이 누구인지 알음알음 알고 있는 눈치였다.

'저 여인이 북위대장군부 출신인가 보네. 벌써부터 중앙 호족 출신들을 덕지덕지 달고 있군.'

'인물로는 중서령의 여식이 제일 낫다더니, 저 북위대장군의 질녀 옆에 저 여인은 누구지?'

'무슨 상관이야. 결국 좀 예쁜 시녀나 되겠지.'

'하후대장군부의 여식은 어디 있는 거야? 걔가 먼저 채녀를 달지 않겠어?'

끼리끼리 수군거리며 눈동자를 굴리는 소리가 바빴다.

그때.

콰–앙.

대차게 문이 열리면서 창신궁을 전담하는 장시궁녀인 정 상궁이 궁녀들과 함께 등장했다.

서슬 퍼런 정 상궁의 기세에 그녀가 누군지 모르는 이들까지 고개를 숙이고 움츠러들었다.

"……."

정 상궁의 눈이 날카로운 매처럼 삼백 명의 여식들을 훑었다.

대부분이 눈을 마주칠세라 고개를 숙이기 바빴지만, 몇몇 이들은 반응이 달랐다.

오만하게 눈을 치켜뜨고 눈싸움을 하듯 정 상궁의 눈을 피하지 않는 이들이 있는가 하면, 잘 보이려는 듯 미소를 지어 보이는 이들도 있었다.

늘 간택전이 있을 때면 보아 왔던 태도였다.

다만 이번에는 반응이 좀 특별한 이들도 있었다.

무심하게, 혹은 무덤덤하게 정 상궁과 눈을 마주하는 이들이 있었던 것이다.

'호오.'

이 황궁에서, 특히 간택전에 든 여인이 아무런 흑심이나 의도 없이 상궁을 마주하는 건 쉽지 않은 일이었다.

"본 상궁이 이번 간택전의 치수장을 맡은 장시궁녀다. 정 상궁이라 부르면 될 것이다. 앞으로 삼 년간 간택전을 치르면서 궁인으로서의 마음가짐이나 몸가짐, 황궁에서 살아가기 위한 여러 재주들을 배워 나갈 테지만, 그 전에! 여기 있는 사람들 중 다수는 초간택에서 황궁을 나가게 될 것이니, 겨우 일 년 동안 머물면서 황궁에 분란을 만들거나 궁녀의 체신을 상하게 하는 일이 없어야 할 것이다!"

어떤 귀한 집안 출신이든 상관없었다.

이곳에 든 이상 너희들은 그저 궁인 나부랭이일 뿐이다.

정 상궁의 차가운 눈이 고개를 빳빳하게 든 사람들 하나하나를 쳐다보며 경고했다.

고개를 들고 있던 대부분의 여인들은 정 상궁의 기세에 눌려 눈을 돌리거나 고개를 숙였다.

하지만 그중에도 마지막까지 저의 모습을 꿋꿋하게 유지하고 있는 이들도 있었으니.

"먼저, 수방. 임시로 수방장이 된 원가 영농!"

정 상궁의 부름과 함께, 끝까지 꿋꿋하게 정 상궁을 내려다보던 여인이 한 걸음 앞으로 나왔다.

"원, 영농이라 합니다."

정 상궁에게 궁에서 지낼 수 있는 채녀의 패를 받아 든 원영농이 모두를 향해 인사를 해 보였다.

다소곳하게 고개 숙여 인사하는 모습마저도 오만해 보일 정도로 자신만만한 표정의 여인이었다.

원영농의 뒷모습을 보는 정 상궁의 입꼬리가 움찔거렸다.

"다음, 경방. 방장은 사마가 령!"

희고 고운 피부, 단아한 이목구비가 기품이 있어 보이는 여인이 걸어 나왔다.

근래 황제의 총애를 받는다는 중서령의 장녀였다.

그녀는 황실에서 선호하는 생김은 물론 무겁지 않으면서도 발끝이 보이지 않는 걸음걸이마저 벌써 황실 사람인 듯 준비가 완벽해 보였다.

"다음 효방, 방장은 곽가 진진."

하남윤의 장녀였다.

하남윤은 낙양을 관리하는 행정관의 우두머리라, 허씨 가문이 몰락하고 곽가가 새롭게 낙양 기반의 호족들 사이에서 구심점으로 떠오르며 조정에서 활발하게 세를 만들고 있는 중이었다.

게다가 곽진진은 본인이 금과 서화에 뛰어난 재녀로서 하남제일미라 불리며 탄탄하게 인망을 쌓아 놓고 있었다.

"명방, 방장은 하후가 선!"

모여 있던 여인들이 웅성거렸다.

그들이 아침부터 지금까지 그토록 찾고자 했던 사람 중 가장 궁금했던 사람이었기 때문이다.

배경으로는 따라갈 수 없다는 하후대장군부 장남의 장녀의 등장에 그녀를 찾아 나선 여인들의 시선이 엉뚱한 곳을 방황했다.

막상 모습을 드러낸 하후선이 그들의 상상과 전혀 달랐기 때문이다.

"하후선입니다!"

큰 소리로 방긋 웃으며 말하는 하후선은 제국의 호골이라는 하후대장군부 출신이 맞나 싶을 정도로 작고 귀여운 체격과 인상이었다.

주변 여인들보다 서너 살은 어려 보이는, 호골이라기보다는 토끼 같은 하후선의 모습에 곳곳에서 코웃음이 터졌다.

그걸 들은 정 상궁의 미간이 절로 구겨졌으나, 정작 본인은 아무렇지도 않은 얼굴로 당당하게 자리로 돌아갔다.

'만만치 않은 강단이로군.'

정 상궁이 저도 모르게 흐뭇하게 웃고 말았다.

"다음, 병방 방장, 나가 하연!

다시 주변이 웅성거렸다.

휘이이이익---!

여인이 하늘을 날듯 모두를 뛰어넘어 나타났기 때문만은 아니었다.

"저 여인이 어떻게……!"

"무림인이 아니었나요?"

진화의 등극식 연회에서 숙청단원들은 많은 이들의 이목을 끌었다.

그중 당혜군과 나하연은 외모가 몹시 아름답기도 했지만, 여인의 몸으로 황태자와 스스럼없이 교분을 나누는 모습 때문에 많은 이들의 눈에 띄었었다.

"조용! 조용!"

소란이 커지는 모습에, 정 상궁이 목소리를 높였다.

소리가 점차 줄어들자 정 상궁은 채녀의 패를 나하연에게 전했다.

"황궁에서는 뛰거나, 사람이나 벽을 넘거나, 지붕 위에 올라서는 안 된다."

"하하, 많이 듣던 것이네요."

패와 함께 전해지는 정 상궁의 주의에 나하연이 호탕하게 웃으면서 패를 받아 들었다.

"효기장군의 질녀라더니……."

"패황권문의 적녀겠군요."

다섯 명의 내정자 중에서 따지자면 효기장군의 질녀는 논외였다.

대장군부나 차기 승장 자리를 논하는 명신들에 비해 효기장군은 급이 떨어지거니와, 적녀도 아닌 질녀이지 않은가.

하지만 그녀가 패황권문의 적녀라면 사정이 달랐다.

패황권문은 단지 무림의 세가가 아니라 오래전부터 정주의 모든 부와 군권을 쥔 호족이었기 때문이다.

황도 낙양의 재화도 중앙에서 나누지 못해 안달인 호족들이 드글드글한데, 정주를 독점하다시피 하는 권가의 금력과 무력이라면 중앙과 멀다 해서 무시할 수 없었다.

곳곳에서 따가운 시선들이 나하연의 뒤로 박혀 들었다.

방은 그녀들이 간택전에서 머무는 동안 지낼 숙소의 이름이었다.

후궁전 자체가 텅텅 비어 있어 은근히 기대한 사람들도 있었지만, 재물이 아무리 차고 넘쳐도 자격 없는 이들의 손엔 먼지 한 톨 쥐여 주지 않는 곳이 황궁이었으니.

여인들이 지낼 곳 또한 이제까지 여느 궁인들이 지낸 곳과 크게 다르지 않았다.

방장으로서 채녀가 될 사람들에게 패가 나누어지고 난 뒤, 나머지 사람들에게는 각 방의 이름이 쓰인 경의(更衣) 패가 주어졌다.

채녀나 경의나 결국 황궁의 밭을 가꾸거나 의복을 수선하는 등 허드렛일을 하는 궁인들과 같은 신분이라, 실제 그런 일은 하지는 않았지만 대우 자체는 크게 다르지 않을 것이었다.

나하연이 결국 간택전에 참여했다.

간택전의 초례 행사에 대해 들은 황후와 팽연화는 익숙한 이름을 듣고 깜짝 놀랐다.

황후와 팽연화는 나하연에게 마음이 쓰였지만, 간택전의 형평성을 위해 초간택이 끝날 때까지 진화에게 전하지 않으려 했다. 하지만 나하연의 소식이 진화의 귀에 들어가기까진, 일 년은커녕 불과 보름도 채 걸리지 않았다.

건희전.

진화가 황태자 자리에 오름으로써 건희전이 동궁이 되었다. 본래라면 지금 일황자가 머물고 있는 진짜 동궁으로 거처를 옮겨야 했지만, 결과적으로는 이 년에서 삼 년 정도 유예를 가지게 되었다.

일황자가 혼인을 하고 황궁을 떠나는 데에 이 년 정도 시간이 있었는데, 마침 이 년 후면 황녀인 한연화가 따로 거처를 가져야 할 때였다.

보통 혼인을 하지 않은 황손들은 그 모후의 궁에서 기거하도록 되어 있으니.

이 년 후, 일황자가 비운 동궁을 손봐 진화가 궁을 옮기고 황후의 창신궁에 있던 건희전을 황녀의 거처로 하면 딱 맞아떨어진 것이다.

진화가 이삼 년 정도 동궁을 양보한다면 말이다.

다행히 진화 또한 큰 궁보다는 조금 더 황후와 어린 황녀의 가까이 머물고 싶었기에 양보가 어렵지 않았다.

그렇게 진화는 황태자가 되었음에도 익숙한 처소에서 있을 수 있었다.

다만, 건희전 외엔 모든 상황과 생활이 달라졌다.

본격적으로 황태자를 위한 후계 수업이 시작되었기 때문이다.

황태자가 된 진화에게 가장 힘든 일이라면, 역시 일과를 시작하는 첫 걸음이었다.

뭐든 시작이 어렵다지만, 최근 진화는 그게 특히 힘들었다.

"전하, 이제 가셔야 합니다."

"하지만……."

동 태감의 재촉에도 불구하고 진화는 안절부절못하며 자리를 뜨지 못했다.

제국의 황태자인 동시에 무림에서 다음 세대 천하제일고수라 논하는 신진 고수인 그를 곤란하게 만드는 것이 세상에 무엇이 있을까 싶지마는.

"전하, 황녀 마마의 손에서 손가락만 빼시면 되옵니다."

동 태감은 겨우 한 살도 되지 못한 황녀에게 손가락을 잡히고 그걸 빼지 못해 곤란해하고 있는 진화의 모습에 한숨을 쉬었다.

결국 진화가 진짜 곤란해지기 전에 지켜보고 있던 황후가 나섰다.

"후후후. 자아, 연화야, 오라버니는 이만 수업에 가셔야 한단다. 손가락 놓아 드려야지?"

"흥아야? 빠야!"

아직 솜털이 보송보송한 아이는 아름다운 두 얼굴이 저만 보는 것이 기분 좋았는지 진화의 손가락을 꽉 쥐고 흔들었다.

"이런, 연화가 기분이 좋은가 보구나. 하지만 이젠 진짜 오라비니를 보내 드릴 때야."

"아야아-!"

보다 못한 황후가 억지로 아이의 손을 펴서 진화 대신 자신의 손가락을 주려 했다. 하지만 아직 돌도 되지 못한 아이의 힘이 생각보다 강했다.

"음? 우, 우리 연화가 폐하를 닮은 모양이구나. 호호호. 어, 어서 놓자-앗. 하!"

"꺄-하!"

황후가 힘을 주며 아이의 손을 펴고, 다행히 그 힘겨루기를 재밌어한 아이가 진화의 손가락을 놓아주었다.

"아……."

황후 덕분에 겨우 풀려난 진화는 뭔가 아쉬운 눈으로 황후와 아기를 보았다.

그때, 동 태감이 스르륵 다가와 진화의 귓가에 속삭였다.

"승상께서 더 이상은 황녀 마마의 핑계는 통하지 않는다 하셨습니다."

"……."

동 태감의 말에 진화는 아쉬움이 가득 남은 듯 진득한 눈길로 아이를 본 후 최대한 느릿하게 발걸음을 옮겼다.

그렇게 일과 중 가장 어려운 창신궁을 나선 후.

진화의 입가에서 웃음이 사라졌다.

'아…….'

진화의 모습을 보며 동 태감이 안타까운 눈을 했다.

황궁 생활에 적응하시기 힘이 드신 건지, 아니면 마음이 내키지 않으신 건지.

황후궁을 나선 후에 진화의 얼굴에서 표정을 본 적이 언제인지 기억이 흐릿할 정도였다.

‘성심성의껏 모시려 최선을 다했지만, 전하의 마음을 열기엔 부족했던가.’

수많은 궁녀들이 진화를 보며 ‘궁중빙화(宮中氷花)’라며 얼굴을 붉혔지만, 동 태감은 얼어붙은 진화의 표정에 어서 봄날이 오길 간절히 바랐다.

동 태감의 걱정을 아는지 모르는지.

진화는 황궁의 생활에 적응하는 데에 모든 신경을 집중하고 있었다. 하지만 진화의 얼굴에 표정이 없는 이유는 황궁 생활이 힘이 든 것도, 마음이 내키지 않은 것 때문도 아니었다.

동 태감은 진화가 남궁세가 사람들과 함께 있을 때만 보아서 몰랐던 것뿐, 진화는 본래 웃음이 많거나 감정 표현이 많은 사람이 아니었다.

지금은 많이 나아졌지만, 화를 내는 것보다 검을 휘두르는 것이 빠른 진화에게 감정 표현은 애써 노력해야 하는 어떤 것 중 하나였으니.

한 번도 배워 본 적 없는 학문에 행정, 정치, 군사, 전쟁에 관한 모든 것을 배우기 위해선 갈 길이 너무 바빴다.

다행히 승상 조위례는 전쟁터를 떠돌던 가난한 황자를 작금에 이르러 성군으로 추앙받는 황제로 만들어 낸 좋은 스승이었다.

"오늘은 제시간에 오셨습니다, 전하. 오늘도 황녀 마마께서 손가락을 놓아주시지 않던가요?"

"예. 하지만 오늘은 다행히 어마마마께서 제시간에 동생을 이기셨습니다."

"허허허허허허!"

귀여운 외손녀와 다시 어미가 된 딸의 일화에 조위례가 유쾌하게 웃음을 터뜨렸다. 그리고 흐뭇한 표정으로 여동생을 지극히 아끼는 외손주를 보았다.

"모후라고 하셔야 합니다."

"……모후께서 황녀를 적당한 때에 제지해 주셨습니다."

"허허허, 황녀 마마가 황태자 전하만 좋아한다고 폐하께서 용심이 이만저만이 아니시더군요."

"황녀가 부황을 많이 닮았습니다."

"여러모로 말이지요. 허허허허허!"

조위례는 진화의 언행 하나하나를 황태자의 자리에 걸맞도록 바꿔 가고 있었다.

또다시 엄격하게 진행되는 수업을 보며 동 태감이 걱정스러운 눈으로 진화를 보았다.

수업에 집중하려 애쓰는 진화의 등이 무겁고 외로워 보였기 때문이다.

한편.

간택전의 여인들은 진화를 볼 날만을 기다리며 설레는 첫날을 시작했다. 하지만 그 생각이 너무 꽃길만 그리고 있었단 걸 깨닫는 데는 반시진도 걸리지 않았다.

화아아아악--!

텅. 텅.

"꺄-악!"

"뭐야!"

숙소 문을 나서자마자 무언가 날아드는 것을 보고 몇몇 이들이 놀라 소리를 질렀다.

그러자 기다렸다는 듯 날벼락 같은 호통이 떨어졌다.

"허어! 누가 감히 소리를 키우는 겁니까!"

정 상궁의 말에 여인들의 비명이 일순간 사라졌다.

여인들에게 던져진 것은 빨랫감이었다.

그녀들 앞으로 던져진 것 외에도 숙소 앞에 산더미처럼 쌓여 있었다.

그걸 보는 여인들이 얼굴을 찌푸리거나 눈을 크게 떴다.

한눈에도 더러워 보이면서 케케묵은 냄새를 풍기는 것도 그렇지만, 빨래가 가득 쌓인 통이 수십 개가 넘어 보였기 때문이다.

"아침 식사를 하기 한 시진 전에 이 빨래들을 모두 해 놓도록 합니다."

정 상궁의 말에 여인들의 표정이 일그러졌다.

황궁에서 나오는 빨랫감을 해결하는 것도 궁녀들이 할 일이긴 했지만, 궁녀들 사이에서도 급이 있었다.

빨래를 하는 것은 궁녀들의 일중 가장 허드렛일에 속하는 것으로, 따로 하급 궁녀로 뽑힌 이들이나 할 일이라. 간택전에 들어온 여인들은 설마 자신들이 이 일을 할 거라곤 생각지 않았다.

서로 눈치를 보던 여인들 사이에서 한 여인이 앞으로 나왔다.

북위대장군부 출신의 원영농이었다.

"간택전 궁인들이 이런 일을 한다는 건 들어 본 적이 없습니다. 우리는 황태자 전하를 뫼시고자 궁에 든 것이지, 이런 일을 하러 온 것이 아닙니다."

정면을 향해 빳빳하게 치켜 든 턱과 꼿꼿한 자세.

많은 사람들 속에서 홀로 앞으로 나서는 담대함.

그리고 창신궁 상궁인 정 상궁과 눈을 마주치고 대립하는…… 성깔머리.

'호오.'

모든 여인들이 흥미진진한 눈으로 원영농과 정 상궁의 대립을 지켜보았다.

이 대립의 결과에 따라 앞으로 간택전 궁인들에 대한 대우가 달라질 것은 물론, 최소한 원영농의 기세도 달라질 것이었다.

원영농 또한 그것을 아는지 마치 키가 작은 정 상궁을 오만하게 내려다보듯 고개를 더 빳빳하게 세웠다.

하지만 그건 원영농의, 아니 간택전 여인들의 착각이었다.

그녀들이 정 상궁과 기세싸움이 가능할 것이라는 착각.

황제를 위해 열린 간택전만 다섯 번, 이전 황태자를 위해 열린 간택전도 두 번이었다.

매번 귀한 집안의 여식들이 참여했고, 그중에는 스스로에 대한 자신감이나 집안에 대한 자부심이 넘쳐 나는 여인들부터 곱게 자라서 오만함이 하늘을 찌르는 사고뭉치들도 있었다.

심지어 정 상궁은 북위대장군부의 적녀인 원귀빈이 간택전에 참여했을 때도 있었고, 기세등등한 원귀빈이 황후전을 농락하려 할 때도 버텼다.

황제가 바뀌고 삼십 년이 넘는 세월 동안 황궁을 지켜 온 상궁에게 고작 북위대장군부의 질녀의 반항 따윈 하얗게 센 코털 하나 흔들지 못할 정도로 미미한 것이었다.

정 상궁이 매끄럽게 입꼬리를 끌어 올리며 살짝 고개를 내렸다.

"엄밀히 간택전은 황태자전의 궁인을 뽑기 위한 것입니다. 이곳에서 하는 모든 일이 교육입니다. 여러분이 이 황궁에서 살 자격을 갖추게 하는 것이니까요. 그러니…… 이걸 마치지 못한다면 태자 전하의 그림자조차 뵙기 힘들 것입니다."

살짝 숙인 고개에서 치켜뜬 눈.

색이 탁해진 눈동자에 서릿발처럼 형형한 정광이 원영농에게 꽂혀들었다.

"딱 한 시진입니다. 생활 전반의 모든 일이 평가에 들어갈 것입니다. 지금도 시간이 가고 있군요."

정 상궁의 최후통첩에 원영농의 눈빛이 흔들렸다.

그때, 누군가가 나와서 커다란 빨랫감을 안아 들었다.

"빨래는 어디서 하면 되죠?"

중서령의 장녀, 사마령이었다.

학사 집안의 여식답게 여인들 중 가장 단아하고 음전한 그녀가 가장 먼저 더러운 빨랫감을 맨손으로 들어 안자, 눈치를 보던 여인들이 너 나 할 것 없이 나와서 낚아채듯 빨랫감을 들었다.

"한 시진 뒤에 뵙지요."

정 상궁이 여인들을 보며 인사를 하듯 한마디 던지고 돌아섰다.

다른 간택전 여인들이 바쁘게 움직이는 동안, 원영농이 정 상궁과 그녀를 따르는 궁인들의 뒷모습을 끝까지 노려보고 있었다.

"……."

"원 채녀, 그러지 말고 우리도 얼른 움직여요."

원영농을 따르는 여인들이 원영농의 빨랫감까지 챙겨 그

녀를 재촉했다.

그러자 원영농이 무서운 눈으로 빨랫감을 노려보다 그것을 빼앗듯 들었다.

"앗!"

"감히 상궁 따위가 내게……!"

원영농이 빨랫감을 집어 던지려는 순간.

산더미처럼 빨랫감이 쌓인 통이 그녀의 앞을 막았다.

"뭐야?"

"그대는 졌다. 졌으면 수긍할 줄도 알아야지. 애초에 평가를 받는 입장에서 반항할 생각을 하다니, 주제 파악을 하지 못하고 싸움을 거는 건 어리석은 짓이다."

원영농의 수치심을 그대로 찌르는 말에 이제까지 간신히 표정을 관리하던 원영농도 참지 못하고 목소리를 높였다.

"네가 무슨 상관이야! 감히 내게 그딴 말을 지껄이고, 앗! 지, 지금 무슨 짓을……!"

원영농이 사납게 소리를 지르는 것과 동시에 거대한 빨래더미가 그녀를 밀었다.

비켜난 원영농의 시선에 감히 그녀를 가르치듯 조롱한 인물이 들어왔다.

"방금 주제 파악을 하라고 했는데. 내게 손을 올리면, 감당할 수는 있나?"

나하연이 무심한 얼굴로 원영농에게 물었다.

감당을 할 수 있을 리 없다는 걸 알면서도 묻는 것은, 숙청단에서 그녀가 배운 협박이었다.

나하연이 부들부들 떨고 있는 원영농을 향해 씨-익 웃으며 지나쳤다.

뒤에서 여인의 원한이 느껴지는 시선이 따라붙는 가운데.

빨래터로 가는 나하연의 곁으로 누군가 다가왔다.

"이런 싸움에는 안 나설 거라고 생각했는데 말이에요."

"음?"

나하연은 말을 건 사람의 얼굴을 보기 위해 생각보다 더 아래로 고개를 내려야 했다.

"무슨 생각이에요?"

동그랗게 눈을 뜨고 묻는 뽀얀 얼굴이 마치 토끼를 닮았다. 하지만 그녀의 손에는 나하연과 같이 빨랫감이 산더미처럼 쌓인 통이 들려 있었다.

"음, 하후선이라고 했던가?"

나하연은 하후선을 보며 익숙한 누군가를 떠올렸다.

작은 체구, 동그랗고 귀여운 얼굴에 흉흉한 기운을 가진.

역시 당혜군을 닮았다.

"혹시 빨래할 줄 아나?"

"……아니오."

나하연의 물음에 하후선이 귀가 처진 토끼처럼 풀이 죽어 답했다.

하후대장군부의 귀하디귀한 적녀로 태어나 빨래를 해 보았을 리 없었다.

그건 이 간택전에 참여한 여인들 다수가 그러할 것이었다.

"호, 혹시 빨래할 줄 아세요?

나하연이 다른 여인들보다 조금 나은 것이 있다면 무림에서 전쟁터를 오가며 열악한 환경을 견디는 인내심이랄까.

"방법은 알고 있지만 직접 해 본 적은 없다."

"아! 그래도 저보단 낫네요. 방법만 알고 있다면 일단 어떻게든 되겠죠!"

나하연의 말에 하후선이 방긋 웃으며 말했다.

그러나 하후선은 빨래터에 앉자마자 그 생각이 얼마나 안일했는지 알게 되었다.

찌이이이익-----!

"헉!"

"……이게, 원래 이렇게 약한가?"

하후선의 얼굴이 하얗게 질리고, 나하연이 난감한 표정으로 눈을 감았다.

그녀들의 손에는 완전히 찢어진, 조금 전까지 빨랫감이었던 거적때기가 있었다.

"상궁님, 저기 나 채녀와 하 채녀가 빨랫감을 다 찢어 놨어요!"

늑대의 실수를 발견한 살쾡이들처럼 사방에서 여인들이 나하연과 하후선의 행태를 일러바치기 바빴다.

궁녀들 또한 이런 일은 처음인지라 정 상궁까지 불러와야 했다.

"흥. 누가 누굴 걱정한 건지. 저래서야 초간택도 어림없겠군."

원영농이 깔끔하게 빨린 옷가지를 통에 챙겨 넣으며 나하연과 하후선을 비웃었다.

많은 이들의 기대와 달리, 빨래터로 불려 온 정 상궁은 마치 이런 사태를 예상이라도 한 듯 짧게 한숨만 쉬었을 뿐이었다.

"후우. ……두 분의 힘이 남다른 것을 미리 계산하지 못했군요. 능력에 맞게 분담을 하는 것도 좋은 방법입니다. 두 분은 궁인들이 빨래를 하기 쉽게 물을 길어 주는 것으로 하시죠."

정 상궁의 말에 하후선과 나하연의 얼굴에 화색이 돌았다.

황궁 빨래터에는 인공적으로 만든 수로가 있었지만, 수로에 물이 흐르게 하기 위해서는 궁녀들이 발로 밟아 물레방아를 돌려야 했다.

빨래를 찢는 힘이라면 이 많은 궁녀들이 빨래를 하는 데 충분한 물을 실어 올 수 있을 터였다.

"네!"

"현명한 판단입니다."

하후선과 나하연도 화색이 되어 답했다.

뭐든 조금만 힘을 줘도 찢어지는 빨래보단 낫지 싶었다.

나하연의 말처럼 정 상궁의 지시는 적절했다.

단지 나하연의 힘에 하후선의 힘까지 더해진 효과가 정 상궁의 예상을 가볍게 뛰어넘었을 뿐.

휭! 휭! 휭! 휭!

나하연과 하후선이 본격적으로 물레방아를 밟자, 물레방아에서 나는 것이라곤 상상할 수 없는 소리가 나면서 빨래터의 수로가 계곡물처럼 철철 흘렀다.

"와."

"진작 이렇게 할 걸 그랬어요. 저 두 사람이 움직이니 이렇게 편리하네요."

"흐, 흥. 개똥도 쓸데가 있다더니."

"그러게요."

깨끗한 물이 펑펑 쏟아지자 여인들이 아닌 척 좋아하는 기색을 숨기지 못하고 빨래를 헹구었다.

다만 물이 점점 더 펑펑 쏟아진 것이 문제였다.

"자, 잠깐. 물이 넘치겠……!"

중서령의 장녀, 사마령이 당황하며 목소리를 높이는 것과 동시에.

"꺄아아아앗!"

퍼------엉!

파아아아아아아앗-----!

물레방아가 하늘 높이 떠오르고, 거대한 물기둥이 솟았다.

당황한 나하연이 멍하니 위로 떠오른 물레방아와 물기둥을 보았다.

눈부신 햇살 속에 하늘에서 보석이 떨어지는 듯 연못물이 반짝이며 떨어지고. 그 속에서 천상의 선인처럼 아름다운 누군가가 놀란 얼굴로 나타났다.

"……나 소저?"

수업을 마치고 돌아가던 길.

황궁에서 이질적이면서 익숙한 기운이 움직이는 것을 느끼고 이곳을 찾았던 진화는, 물기둥이 솟아 오른 속에서 당황한 얼굴을 하고 있는 나하연의 보고 크게 놀랐다.

간택전은 물론이고 후궁전 수로에 물을 대는 물레방아가 망가진 사건 후.

간택전에 있는 궁인이 그렇게 큰 사달을 낸 것은 유례가 없는 일이라, 결국 그 일은 정 상궁의 손을 넘어 황후전까지 올라갔다.

황후는 두 궁인에게 일을 시킨 것은 정 상궁이었고 두 사람에게 고의가 없었다는 점을 들어 그 일을 불문에 부쳤다.

다만 물레방아를 수리하는 일은 하후대장군부와 패황권가

에 따로 상납금을 받았다. 하지만 결국 사건을 일으킨 것은 하후선과 나하연, 두 사람이었다.

간택전 여인들은 물론 궁인들까지, 하후선과 나하연이 초간택 전에 떨어져 나가기는커녕 어떤 징계나 징벌도 받지 않은 것에 대해 말들이 많았다.

“말도 안 돼요! 황후전에서 법도를 얼마나 엄격하게 적용하는지 다들 아시잖아요? 이전이었다면 초간택 전에 쫓겨날 일이었다고요!”

“맞아요. 역시 전하께서 사가에 있었을 때 나 소저와 연이 있었던 것이 틀림없어요. 그날, 다들 보셨잖아요? 황태자 전하께서 나 소저와 조용히 따로 이야기를 나누시던 것.”

“황태자 전하께서 황후전에 뭔가 언질을 했다는 말인가요?”

“후우, 나 소저의 배경이 황태자 전하셨다면…… 이미 끝난 것 아니에요?”

“어차피 다섯 사람 자리는 정해진 건데, 나는 솔직히 윗전으로 모시기에 원씨보다는…….”

“쉿! 와요. 흠흠.”

수군거리던 간택전 여인들이 누군가의 눈치를 보며 급하게 고개를 돌렸다.

이제까지 자신이 용화는 따놓은 당상인 듯 굴던 원영농이 간택전으로 들어서며 나하연과 하후연을 노려보고 있었다.

한편.

궁인들 사이에서 도는 소문은 간택전 내에 도는 그것과 조금 달랐다.

"우리 황태자 전하께서 얼마나 놀라셨는지. 동그랗게 뜬 눈에 촉촉하게 눈물이 고이면서 '나 소저?' 하시는데!"

"꺄–아!"

"서로 신분도 모르고 무림에서 사랑을 나누다 헤어진 연인, 황궁으로 돌아온 황태자와 집안으로 돌아간 명문가의 여식으로 다시 간택전에서 재회하다니! 아아, 이 얼마나 애틋하고 사랑스러운 이야기인가요."

"그러니까요! 호호호호호!"

궁녀들 사이에서 진화와 나하연의 이야기는 저자에 도는 애정소설 같은 한 편의 이야기로 각색되어 떠돌았다.

아직 방심이 흔들릴 나이의 궁녀들은 그런 이야기에 환장하는 편이었고, 이야기는 점점 살에, 살이 붙어서 궁 안으로 퍼져 나갔다.

"아아, 우리 황태자 전하. 궁중빙화라 불릴 정도로 차가우셨던 이유가 있었네요. 사랑하는 연인과 헤어져 황궁으로 오시고 얼마나 마음이 아프셨을까."

"이제는 나 소저가 간택전을 통과하는 일만 남았네요! 그러면 만사형통 아니겠어요?"

"아……."

아름다운 애정소설의 꽉 찬 결말을 기대한 궁녀의 물음에 동료들 중 셋이 차마 대답을 못 하고 눈을 피했다.

세 명의 궁녀는 모두 창신궁 소속으로 간택전의 소식에 밝은 이들이었다.

"왜요? 무슨 일 있어요?"

"아, 아니에요. 무슨 일은……."

"흠, 흠……."

세 명의 궁녀는 차마 답을 재촉하는 동기들의 눈을 마주칠 수 없었다.

잔뜩 기대감에 부풀어 있는 동기들에게 아름다운 이야기의 주인공인 나 소저가 초간택조차 아슬아슬하다고 답할 수 없었기 때문이다.

궁중에 떠도는 근거 없는 소문이 궁인들 사이를 휩쓰는 동안. 당사자인 진화는 그런 소문에 대해 전혀 알지 못했다.

혹여 진화의 심기를 상하게 할까, 괜히 진화가 아는 척을 하여 소문을 더 키우게 될까.

동 태감이 건희전 궁인들의 입단속을 철저하게 했기 때문이다. 하지만 그런 것도 다 무슨 소용이겠는가.

정작 진화가 때때로 나하연의 소식을 묻는다면 말이다.

"그녀는 어찌하고 있다고 합니까?"

수업을 마치고 이전에 물레방아가 공중에 떠오르는 것을

목격했던 자리를 지날 때쯤, 진화가 무심한 듯 물었다.

진화가 나하연의 소식을 묻는 말에 뒤를 따르던 어린 궁녀들이 어깨를 들썩였다.

그에 동 태감이 못마땅한 눈초리로 궁녀들에게 눈치를 주었다.

“무탈하게 지내고 계신다 합니다. 너무 심려치 마십시오.”

동 태감이 억지웃음을 지으며 답했다.

‘무탈하게 지내지. 저만! 오직 저만! 어제도 황궁 비품을 죄다 못 쓰게 했다던데, 쫓겨나지 않는 것이 용하지! 암! 그나저나 우리 저하께서 요즘 부쩍 그 여인의 소식을 묻는 것이…… 지금도 무림을 그리워하고 계시는 것인가.’

동 태감이 안타까운 눈빛으로 진화를 보았다.

아무리 황태자라도 황궁을 나가는 일은 어려운 일이라, 혹여 진화가 답답함을 느끼고 있진 않은지 걱정이었다.

동 태감은 진화가 그 힘만 세고 무신경한 여인, 나하연에게 마음이 있을 거라곤 전혀 생각하지 않았다.

‘우리 전하께는 그런 힘세고 드센 여인보다 황후 폐하같이 아름답고 세심하게 마음을 어루만져 줄 비 마마가 어울리지. 암.’

동 태감이 아는 한 진화는 특별히 여인에 관심이 없었다.

한창 여인에게 관심이 갈 나이인지라 그건 그것대로 걱정이었지만, 어쨌든 진화는 그동안 창신궁을 오가는 아름다운 궁인들 중 누구에게도 눈길 하나 돌리지 않았다.

필시 그동안 큰일이 많아서 여인에게 눈 돌릴 틈도 없이 살아온 탓일 터였다.

'우리 귀한 황자님이 그 썩을 놈들 때문에 고생이란 고생은 다 하고…….'

동 태감이 붉어진 눈시울을 감추며 코를 훌쩍거렸다.

"……."

진화는 제 눈을 피하는 동 태감을 보며 슬슬 불안해지기 시작했다.

정의무학관 시절부터 대뜸 갑 조의 방을 정면 돌파하던 나하연이 아니었던가.

진화는 나하연이 진짜 간택전에 참여할 거라 생각도 못 했지만, 결국 나하연의 선택은 정면 돌파였으니.

'간택전을 정면 돌파하면 어쩌지? 나 소저가 정말로 간택전에 올 줄은 상상도 못 했는데…….'

진화의 표정이 심각해졌다.

진화도 나하연이 한순간의 호기나 재미로 간택전에 참여했다고 생각하진 않았다.

아무리 나하연이라도 한번 황궁에 들어오면 다시는 자유롭게 밖을 나다닐 수 없다는 것을 알았을 것이다.

그럼에도 이런 선택을 한 것은 나하연 나름대로 모든 것을 각오했었을 터.

다만 자유롭게 무림에서 활약하던 여인이 그런 자유를 포기하고 이곳에 왔다는 사실이 진화에게 더욱 무겁게 느껴졌다.

"정말로 간택전에 참여하신 겁니까? 대체 무엇 때문에……."

"하하, 그걸 몰라서 묻소? 꽃이 있는 곳에 나비가 맴도는 건 당연한 세상의 이치요. 조금만 기다리시오. 내가 꽃 주변을 맴도는 똥파리들은 죄다 치워 줄 터이니!"

나하연의 말이 진화의 귓가에 맴돌았다.

간택전 여인들의 수군거림과 궁인들의 바람이 상충되는 속에서, 수많은 이들의 눈이 나하연을 따랐다.

시기, 질투 많은 간택전 여인들 속에 있는 것도 힘들 것인데, 궁인들마저 불이 붙은 망아지처럼 날뛰니.

정 상궁은 수많은 사람들의 이상한 기대와 우려가 나하연에게 과도한 부담이 되진 않을지, 간택전에서 몰려드는 시기와 질투로 인해 나하연이 무너지진 않을지, 걱정스러운 눈으로 그녀를 지켜보았다.

하지만 나하연은 의외로 꿋꿋하게 그런 것을 견디며 아무렇지 않게 행동하고 있었다.

"나 소저, 아니 나 채녀는 정말 대단해요. 저런 시선들 속에서 아무렇지 않을 수 있다니."

하후선이 감탄과 함께 걱정스러운 눈빛으로 나하연을 보았다.

나하연은 아무것도 모른다는 듯 하후선의 말을 되물었다.

"저런 시선들?"

그때, 대답은 하후선이 아닌 다른 쪽에서 나왔다.

"새로운 동아줄을 찾아 집안의 야심을 등에 업은 여인들의 욕망과 아름다운 빙화를 향한 욕정에 눈뜬 여인들의 추잡한 질투가 가득 담긴 시선이죠."

중서령의 장녀, 사마령이었다.

그녀는 다소곳하게 고개를 숙이고 눈을 내리깐 사이로 어쩐지 광기 어린 눈빛을 번뜩이고 있었으니.

"조용히 웅크리고 저주를 퍼붓는 이탈자들과 기회를 엿보며 음모를 꾸미고 있는 음습한 야망가들의 시선! 궁중 간택전에서 일어나는 암투의 소용돌이! ……그 중심에 선 소감은 어떤가요?"

"……."

비꼬는 건가, 아니면 시비?

그렇다고 하기엔 나하연과 하후선이 보기에도 사마령의 표정이 너무 밝았다.

심지어 나하연을 향해선 열렬한 궁인들처럼 눈빛이 반짝이기까지 했다.

"……아슬아슬하다, 초간택에서 떨어질까 봐."

"아, 하긴."

나하연의 대답에 사마령의 얼굴이 단번에 심드렁해졌다.

오늘 간택전 수업에서 있었던 일을 떠올리면, 나하연은 음모와 암투의 소용돌이든 뭐든 그게 시작하기도 전에 떨어져 나갈 듯했다.

"아니, 어떻게 바늘을 꽂기만 하면 되는 건데, 그걸 못하는 거죠?"

"바늘을 던지는 건 그렇게 잘 던지면서!"

사마령이 믿을 수 없다는 듯 묻는 말에 하후선도 맞장구를 쳤다.

바로 어제 있었던 수침방 수업 때를 말하는 것이었다.

"마마님, 도무지 가까이 두고는 못 할 듯한데, 조금 멀리 떨어뜨려 놓고 해도 되겠습니까?"

"가까이 두고도 못하는 걸 멀리 떨어뜨린다고……!"

화를 내려던 수침방 상궁은 나하연의 피로 붉게 물든 천을 보며 화를 가라앉혔다.

"후우, 나 채녀, 뭐든, 어떻게든 해 보세요."

"네, 감사합니다."

수침방 상궁의 말이 떨어지자 나하연은 지체 없이 들고 있던 수틀을 던져 버렸다.

나하연의 행동에 수침방 상궁과 궁인들은 물론 간택전 여인들도 놀라 쳐다보았다.

그 순간.

휘이이이이익-! 탓!

나하연의 수틀이 바늘 하나와 함께 기둥에 박혔다.

동시에.

"앗!"

타타타타타타탓-!

깜짝 놀란 탄성과 함께 수십 개의 바늘이 나하연의 수틀에 박혀 들었다.

색색이 실이 걸린 바늘 수십 개가 정확하게 나하연의 수틀에 박혀 든 모습에, 모두가 할 말을 잃었다.

하지만 개도 삼 년이면 글자를 뀐다는데, 당혜군의 옆에서 십수 년이었다. 나하연에게는 바늘로 손가락을 찌르지 않는 것보다 쉬운 일이었다.

"마마님, 이렇게 바늘 몇백 개만 더 있으면 완성할 수 있을 것도 같습니다."

"……나, 채녀, 그렇게 했다가 천이 남아나겠어요?"

"예?"

수침방 상궁이 겨우 인내심을 발휘하며 묻는 말에, 나하연이 어리둥절해하는 사이.

툭.

연약한 수틀이 바닥으로 떨어지고, 수십 개의 바늘이 꽂힌

천만 너덜너덜한 모습으로 기둥에 박혀 있었다.

"나 채녀, 바늘 회수하고 망가진 것들의 값은 따로 청구하도록 하겠습니다."

수침방 상궁이 몹시 지친 표정으로 말했다.

하지만 사건 사고는 그것만이 아니었다.

어느새 의기투합한 하후선과 사마령은 나하연을 사이에 두고 그녀를 성토했다.

"수는 못 놓더라도 옷은 지을 수 있을 줄 알았더니!"

"옷을 찢어 놓을 줄은 몰랐죠. 빨래를 찢을 때 알아봤지만."

"그, 그땐 저도 물기를 최대한 쥐어짜야 한다고만 해서…… 천이 그렇게 약한 줄 몰랐죠! 그것도 나 채녀가 알려 준 거였어요."

"본래 알고 있는 것을 행하기가 어려운 법이긴 하죠."

"……."

유구무언.

입이 있어도 할 말이 없었던 나하연은 두 사람의 잔소리를 듣고만 있었다.

하지만 마지막에 가서는 그녀도 할 말이 생겼다.

"하지만 내 덕에 전하의 용포가 더 튼튼해졌소."

"아! ……일이 이상하게 잘 해결되었죠?"

나하연이 의기양양하게 말하자, 하후선이 고개를 갸웃거

렸다. 하지만 사마령은 이해가 간다는 듯 고개를 끄덕였다.

"확실히, 궁인들은 무림인들의 움직임에 대해 아는 것이 없으니까요. 그런 면에서 나 채녀의 실수나 과도한 힘으로 인해 일어나는 불상사들이 황태자 전하의 옷을 짓는 데에 참고가 될 수는 있죠. 수침방 상궁 마마님도 그렇게 생각하신 것 아니겠어요?"

"그럴까요?"

"그렇죠. 전하께서 움직이시다 용포가 찢어지기라도 했다면, 수침방 궁인들이 큰 고역을 치렀을 거예요. 그런 면에서…… 나 채녀가 도움이 된 건 확실하죠."

마지막 말을 하며 사마령이 조금 찜찜한 얼굴로 나하연을 보았다.

그랬다.

나하연은 물레방아에 부족하지 않을 정도로 수침방에서 사고를 일으켰지만, 의외의 쓸모를 발견하며 용서를 받았다.

사상 초유의 무림 고수 출신의 황태자를 맞아서, 나하연 덕분에 그에 대한 대비를 할 수 있게 되었다는 이유에서였다.

"여러모로 운이 좋긴 했어요."

"아! 이래서 소설의 주인공은 끝까지 살아남는 건가 봐요!"

사마령의 말에 하후선이 갑자기 화색이 되어 소리쳤다.

"음, 확실히 그런 법칙이 있긴 있죠. 칼과 화살이 비처럼 쏟아져도 주인공은 죽지 않죠."

"아니, 그건 내공을 끌어 올려 기막으로 화살을 막아 낸 것이오."

"그럼 우리 나 채녀의 궁중암투 대서사도 계속 연장일까요?"

"그건, 그렇겠군요! 처절한 암투를 뜻하지 않는 행운으로 이겨 내는 것도 꽤 재밌겠어요."

"나는 암투에는 영 소질이 없는 편이오만."

중간중간 나하연이 당황한 얼굴로 끼어들려 했지만, 갑자기 잔뜩 신이 난 사마령과 하후선의 대화에는 전혀 끼어들 수 없었다.

"나 채녀, 앞으로는 걱정 마요. 주인공 곁에는 조력자가 있기 마련! 앞으로 수업에서 실수하지 않도록 우리가 도와줄게요. 우리만 믿어요!"

"역경과 시련, 음모와 도전에 지지 않고 이겨 내는 거예요. 악녀들을 다 몰아내고 마침내 전하와 행복한 결말을 보도록 해 봐요!"

"내 귀한 꽃의 주변에 붙는 귀찮은 파리를 베러 온 것이긴 하지만, 그대들의 흥미를 채워 줄 생각은 없소."

"꺄-아. 꽃이래요!"

"은애하는 이를 남몰래 지키려는 여인의 투쟁이라니. 멋지군요."

"……."

호들갑을 떠는 하후선과 눈을 빛내는 사마령을 보며, 나하연은 종종 당혜군이 저를 향해 속이 터진다고 표현했을 때의 심정이 이제 이해가 갔다.

한편.

나하연이 사마령과 하후선을 양쪽에 두고 지나가는 모습에, 원영농과 그녀의 일파가 눈매를 사납게 좁혔다.

"눈꼴시네요. 천하의 하후대장군부와 중서령 가문의 여식이라는 이들이 고작 지방 호족 여식의 가까이 붙어 있는 꼴이."

"나무지와 황태자 전하가 인연이 있다는 걸 알고 저리도 들러붙은 거겠죠. 친한 척 곁에 있다 보면 아무래도 전하를 뵐 기회가 늘어나지 않겠어요?"

패황권가가 '고작 지방 호족'이라 불릴 곳은 결코 아니었지만, 그녀들 사이에서 나하연을 비하하기 위해 만들어 낸 말이었다.

같은 의미로 '나무지' 또한 나하연을 비하하기 위해 무지렁이와 합쳐 지어낸 말로, 누군가를 험담하기 위해 그들만의 은어나 별명을 지어 부르는 것은 흔한 일이었다.

잠시 후, 한바탕 험담을 하며 떠들던 이들이 맡은 구역으로 가고.

원영농의 곁에는 가장 가까이에서 그녀를 따르는 여인만

이 남았다.

사마령이나 나하연과 달리 매우 화려한 외모를 가진 여인은, 가진 재주가 많고 재기가 뛰어나 원영농이 가까이 두고 있는 이였다.

"원 채녀님, 그냥 이렇게 가만히 계실 건가요?"

은밀하게 묻는 목소리에 원영농이 눈썹을 까닥거렸다.

"무슨 뜻이지?"

"이번 간택전은 돌아가는 상황들이 매우 불공정하다는 걸 모두가 느끼고 있어요. 사마 채녀는 몰라도 저 두 사람은 초간택 전에 쫓겨났어야 했죠."

"그래서?"

"수침방 수업에서 일어나는 일에 대해서도 같아요. 모든 평가에서 평가점 이하가 확실한데도 상궁들이 노골적으로 나 채녀를 감싸고 있잖아요?"

"명환, 네가 하고 싶은 말을 해 보거라."

아비가 낭관에 불과한 안명환은 집안이 빈약하여 높은 자리에 갈 수 없는 이였다.

그에 반해 머리가 영리하고 눈치가 빨라, 원영농이 후궁전에 들었을 때 상궁감으로 눈여겨보는 중이었다.

안명환은 다른 꿈을 품고 있는 모양이었지만 말이다.

"이번 간택전에 벌써 황태자 전하의 입김이 닿았다는 소문은 채녀님도 들으셨을 거예요. 법도가 엄준하니 전하께서 노골적으로 끼어드신 것은 아니겠지만, 황후전에서 전하의 심기를 살피고 아랫사람들이 자연스럽게 따르도록 한 것이겠죠."

"그게 뭐가 문제지?"

"이대로라면 나 채녀가 초간택은 물론 삼간택까지 반드시 올라갈 거예요."

"그건 처음부터 그리 정해진 것이 아닌가?"

"그러니 그 전에 떨어뜨리셔야죠! 이대로 삼간택까지 가서 최종 후궁이 된다면, 전하의 총애가 어디로 향하겠어요?"

"……!"

안명환의 말에 원영농의 눈이 커졌다.

삼간택 이후까지는 전혀 생각지도 않은 먼 일이었지만, 안명환의 말을 들으면 가능성이 매우 높은 일이었다.

원영농의 눈이 뱀처럼 교활하게 젖어 들었다.

"그래서 네 생각은 뭐지? 아니, 말하지 마라."

"……?"

"명환, 네게 뭔가 생각이 있으니 말을 꺼낸 거겠지? 네가 나 채녀를 초간택 전에 떨어뜨린다면, 남은 빈 자리는 내가 책임지고 네게 쥐여 주마. 어때?"

새빨간 입술이 안명환에게 속삭였다.

차마 거절할 수 없을 정도로 달콤한 말에 안명환이 홀린 듯 고개를 끄덕이고 말았다.

"으아아아아아앙-!"

"아이고, 마마, 괜찮아요. 괜찮아요."

"그래, 연화야. 우리 연화, 착하지?"

"으아아아앙!"

늘 그렇듯 아침 문안 겸 한연화를 보기 위해 창신궁을 찾은 진화는 평소와 달리 궁 밖까지 새어 나오는 한연화의 울음소리에 깜짝 놀랐다.

"어서 가 보자."

"저, 전하, 뛰시면, 아니, 저희를 뛰게 만드시는 것도…… 저, 전하!"

진화는 뛰지 않았다.

진화는 누구보다 느긋한 자세로 경공을 펼쳐 황후궁으로 들어갔고, 눈 깜짝할 새에 사라진 진화를 쫓아 건희전 궁인들이 열심히 뛰어야 했을 뿐이었다.

진화가 황후궁 안으로 들어가자, 울음소리는 귀가 아플 정도로 커졌다.

"흐아아아아앙!"

"진화야!"

"태자!"

한연화는 황후의 품마저 거부한 채 유모 상궁의 품에 안겨 계속 울고 있었고, 곤란한 표정을 하고 있던 황후와 황제가 반색하며 진화를 맞았다.

아니, 이번만큼은 진화의 존재로 해결될 상황을 반긴 것이랄까.

“연화야, 오라버니 왔구나.”

“그, 그래. 네 오라비가 왔다. 그만 울거라!”

황후와 황제는 울고 있는 한연화를 얼른 진화의 품에 넘겨주었다.

“끄아아아앙!”

잔뜩 골이 난 듯 울던 한연화가 웬일인지 오늘은 진화의 품에도 가기 싫은 듯 유모 상궁의 옷자락이 늘어질 정도로 붙들고 발버둥을 쳤다.

“연화야?”

진화는 한연화가 저를 거부하는 것에 꽤 충격을 받은 듯 한연화를 불렀다.

진화의 목소리를 들은 한연화가 멈칫한 틈에 유모 상궁이 얼른 한연화를 진화의 품에 안겼다.

“히이잉. ……끄아아앙-!”

결국 진화의 품으로 온 한연화는 안락한 진화의 품과 잔뜩 골이 난 제 심기 사이에서 결국 진화의 품에 안겨 엉엉 우는 것을 택했다.

“으아아아앙!”

다행히 한연화가 진화의 품에 폭 안기면서 울음소리가 묻히고, 그 소리마저 점점 잦아들었다.

울다 지친 한연화가 순식간에 잠이 들었다.

"연화는 왜 울고 있었던 겁니까? 어디가 아픈 것입니까?"

한연화를 달래던 진화가 그제야 의아한 얼굴로 황제와 황후에게 물었다.

황후와 황제는 몹시 지친 얼굴이었다.

"후우, 요즘 동경 놀이에 빠져서 그렇단다."

황후가 난감한 얼굴로 답했다.

하지만 황후의 대답은 진화를 이해시키지 못했다.

"동경 놀이요?"

"현실을 깨달은 거지. 제 얼굴이 황후와 다르게 생겼다는 걸 알았거든."

"……?"

"어쨌든 그리 알고 너도 오늘 하루는 얼굴을 보여 주지 말거라. 나도 오늘은 걸음을 하지 않을 테니. 왜 하필 날 닮아서…… 쯧."

"……?"

황제의 대답도 진화를 전혀 이해시키지 못했다.

진화가 동 태감을 향해 눈짓하자, 동 태감이 지금은 안 된다는 듯 고개를 저었다.

한연화로 인해 아침에 진을 뺀 황후는 오후에는 진화를 위한 큰일을 앞두고 있었다.

초간택에 황실 어른들이 나서기 전 황후가 미리 간택전에 나설 여인들을 살피는 날이었기 때문이다.

초간택에 통과한 이들은 궁인으로서 황궁에 남기에 그 전에 일종의 대면식을 가지는 과정이었다.

초간택 전에 여인들을 떨어뜨리는 건 대부분 상궁들의 평가를 따르기에, 대면식은 그저 내명부 수장으로서 황후가 간택전 여인들의 생활을 살피고, 오후 동안 하사한 차와 다과를 나누며 안면을 익히는 내명부의 작은 행사 같은 것이었다.

다만 간택전 여인들의 입장에서는 이때 황후의 눈에 든다면 초간택은 물론 삼간택까지 오를 수도 있는 중요한 기회였으니.

집안과 배경이 월등한 다섯 채녀들을 제외한 나머지 여인들에겐 위로 오를 수 있는 마지막 기회와 같았다.

"사향, 내 사향주머니!"

"그건 왜 챙겨? 황후 폐하가 전하도 아니고."

"그런가?"

"너무 많이 꾸미지도 말고 수수하고 단아하게. 어른들 눈에 들게끔 하란 말이야."

"그, 그러네. 고마워!"

"뭘."

간택전 여인들도 오늘만큼은 사이좋게 서로의 모습을 봐 주며 치장을 하는 데 집중했다.

물론 겉으로 보기에는 말이다.

'그래도 사향주머니는 챙겨야지.'

'바보. 넌 수수하게 꾸며라. 난 최대한 화려하게 꾸밀 테니. 여기 있는 여인들만 수백 명인데 수수하게 꾸미면 누가 봐 주겠어?'

화기애애한 목소리들 속에서 묘하게 날카로운 긴장감이 맴돌았다.

"후후후, 모두 웃음 속에 가시를 숨기지. 덥석 삼키다가 목에 콱 걸리라는 저주를 담아서."

단아하면서도 아름답게 치장하길 바라는 수십 명의 여인들이 사마령을 참고하고 있을 때, 사마령은 눈을 내리깔고 어디 비정 소설에서 나올 법한 이야기나 지껄이니.

"아, 이게 그 황궁 암투인 건가요?"

색색이 귀하고 화려한 보석으로 치장한 하후선이 사마령의 옆에서 맞장구를 쳤다.

그래도 날이 날이니만큼 열심히 치장을 했나 싶지만, 그저 가지고 있던 보석을 죄다 꽂은 것뿐이었다.

다행히 그것이 깜찍한 외모에 찰떡같이 잘 어울렸다.

"아니. 여기서 암투가 되려면 누군가 사향주머니를 독향으로 바꾼다든지, 비녀에 독을 발라 누군가 그걸 꽂고 쓰러진다든지 해야죠."

"호. ……그럼 나중을 기대해 봐도 될까요?"

"저도 내심 기대 중이랍니다. 후후후후."

"호호호, 나 소저, 걱정 말아요. 어떤 암투에도 주인공은 지지 않는 법이니까요."

세상 아름답게 꾸민 상태로 음산하게 웃고 있는 하후선과 사마령을 보며 나하연이 고개를 절레절레 저었다.

곱게 자란 두 귀한 댁 영애들이 소설 같은 상황을 꿈꾸는 것이야 상관이 없다만, 나하연은 실제 그런 상황이 일어날 거라 전혀 생각하지 않았다.

애초에 이 간택전에 있는 여인들 중 수많은 실전을 겪어 온 고수의 눈을 속이고 수작을 부릴 수 있는 여인이 있을 리 없었기 때문이다.

그러면서 나하연은 다른 사람들이 색색이 보석을 달고 있는 동안 모래주머니를 차고 있었다.

'힘이나 줄여야지. 오늘은 사고 치면 안 돼.'

나하연이 모래주머니 끈을 꽉 조이며 마음을 다잡았다.

하지만 나하연의 생각은 모든 면에서 어긋났다.

휘이이익-!

"꺄아아악!"

나하연은 번개같이 빠른 손놀림으로 제 찻잔에 뭔가를 넣던 손을 붙잡았다.

"손에 힘만 주면 부러질 것 같군."

상대의 얼굴이 귀신이라도 본 듯 하얗게 질려 갔다.

"이 차에 넣은 하얀 가루가 뭐지?"

나하연의 물음에 여인은 머릿속이 하얗게 된 상태로 사방을 돌아보았다.

모든 사람들의 이목이 그녀와 나하연에게 집중되고, 간택전을 맡은 정 상궁의 얼굴에 낭패한 기색이 역력했다.

무지막지한 힘에 잡힌 순간 저도 모르게 비명을 지르고 말았지만, 여인은 오늘이 무슨 날인지, 이 자리가 어떤 자리인지 깨달았다.

주렴으로 가린 황후가 있는 곳을 본 순간, 얼굴이 새파랗게 질린 것도 모자라 턱밑이 덜덜덜 떨려 왔다.

"감히 뉘 안전이라고! 안 경의와 나 채녀는 대체 무슨 일인가!"

엄한 얼굴로 정 상궁이 달려왔다.

하지만 이미 황후의 눈과 귀에 이 소란을 들킨 이상 조용히 넘어갈 순 없었다.

나하연은 여전히 무심한 눈길로 여인을 보고 있었다.

여인, 안명환도 이제 정신을 차렸는지 부지런히 눈동자를 굴렸다.

'이걸 알아차릴 줄이야. 아니, 차라리 잘되었어!'

일을 시작하자마자 나하연이 알아차릴 줄, 그리고 나하연이 황후까지 있는 자리에서 이렇게 소란을 일으킬 줄은 몰랐지만, 누군가에게 들키는 상황마저도 안명환의 예상에 있었던 일이었다.

안명환이 정 상궁과 사람들의 눈치를 살피며 마음을 단단히 먹었다.

그때, 정 상궁이 다시 한번 두 사람을 채근했다.

"무슨 일이냐고 묻질 않는가!"

"이 여인이 제 찻잔에 흰 가루를 넣었습니다. 손에 들린 이것이 그 증좌입니다."

나하연이 안명환의 손에 들린 흰 천을 보이며 망설임 없이 답했다.

그러자 여인, 안명환도 소리를 높였다.

"말도 안 되는 소리입니다!"

나하연과 안명환의 말에 정 상궁이 인상을 찌푸렸다.

"두 사람 모두, 이 사달이 일어났으니 조용히 지나가긴 어려울 것이다. 감히 어느 안전이라고! 고개를 숙이고 황후 폐하의 앞으로 가서 죄를 청하거라!"

서로 판이한 주장을 하는 두 사람을 노려본 정 상궁이 싸늘하게 말했다.

황후가 차와 다과를 내리고 간택전 여인들이 준비한 재주를 선보이는, 화기애애한 대면식은 시작도 전에 모두 끝이 났다.

이 자리를 망친 두 사람은 모두가 지켜보는 가운에 황후의 앞에서 무릎을 꿇고 있었다.

주렴 안의 황후를 대신해서 진 상궁이 말했다.

“두 사람은 일의 경위에 대해 밝히라.”

“안 경의가 제 차에 하얀 가루를 넣는 것을 보았습니다. 그 자리에서 제 손에 잡혔고, 안 경의가 하얀 가루가 묻은 천을 숨기고 있었던 것이 그 증좌입니다.”

나하연이 덤덤한 표정과 말투로 상황에 대해 전했다.

그러자 안명환이 눈물을 흘리며 고개를 저었다.

“아니옵니다! 나 채녀님이 오해를 하신 것입니다. 이 천은 향 가루를 담은 것으로 오늘을 위해 준비한 것일 뿐입니다! 통촉하여 주시옵소서!”

애처롭게 애원하는 안명환의 모습은 누가 봐도 억울한 듯 보였다.

하지만 돌아온 것은 진 상궁의 엄한 호통이었다.

“닥쳐라-! 감히 뉘 안전이라고 목소리를 높이느냐! 아직 네게 입을 열라지 않으셨다!”

진 상궁의 호통에 안명환의 얼굴이 창백하게 질렸다.

그녀의 기대와 달리 황후는 두 사람의 말이나 호소에 귀를 기울이지 않는 듯했다.

무슨 표정인지 알 수 없는 나하연과 달리 안명환은 조금씩 초조해졌다.

그때, 안에서 황후가 진 상궁에게 뭔가를 말하고 진 상궁이 황후의 말을 전했다.

"궁인들은 천 조각을 가져오라. 그리고 나 채녀의 찻잔도 가져와라!"

진 상궁의 말이 떨어지자, 궁인들이 재빨리 움직이는 동시에 안명환의 입가에 슬쩍 미소가 걸렸다 사라졌다.

천 조각과 아직 차가 담겨 있는 나하연의 찻잔을 가져온 이유야 뻔했다.

황후의 명을 기다렸다는 듯 궁녀들이 나와 천에 남은 가루와 나하연의 차에 은침을 담갔다.

"……꿀꺽."

안명환이 초조한 듯 궁녀들의 말을 기다렸다.

잠시 후.

찻잔에서 은침을 꺼낸 궁녀가 고개를 저었다.

이어서 천에 남은 가루에 은가루를 뿌렸던 궁녀도 고개를 저었다.

"아! 흑! 마마, 저는 억울하옵니다. 독이라니, 나 채녀가 제게 얼토당토않는 오해를 한 것입니다!"

궁녀들의 반응을 기다렸다는 듯 안명환이 울음을 터뜨렸다.

독이라니.

애초에 은밀한 부분까지 몸수색을 하고 사흘에 한 번씩 귀신같은 정 상궁과 나인들이 숙소를 점검하는데 그런 것을 가지고 있을 리 없지 않은가.

'멍청한 것.'

안명환이 눈물을 감추듯 입꼬리가 들썩이는 얼굴을 가렸다. 하지만 안명환은 얼굴을 가리느라 나하연의 표정을 보지 못했으니. 그 순간에도 나하연은 눈 하나 깜짝하지 않고 황후의 결정을 기다리고 있었다.

잠시 후.

"독은 없었다. 나 채녀는 이에 관해 할 말이 있는가."

"예, 황후 폐하. 저는 처음부터 독이니 뭐니 한 적이 없습니다."

나하연의 말에 걱정스럽게 그녀를 보던 정 상궁은 물론 그 자리에 있던 모두가 놀랐다.

누구보다 안명환이 눈을 찢어질 듯 크게 뜨고 나하연을 보았다.

"저는 그저 안 경의가 제 찻잔에 흰 가루를 넣었다고 했을 뿐. 안 경의가 그것을 향 가루라 한다면, 그것을 왜 제 찻잔에 넣었는지 알고 싶을 따름입니다."

나하연의 말에 간택전이 술렁거렸다.

독이 아니라며 의기양양하던 안명환은 주변의 의심이 다

시 저를 향하고 있음을 느꼈다.

"하, 하오나 황후 폐하, 제가 흰 가루를 넣었다는 것 또한 나 채녀의 주장일 뿐입니다."

"찻잔에 가루를 넣는 즉시 제 손에 잡혔으니 천에 묻은 흰 가루가 그 증거입니다. 제가 보지 못했다면 어찌 천에 흰 가루가 있음을 알았겠습니까."

"억울하옵니다. 저는 그저 향이 다 날아간 듯하여 가루 주머니를 연 것뿐입니다!"

두 사람의 주장이 첨예하게 대립하고.

황후가 손을 들어 두 사람의 입을 막았다.

그리고 처음으로 간택전 전체에 황후의 음성이 울려 퍼졌다.

"무림인의 안력이 특별하다 들었으나 본 후는 알 리 없으니, 이 일의 판별을 위해 황태자를 불러오라."

"예, 황후 폐하."

내명부 수장의 지엄한 명에 진 상궁이 공손히 읍하고 궁녀들과 함께 움직였다.

황후의 명은 급하지만 경박하지 않았고, 양측 모두에게 고루 증명할 기회를 주었으니.

"또한 안 경의는 그것이 향 가루라면 남은 것이 있을 것이다. 가져오라."

"……!"

황후의 말에 안명환의 눈이 커졌다.

"어찌 말이 없는가?"

"그, 그것이 소, 송구하오나 황후 폐하, 나, 남은 것이 없사옵니다. 중요한 때를 위해 겨우 구한 향 가루인지라……."

"그래? 그런 것 치고는 향이 퍼지지도 않고 잔향이 오래가지 않는구나. 제국을 통하는 세상 모든 향에 통달한 궁녀들조차 알지 못한 향이라니, 그것 참 궁금하구나. 지금은 없어도 사가에서는 가져올 수 있겠지? 사가에 연통하여 가져오라."

황후의 말이 안명환이 주장하는 바의 모순을 제대로 찔렀다.

향의 질이 떨어지고 궁녀들조차 알지 못하는 귀한 향을 낭관의 여식이 구했다니. 누가 들어도 상식에 부합하지 않는 소리라 안명환을 향한 궁인들과 간택전 여인들의 눈초리가 사나워졌다.

황후는 안명환에게 '당장 거짓말을 집어치우라.' 하는 대신 그녀에게 기회를 주었다.

더 큰 거짓을 만들고 고하여 사가에까지 황후를 능멸한 큰 죄를 짓게 만들 것인지, 아니면 지금이라도 제 잘못을 고하여 홀로 벌을 감당해야 할 것인지. 안명환이 선택해야 할 것이었다.

안명환은 새파랗게 질린 얼굴로 앉은 자리가 젖어 갈 정도로 땀을 흘렸다.

그때, 간택전 밖이 부산스러워지고 급히 내관이 달려왔다.

"황후 폐하, 황태자 전하께서 납시었사옵니다!"

"드시라 하게."

진화의 등장에 간택전에 있던 여인들 사이의 공기가 술렁였다.

몸은 바닥에 납작 엎드렸으나, 여인들의 모든 신경이 진화의 걸음을 향해 있었다.

스으윽.

"황태자 전하를 뵙습니다. 천세 천세 천천세."

금빛 황포가 여인들을 스쳐서 앞으로 갔다.

"찾아 계시었습니까, 황후마마."

진화의 음성이 간택전에 울려 퍼졌다.

진화는 간택전으로 간 황후가 찾는다는 말을 듣자마자 움직였다.

'나 소저!'

진화의 머릿속에 퍼뜩 떠오른 것은 '나 소저도 또 누군가를 물었구나.' 하는 생각이었다.

남궁구는 나 소저를 두고 남궁진혜와 비슷하다고 했지만, 진화가 보기에 둘은 많이 달랐다.

남궁진혜는 아버지 남궁경이나 제왕검을 닮아 단순한 듯하지만 앞뒤 잴 것 다 재고 움직이는 편이었다. 이제까지 남궁진혜가 친 사고들을 보면 규모가 워낙 커서 놀랍기는 하지만, 모두 남궁진혜의 힘이나 남궁세가의 힘으로 쉽게 수습될 것들이었다.

하지만 나하연은 달랐다.

패황권문의 힘이 남궁세가에 미치지 않는 것을 다 떠나서 나하연은 그런 것을 계산하지 않았다.

오로지 그녀의 눈에 보이는 것, 귀에 들리는 것이 모든 판단의 기준이었던 것이다.

목적에 따라서는 그 과정에 있는 장애물이나 위험은 생각지도 않았다.

'그러니 나를 따라 이 궁까지 들어왔지! 평생 무공만 익힌 사람이 어떻게 간택전을 통과하겠다고…… 쯧.'

나하연은 재간택과 삼간택에 있을 학문이나 교양, 궁의 여성들에게 강조되는 어려운 재주와 예법을 익히고 통과해야 한다는 건 전혀 생각지도 않고 왔을 것이 뻔했다.

"저, 전하, 조금만 처, 천천히! 전하-!"

동 태감이 뒤에서 부르는 소리가 들렸지만 진화의 걸음은 빨라지기만 했다.

그리고 순식간에 간택전 앞에 도착했다.

"독은 없었다. 나 채녀는 이에 관해 할 말이 있는가."

"예, 황후 폐하. 저는 처음부터 독이니 뭐니 한 적이 없습니다."

안에서 들리는 소리에 진화가 걸음을 멈추었다.

“전하!”

“쉿!”

진화는 저를 부르는 동 태감에게 조용히 하라는 신호를 보내고, 안에서 들리는 말에 찬찬히 귀를 기울였다.

“저는 그저 안 경의가 제 찻잔에 흰 가루를 넣었다고 했을 뿐, 안 경의가 그것을 향 가루라 한다면, 그것을 왜 제 찻잔에 넣었는지 알고 싶을 따름입니다.”

“하, 하오나 황후 폐하, 제가 흰 가루를 넣었다는 것 또한 나 채녀의 주장일 뿐입니다!”

그 뒤로도 나하연과 억울한 듯 울먹이는 목소리, 그리고 어머니인 황후의 말이 이어졌다.

하지만 그 뒤는 들을 필요도 없는 것들이었다.

“허, 저 채녀가 함정에 빠진 듯합니다. 안 경의가 사가에 손을 써서 흰 가루를 구해 오면 큰일이 아닙니까. 몰래 도울까요?”

안에서 들리는 목소리와 황후의 처결을 듣고 동 태감이 슬쩍 물었다.

걸핏하면 건희전 지붕을 타 넘던 나하연을 진화의 반려로 환영하는 바는 아니나, 그렇다고 심성이 고약하지 않은, 더군다나 진화를 따르는 수하였던 나하연이 애송이 계집의 함정에 빠지도록 두는 것도 영 아니지 싶었기 때문이다.

하지만 진화는 동 태감의 은밀한 속삭임에 고개를 저었다.

"아니, 그럴 필요 없을 거다."

황후 또한 모두 알고 있었다.

"모후께서는 저들의 말을 다 들으신 뒤 나를 부르시고 안 경의의 사가에 연통을 보낸다고 하셨지만, 내가 이곳에 불려 온 것은 그보다 전이었다. 그러니 안 경의의 사가에도 말이 있기 전에 벌써 사람을 보내 놓으셨을 거다."

"아…… 역시, 우리 황후 마마시지요!"

진화의 말에 동 태감이 주먹으로 손바닥을 치며 크게 감탄했다.

그리고 의기양양하게 콧구멍을 벌름거리며 말했다.

"암요, 뉘 앞이라고 감히 속일 수 있을까. 허미인이나 원귀빈 때도 굳건하셨던 우리 마마 앞에서 감히 저런 짓거리라니! 대소 신료들조차 입을 잘못 놀리면 우리 마마께서 못 배워 먹은 여식을 후궁전에 처박아 말려 죽일……!"

"……."

"흠흠. 노비가 말이 길었습니다."

물끄러미 저를 향하는 진화의 순수하고 무서운 눈망울에, 하마터면 비밀까지 털어놓을 뻔한 동 태감이 얼른 입을 닫았다.

진화는 뒷이야기가 몹시 궁금했지만 지금은 어쩔 수 없이 넘어가기로 했다.

"이제 어찌하실 겁니까? 나 채녀의 무고함을 밝힐 수 있는 방법이 있습니까?"

"그건 걱정하지 않아도 된다. 간단한 일이니까."

동 태감의 물음에 진화가 가볍게 답하고, 그를 기다리고 있던 궁녀에게 고개를 끄덕였다.

"황태자 전하 납시옵니다!"

진화의 허락을 받은 궁녀의 목소리가 간택전을 쩌렁쩌렁하게 울렸다.

진화의 등장으로 간택전이 술렁거렸다.

창신궁이나 장추궁 궁인이 아니고서야 다른 궁인들은 평소 황태자의 모습을 먼발치에서 보거나 아예 그림자도 보기 힘들었으니. 간택전의 여인들뿐만 아니라 간택전에 있는 궁인들마저 황태자의 등장에 들뜬 것이 피부로 느껴질 정도였다.

"평신하라."

진화의 명에 궁인들과 간택전 여인들이 엎드린 몸을 바로 했다.

"아……."

어딘가에서 신음 같은 탄성이 나왔다.

정 상궁이 엄하게 눈을 부라렸으나 구체적으로 누가 낸 소리인지는 찾지 못했다

누구라고 할 것 없이 모든 여인들이 진화를 보고 몽롱한

얼굴을 하고 있었기 때문이다.

심지어 황후와 진화는 주렴 속에 있는데 말이다.

황후가 그 모습을 흐뭇하게 지켜보며 진화를 맞았다.

“곤란한 일이 있어 부득이 태자를 찾았습니다.”

“아니옵니다. 사정은 밖에서 대충 들었사온데, 그런 일이라면 해결이 몹시 간단합니다.”

“호오, 그래요? 그럼 태자에게 부탁 좀 하겠습니다.”

짐짓 놀란 듯하던 황후가 곧바로 허락했다.

황후의 허락이 떨어지자마자 진화가 앞으로 손가락을 움직였다.

진화의 손에서 순식간에 무언가가 주렴을 뚫고 날아갔다.

휘이이익-!

탓.

돌이 잡히는 듯 딱딱한 소리가 났다.

“아!”

무슨 일이 일어났는지조차 알지 못한 여인들 사이에서 탄성이 나왔다.

그리고 나하연이 손바닥을 펼쳐 보려는 순간.

진화가 나하연에게 물었다.

“거기에 적힌 글자가 무엇이더냐?”

“결(結)입니다.”

진화의 물음에 나하연이 막힘없이 대답했다.

대충 예상을 하고 있던 황후조차 놀란 눈으로 나하연을 보았다.

"손을 펼쳐 확인시켜 주거라."

"예."

진화의 명에 나하연이 진 상궁에게 손을 펼쳐 안에 든 종이와 글자를 보여 주었다.

"겨, 결 자가 맞사옵니다!"

진 상궁이 놀란 목소리로 황후와 모두에게 확인시켰다.

"와아……."

간택전이 또 한 번 술렁였다.

나하연이 진화를 모시던 무림인이라는 건 모두 알았지만, 이렇게 눈앞에서 확인을 하는 것은 또 달랐던 것이다.

물론 수업 시간에 나하연이 이상한 묘기를 부리던 것과도 달랐다.

모두가 놀랍다는 표정으로 감탄을 하는데 오로지 한 사람, 안명환만이 식은땀을 흘리며 안색이 점점 더 창백해졌다.

그때, 진화의 목소리가 무심하게 울렸다.

"무림인의 안력은 가진 바 경지에 따라 다르나, 제가 아는 나 채녀의 경우에는 범인의 손안에서 흰 가루가 떨어지는 것 정도는 이 글자보다 쉽게 보았을 겁니다. 굳이 제가 아는 그녀의 성품을 들어 두둔하지 않더라도, 나 채녀의 경지는 제가 보증할 수 있습니다."

진화의 말에 나하연의 어깨가 움찔했다.

아니, 고개를 숙이고 있음에도 입꼬리를 끝까지 올리고 웃고 있는 것이 훤히 보였다.

'뭐든 숨기는 법이 없지.'

나하연의 모습에 진화가 피식 웃고 말았다.

그 모습을 보던 황후도 슬쩍 미소를 지었다.

"하긴 날아드는 종이에 적힌 글자를 보는 안력이라면, 태자의 말처럼 누군가 흰 가루를 떨어뜨리는 건 쉽게 보았겠구나. 또한, 나 채녀가 굳이 내가 있는 자리에서 없는 일을 만들어 이 사달을 만들어 낼 이유도 없지."

황후가 말끝에 엄한 목소리를 만들며 앞에 있는 안명환에게 시선을 주었다.

진화가 나타나 나하연의 실력을 증언해 준 마당에 점점 궁지에 몰린 것은 안명환이었다.

이제 안명환이 기대할 것은, 집안에서 사 놓은 궁인이 이 소식을 집안에 잘 전달하여 저 또한 이 위기를 벗어나는 것뿐이었다.

하지만 그런 안명환의 기대는 곧바로 무너졌다.

"네 사가로 궁인이 가더구나. 내가 '두 번째'로 보낸 궁인이 도착하기 전에 말을 전하기 위해. 하얀 가루로 된 향 가루를 찾아서 황궁에서 온 궁녀에게 쥐여 주라고 하는 말을, 내가 '먼저' 보낸 궁인이 들었단다."

"……!"

"왜 하얀 향 가루를 구해야 하느냐? 네가 먼저 가져간 것을 가져오면 될 것을……."

"화, 황후 폐하!"

사색이 된 안명환이 바닥에 납작 엎드렸다.

살기 위해 더듬거리며 말문을 열었으나, 황후는 그녀의 입에서 '잘못했다.'는 말 외에 다른 말은 들을 생각이 없었다.

"어째서 그 향 가루는 이름조차 없는 것이냐? 네가 떳떳하다면 왜 내가 궁녀를 보내기 전에 먼저 궁녀를 보낸 것이냐! 함부로 사사로이 황궁의 궁녀를 이용한 것도 모자라, 사가와 작당하여 본 황후를 능멸하려 한 것이냐!"

"화, 황후 폐하!"

"네년, 감히 본 황후의 면전에서 본 후를 능멸하고 살고자 한 것이냐!"

"죽, 죽을죄를 지었사옵니다! 황후 폐하! 하, 하오나 추호도 폐하를 능멸하려는 의도는 없었습니다!"

"너는 이미 본 후를 속이려 했다. 본 후의 앞에서, 뻔히 눈에 보이는 거짓을 말하고 눈물을 흘려? 뭘 하느냐? 징벌방으로 끌고 가거라!"

"예, 황후 폐하!"

황후는 안명환이 죄를 고하고 잘못을 인정하는 말 외에 다른 것은 들어 주지 않았다.

그녀는 단호하게 안명환의 변명을 막고 궁녀들에게 명을 내렸다.

"화, 황후 폐하, 아니옵니다! 그런 것이 아니옵니다!"

안명환이 울부짖으며 소리를 쳤지만, 곧 궁녀들의 손에 입 막음까지 당해 끌려 나갔다.

"이번 간택전은 참으로…… 볼썽사나운 꼴을 태자에게 보였습니다. 본 후가 태자 보기에 민망합니다."

"아니옵니다. 그것이 어찌하여 모후의 부끄러움이겠습니까. 오히려 오늘의 처결을 통해 본 모후의 현명함에 탄복했을 따름입니다."

"후후후, 그렇다면 다행입니다. 태자도 오늘 수고하셨습니다."

"예. 하면 소자는 일정이 있어 이만 물러가겠습니다."

"그래요."

소란이 있었지만, 진화는 침착하게 황후의 말에 대답하고 자리를 떴다.

간택전을 나서는 길.

"전하, 나 소저에게 아무 일이 없어 참으로 다행입니다."

동 태감은 이상하리만치 말이 없는 진화에게 부러 말을 걸었다.

그러자 진화는 제가 또 혼자 생각이 길어졌음을 알아차렸다.

"모후께서 나를 부르신 이유를 생각했다. 나를 부르시지 않으셨어도 해결하실 수 있는 일임에도 굳이 나를 저 자리에 청하신 데에는 바로 이런 소란을 보여 주시기 위함이 아니었을까, 하고."

"일부러 소란을 보여 주시기 위해서요?"

"꽃같이 미소를 짓고 입안의 혀처럼 달콤한 말을 하는 이들은 저 여인들 말고도 앞으로 수없이 많겠지. 하지만 그 속에 무엇이 들었는지, 이면에 어떤 일이 일어나는지 항상 경계하라는 뜻이 아닐까 싶군."

"아, 그렇군요. 황후 폐하께서 그렇게 깊은 뜻으로 전하를 부르시고 전하께서 그 뜻을 모두 알아차리시니, 참으로 좋은 일이 아닙니까."

"글쎄……."

"예? 왜 글쎄이옵니까, 전하? 전하, 일부러 빨리 걷지 마십시오!"

진화는 뒤에서 시끄럽게 따라오는 동 태감의 목소리를 들으며 슬쩍 미소를 지었다.

'모후의 분노가 아직 풀어지지 않았으니. 곧 이면 속에 또 다른 이면이 있겠구나. 게다가 나 소저는 이제 좀 화가 난 모양이던데…… 황궁 담은 넘지 말아야 할 텐데.'

진화는 황후가 저를 먼저 보낸 이유를 짐작하며 슬쩍 입꼬리를 올렸다.

나하연이 황궁 담을 넘는 것도 조금쯤 재밌겠다는 생각을 했다.

간택전에 마련된 정 상궁의 집무실.

그곳에서 황후는 여전히 주렴을 내리고 한 궁인과 마주했다.

"안명환과 친하게 지내던 네가, 그녀의 움직임이 이상하다 미리 알렸다. 내가 이를 어찌 받아들일 듯하더냐?"

"그저 안명환의 움직임이 이상하여 충심으로 윗전에 고한 것뿐이옵니다."

"네가 그녀를 부추긴 것은 아니고?"

"종고모님의 일로 저희 상주원씨 가문은 충성심을 의심받을 뻔했으니. 이번 간택전에 들어서면서 가주님께서 당부하신 말씀이 황실의 분란을 없애고 가문의 오욕을 치우라는 것이었습니다. 하여 간택전에서 불순한 움직임을 보이는 이들을 미리 알려 드리고자 한 것입니다."

황후의 물음에 원영농이 기다렸다는 듯 답했다.

황후는 제 앞에서 표정 하나 흔들리지 않고 답하는 원영농을 조용히 바라보았다.

원 귀빈, 아니 폐서인 원씨와 닮았다.

"……그녀 또한 시작은 충심이었지. 하지만 그녀의 판단이 틀렸고, 방법이 틀렸다. 그녀가 자신도 모르는 사이에 망가지고 나서는, 충심마저 비틀렸다."

황후의 말에 원영농의 눈빛이 흔들렸다.

폐서인 원씨였다면 눈빛 하나 흔들리지 않고 '그런 건 처음부터 모자란 이였기 때문이다.' 되받아쳤을 것이다.

아직은 어리고 순수하며, 곧은 눈빛을 한 원영농을 보며 황후가 조용히 한숨을 쉬었다.

황후의 한숨 소리에 원영농의 어깨가 크게 떨렸다.

"네 멋대로 일을 일으키지 말거라. 내명부는 황제 폐하와 태자가 조용히 쉬다 가실 수 있는 평화로운 물이어야 한다. 물 밑에서 치는 발버둥의 잔상이 수면 위로 떠오르는 순간 일은 이미 틀어진 것이니. 너는 네 종고모의 전철을 밟지 말아야 할 것이다."

"각골명심하겠사옵니다, 황후 폐하."

잔뜩 긴장했던 것이 풀린 원영농은 이제야 군부의 여식답게 단련된 군인처럼 고개를 숙였다.

황후는 그런 원영농의 모습에 슬쩍 입꼬리를 말고는 정 상궁의 집무실을 나갔다.

원영농은 고개를 숙이고 있느라 매끄럽게 움직이는 황후의 입꼬리만 보았을 뿐임에도 한참 멍한 얼굴로 그 잔상에 젖어 있었다.

그날 밤.

야심한 어둠을 뚫고 간택전 지붕 위로 바람이 불었다.

쉬이이이익-!

'여긴가.'

어두운 그림자가 조용히 지붕 기와를 덜어 내고 안으로 들어갔다.

탁.

깜깜한 어둠 속에서 웅크리고 있던 안명환은 갑자기 나타난 인기척에 놀라 고개를 들었다.

"누…… 헉!"

"쉿."

안명환이 소리를 지르기 전에 상대가 그녀의 목을 눌렀다.

더 이상 목소리가 나오지 않았다.

안명환의 아혈을 짚은 나하연이 그녀를 향해 씨익 웃어 보였다.

-네가 나한테 나쁜 짓을 한 거잖아, 난 당하고 사는 성미가 아니라서.

나하연의 음성이 머릿속에 울린다는 사실에 놀라는 동시에.

퍼-억.

갑작스러운 충격과 함께 안명환의 의식이 끊어졌다.

'뭐, 뭐야? 기절한 건가? 겨우 이 정도로? 설마 죽은 건 아

니겠지?'

그저 한 대 쥐어박은 것뿐인데.

나하연이 당황한 얼굴로 죽은 듯 기절한 안명환의 코밑에 손가락을 대어 보았다.

나아갈 진進 이야기 화話 : 가득 채운 삶

건희전.

진화가 집무실에서 문서들을 보기 시작했다.

진화는 요즘 대사농이 보는 제국의 세곡 출납 문서 또한 눈에 익히기 시작했다.

스승인 조위례가 시킨 일이기 때문이다.

"제국이 자손만대로 이어지기 위해서 가장 중요한 것은 황제의 위엄을 유지하고 반란이 일어나지 않도록 하는 것입니다. 두 가지 모두에 바탕이 되는 것이 이 금력, 그중에서도 세곡입니다. 황제가 군대를 유지하고 곁에 사람들을 부리려면 결국 돈이 들지요. 백성들이 들고일어나지 않고 그들의 자리에서 힘든 삶을 견딜 만큼 삶을 유지시켜 주는 것도 돈입니다. 황궁으로 돈을 모으는 법과 백성들이 배를 곯지 않도록 돈을 푸는 법, 이 두 가지만 알아도 망군 소리는 듣지 않을 것입니다."

쉬운 것을 어렵게 가르치는 스승, 있는 것을 그대로 가르치는 스승, 어려운 것도 쉽게 가르치는 스승이 있다면, 승상 조위례는 단연코 세 번째였다.

진화는 사사롭게는 외조부인 조위례 덕분에 빠르게 황궁에 적응할 수 있었다는 것을 알기에, 그의 숙제에 대해서도 거부감을 보이지 않았다.

다만.

"이전에는 글씨를 수정한다는 이유로 중서령 사마윤의 상소를 보게 했지. 보기 드문 명필이라 하여 그때는 그런 줄 알았지만…… 이번에는 또 공교롭게도 대사농 정조인의 일이란 말이지."

"무슨 문제라도 있으십니까, 전하."

"말 그대로 공교롭구나. 모두 간택전에 여식이나 집안의 사람을 보내 놓은 이들이니."

"아! 중서령 사마윤과 대사농 정조인이 사돈지간이니, 사마가의 장녀는 외가로 대사농 가문을 두었군요."

"하후대장군부나 북위대장군은 이미 겪어 보았고, 나하연이나 무림의 세가에 대해서는 내가 누구보다 잘 아니까."

진화는 승장 조위례가 단지 제국의 공적인 일뿐 아니라 후궁 간택전에 있어서도 뭔가 의도가 있을 거라는 데 책상 위의 문서 전부를 걸 수도 있었다.

모후인 조정화만 하더라도 왕비를 거쳐 황후에 올라서는 데에 말들이 많았다.

정비이긴 했으나 아들을 잃어버렸고 몸이 약하다는 이유에서였다.

조정화에게는 지극한 황제의 총애가 있었지만 그건 황후의 자리와는 별 상관이 없었다.

고금의 역사를 보아도 황제의 총애를 받는 여인과 황후가 서로 다른 것이 대부분이니 말이다.

하지만 그럼에도 불구하고 조정화가 원귀빈과 허미인을 모두 물리치고 황후가 될 수 있었던 데에는 하남조씨 일가라는, 제국을 복구하는 데에 들어가는 막대한 자금을 감당할 수 있는 중원 최고의 거부가 배경에 있었던 이유가 가장 컸다.

'황실의 사돈을 택하는 일에 정치가 빠질 수 없지. 최종 간택 전에 안목을 기르라는 뜻인가.'

진화는 조위례의 의도를 추측하며 곰곰이 생각을 이어 갔다.

그런 진화의 모습이 좀 심각해 보였던가.

"참! 일전에 간택전의 일이 어찌 처결되었는지 알아보라 하셨지 않습니까."

동 태감이 진화의 눈치를 보다 슬쩍 화제를 돌렸다.

마침 그 일이라면 진화도 궁금하던 차였다.

“그 일은 어찌 처결되었는가?”

“안 경의는 간택전 궁인을 모함하고 윗전에 거짓을 고한 죄로 태형을 맞고 곧장 출궁당했습니다. 또한 그 집안은 사사롭게 궁인을 사고 궁 안의 소식을 주고받은 죄로 아비인 안몽이 삭탈관직당했으며 황도의 가산을 몰수하였다 합니다.”

“그래.”

동 태감이 전해 준 소식에 진화가 고개를 끄덕이곤 더는 묻지 않았다.

애초에 간택전의 일에 의견을 보태거나 황후의 처결을 어찌하고 싶은 것이 아니라 단지 일의 결말을 확인하고 싶었던 것뿐이었기 때문이다.

“모후께서 자비롭게 처결하셨구나.”

“아…… 예. 그렇지요.”

진화의 말에 동 태감의 답이 조금 늦었다.

물론 황후에게 거짓을 고한 것만으로도 죽어 마땅한 죄였지만, 연약한 여인에게 태형은 장독이 올라 죽거나 근육이 터져 앉은뱅이가 될 수 있는 엄한 벌이었다.

다만 현경의 고수인 진화에겐 상상조차 하기 힘든 연약한 세계의 일이었으니.

사소한 은원으로 생사를 오가는 무림에서 살아온 진화의 입장에선 나하연과 원한을 쌓고도 죽지 않은 것만으로 충분히 관대한 처분이었다.

"안 경의의 출궁 후 곧바로 초간택이 있었사온데, 나 채녀는 무사히 초간택을 통과하였다 하옵니다!"

초간택을 지켜보고 왔던 동 태감이 무척이나 기쁜 듯 말했다.

진화는 무척 의아한 얼굴로 동 태감을 보았다.

"나 소저의 초간택 통과에 동 태감이 왜 이렇게 기뻐하는가? 분명 나 소저를 별로 좋아하지 않는 줄 알았는데, 그새 미운 정이라도 든 건가?"

진화는 농담을 섞어 물은 것이었지만 동 태감의 반응이 이전과 달랐다.

괜히 헛기침을 하며 답을 피한 것이다.

"흠흠, 그런 건 아닙니다. 후궁전에 드실 분과 미운 정이라니, 감히 어찌 그러겠습니다. 흠!"

후궁전에 드실 분이라니…… 역시 수상했다.

동 태감의 입꼬리가 실룩이는 모습에 진화가 눈매를 가늘게 좁혔다.

"아, 아이고. 우리 전하 열심히 숙제하시려면 차라도 내와야겠습니다!"

동 태감이 진화에게 추궁을 당할세라 자리를 피했다.

초간택이 있던 날.

간택전에 있는 정 상궁의 집무실은 초간택을 위한 심사장으로 만들어졌다.

아침부터 아름답게 꾸민 여인들이 간택전 앞마당에 줄을 지어 서 있었다.

정 상궁이 이름을 부르면 셋씩 안으로 들어갈 것이었다.

앞마당에 늘어선 여인들의 표정엔 긴장감이 가득했다.

다른 때였다면 긴장하면서도 기대와 설렘으로 빛났을 텐데, 이번 간택전의 여인들은 잔뜩 얼어붙어 있거나 어찌지 결연한 얼굴들이었다.

얼마 전 안명환이 바로 이곳, 간태전 앞마당에서 모두가 보는 앞에서 태형을 맞고 쫓겨났기 때문이다.

같은 처지의 누군가가 죽을 정도로 얻어맞고 거적에 싸여 나가는 모습을 보고 난 이후, 여인들은 황궁의 무서움을 실감하게 된 듯했다.

그날 이후 간택전 여인들은 살얼음 위를 걷는 듯 조심스러워졌다.

날 선 말을 주고받거나 뒤에서 수군거리던 일이 잦아든 동시에 은밀하게 눈치를 살피는 일이 늘었다.

한 발만 삐끗하면 쫓겨나거나 죽어서 나가야 한다는 황궁살이.

이제 초간택이 지나고 나면 그 황궁살이를 하게 될 사람과 그렇지 않은 사람이 정해질 것이었다.

"황후 폐하 납시오!"

내관의 우렁찬 목소리와 함께 초간택의 심사인들이 안으로 들어왔다.

황후인 조정화와 황실에 남아 있는 어른이라 할 수 있는 호양공주, 효안종사정부인 화안공주였다.

호양공주가 정 상궁의 집무실을 둘러보며 탐탁지 않은 표정을 지었다.

"아무리 초간택전이라지만 심사장이 영……."

"일부러 주렴을 거두고 편안한 분위기를 만들라고 했습니다. 며칠 전에 소란이 있어 간택전 궁인들이 위축되어 있을 듯해서요."

정 상궁과 궁인들이 허리를 굽히기 전 황후가 웃으며 호양공주를 달래듯 말했다.

하지만 애초에 궁인들의 트집을 잡기 위해 한 말이 아니었던 듯, 호양공주가 황후를 향해 눈을 찡긋했다.

"하여튼 황후마마는 너무 자애롭다니까요. 이런 때는 좀 불편하게 둬도 돼요. 그래야 황실 어려운 것도 알고 그러죠."

"호호호, 그건 호양공주의 말이 맞습니다. 더군다나 얼마 전 발칙한 궁인 하나가 사달을 일으켰다 들었습니다. 간택전 생활이 엄격해지면서 오히려 들어오는 궁인들은 점점 더 편해진 모양입니다. 갈수록 주제를 모르는 이들이 생기는 것을 보면.”

자애롭게 웃는 듯하던 화안공주가 눈빛을 날카롭게 벼르고 심사장 밖에 늘어선 여인들에게 시선을 주었다.

심사장에 온 첫걸음부터 까다롭게 구는 모양새가, 호양공주와 화안공주는 초간택 심사 전에 자애로운 황후를 대신하여 엄격해지기로 약속이라도 한 모양새였다.

“간택전이 힘들었긴 황후마마 때가 제일이었죠. 그때는 아침에 눈을 뜨면 시체가 나오는…… 흠흠. 아무튼, 간택전 규율이 엄해져서 그 정도로 간 큰 이들은 없다니까 그건 다행이지 뭐예요.”

호양공주가 말을 하다 말고 황후의 눈치를 보았다.

황후가 간택전에 있을 때가 ‘간택 지옥’이라 불릴 때임을 깨달은 것이다.

그때는 간택전에서 밖의 사가와 연계하여 궁인들을 매수하고 서로를 모함하거나 독을 쓰는 것도 비일비재한 일이라, 재간택 전에 정계 한 일파의 여식들이 모조리 죽어 나간 적도 있었다.

그때 이후로 간택전 규율이 엄격해지면서 밖과 연락을 하지 못하고 매일 소지품을 검사하는 것도 모자라 궁인들이 항시 여인들의 동태를 감시하게 되었다.

모순적이게도 규율이 엄해진 이후로 죽어 나가는 여인들이 사라졌다.

"하지만 그것도 모를 일입니다. 더 발칙한 짓을 하고 싶은데 간택전 규율 때문에 막힌 건지 어떤지. 그런 의미로, 두 분은 오늘 무엇을 중점적으로 보실 겁니까?"

화안공주가 황후와 호양공주에게 물었다.

그러자 황후가 먼저 의례적인 초간택의 기준을 말했다.

"신분이 정확한지 확인하고 가진 재주를 보아야겠죠."

"에이, 그런 틀에 박힌 걸 묻는 게 아니신데. 궁인으로 부리려면 순종적이고 손재주가 좋은 아이들이 좋을 테고…… 그래도 전 일단 눈 안에 독기가 차 있는 것들은 제외하려고요. 워낙 궁 안에 무서운 일이 많았어서."

호양공주가 폐서인 허씨와 원씨를 떠올리며 고개를 저었다.

"화안공주 마마께서는요?"

"저는, 충성심을 봐야겠습니다. 애먼 것들이 욕심만 가득 품고 황실에 들어와 고얀 짓거리를 벌이니, 눈에 욕심이 비치는 이들은 제일 먼저 쳐 내려 합니다."

"하긴. 초간택은 본래 선발이 아니라 선별하는 것이 목적이니. 안 될 성싶은 것들을 쳐 내는 게 중요하죠."

화안공주가 눈을 빛내며 하는 말에 호양공주마저 동조했다.

황후도 그들의 말이 영 틀린 것은 아니라 생각했다.

어쨌든 초간택은 당장 후궁을 뽑는 것이 아니라 궁에 남길이와 내보낼 이를 결정하는 것이었으니 말이다.

"간택전 궁인들을 들이라."

"예, 폐하."

황후의 말과 함께 초간택이 시작되었다.

이제까지 많은 이들이 있었다.

미모를 뽐내는 이들, 재주를 뽐내는 이들, 빵빵한 배경을 무기 삼아서 벌써부터 자리에 어울리는 품위를 내비치는 이들까지.

처음부터 궁녀가 되고자 들어온 중인들은 그들 나름대로 성실하게 황궁에 남기 위해 애를 썼고, 후궁 자리를 노리는 호족 여인들은 그야말로 '꽃의 전쟁'이라 할 만큼 치열하게 경쟁했다.

이제까지는 말이다.

그런데 이번 간택전은 다른 때와 분위기가 달랐다.

"미묘하군요."

황후가 곤란하다는 듯 말했다.

"다른 때였다면 은근히 미모를 뽐내거나 가진 재주들을 보이지 못해 안달이었을 텐데, 이번 간택전은 어째 다들……."

화안공주가 말끝을 흐렸다.

초간택에서 미모와 재주를 뽐내는 건, 아름다움이나 진짜 재주를 보이기 위한 것이 아니었다.

심사장에서 미모란 보기 좋은 아름다움보다는 도톰한 눈지방이나 복스러운 코, 평탄한 이마 등등 관상적으로 복록이 좋은 곳을 말함이었다. 가진 재주를 선보이는 것 또한, 황실 윗전들에게 영리한 자식을 나을 것이라는 말 대신 교양이나 학식을 뽐내는 것뿐이었다.

어쨌든 황실에서 후궁을 뽑는 것은 황실 자손을 번창하게 하려는 이유 때문이니 말이다.

특별하고 특출 난 것을 찾는 게 아니니 경쟁이 치열할 수밖에 없었다.

그런데 이번 간택전 여인들은 달랐다.

하나같이 관상학적으로 복록을 타고난 부분을 내비치는 대신 비장한 눈빛으로 심사장으로 들어와, 단아한 표정으로 순후한 성품을 드러내기는커녕 씩씩하게 신체 건강함만을 강조하는 것이 아닌가.

"다들 뭐 잘못 먹은 거 아니에요? 병사나 군인을 뽑는 것도 아니고, 왜 죄다 충성심이 어쩌고저쩌고. 제 어릴 적 먹은 보약은 왜 줄줄이 읊는 거래요? 아까 태반 어쩌고 하는 소리 들었어요? 어휴, 그게 혼인도 안 한 처자 입에서 나올 소리인지 민망해 죽을 뻔했다니까요."

호양공주가 이해할 수 없다는 듯 고개를 절레절레 저었다.

그렇게 한참.

초간택이 막바지에 이르러서였다.

원영농을 시작으로 후궁 자리를 맡아 놓았다는 귀한 여인들이 하나, 둘씩 들어오자, 황후와 두 공주는 이번 간택전 분위기가 어째서 이렇게 이상했던 건지 알아차릴 수 있었다.

"원가 영농이라는 이가 북위대장군부 출신이죠?"

"예. 일전의 사달을 미리 눈치채고 알려 온 이였죠. 위장군의 질녀인 것만 신경을 썼는데, 알고 보니 원치수 장군의 장녀라더군요."

"사막의 멧돼지 그 인간요?"

황후의 말에 호양공주가 눈을 크게 뜨며 되물었다.

'사막의 멧돼지'라는 품위 없는 별명에 웃음을 참는 모습이, 화안공주도 그를 모르지 않은 듯했다.

호양공주의 말에 황후가 조용히 고개를 끄덕여 보였다.

위장군이 북위대장군부의 충성을 증명하고 신뢰를 회복하러 보냈다기에 그냥 한 말인 줄 알았는데, 알고 보니 원치수 장군의 딸이라는 말을 들은 황후는 한동안 어이가 없었다.

'폐하가 멈추라는 말을 하지 않아서 서장의 사막까지 들어갔다는 장군의 딸이라니. 위장군의 말을 곧이곧대로 들은 것도 이상한 일은 아니었지.'

위장군도 설마 원영농이 간택전에서 불손한 자를 색출하고 있을 거라곤 생각도 못 했겠지만 말이다.

"곽진진이었나? 그나마 하남윤의 여식이 교태가 있었죠?"

"어휴, 그러면 뭘 해요? 하남제일미라는 소리를 들으면서 높아졌던 콧대가 황후 마마를 보고 폭삭 주저앉는 거 보셨잖아요. 황태자 전하를 뵙고는 고개나 제대로 들 수 있을지 모르겠어요. 어중간한 미모를 내세울 바에는 없느니만 못하다는 걸 이제 안 모양이에요."

과연 하남제일미라 불리는 외모가 과연 어중간한 것인지는 생각해 봐야 할 문제였지만, 어쨌든 당장 호양공주의 말에 화안공주도 동의한다는 듯 고개를 끄덕였다.

게다가 화안공주는 호양공주보다 한술 더 떴다.

"하후선은 그렇게 작아서야 황태자 전하를 모실 수나 있겠어요? 애가 애를 낳는 것도 아니고……."

"그, 그건 그렇죠. 힘……은 세 보였지만 아이를 낳는 건 골격이 중요하다고 하니까……."

시작하기 전에는 충성심이 어쩌고 욕심이 어쩌고 하더니, 막상 간택전 내내 여인들의 골반을 뚫어져라 보는 화안공주의 모습에 민망함은 황후와 호양공주의 몫이었다.

"역시 지금까지는 배경이며, 관상이나 품위, 자태가 중서령의 여식인 사마령이 제일 낫지 않았나요?"

"글쎄요. 그 아가씨도 미묘한 부분에서 눈을 빛내는 모습이 영……."

호양공주의 말에 화안공주가 꺼림칙한 표정으로 말끝을 흐렸다.

진화의 무공을 "슈슈슉!" 소리 내어 흉내 내던 사마령의 모습을 떠올리며 황후도 말을 아꼈다.

그리고 마지막.

나하연이 들어오면서 황후와 두 공주는 확신했다.

'너 때문이구나!'

아주 어여쁜 얼굴에 결연한 눈빛, 한눈에 보기에도 다른 여인들보다 머리 하나는 더 큰 건강하고 건장해 보이는 나하연의 모습에 호양공주와 화안공주가 눈을 빛냈다.

어느 간택전이든 여인들의 질투와 부러움을 사는 이들은 꼭 있었으니. 황후와 두 공주는 이제까지 간택전 여인들이 누구를 흉내 내려 했는지 한눈에 알 수 있었다.

"나 채녀라고 했나? 이전부터 황태자 전하와 인연이 있었다고?"

"예. 전하와 무학관에서 동고동락한 동기이자 전쟁에서 생사고락을 함께하는 충직한 수하였습니다!"

"……그래요."

동고동락, 생사고락.

심지어 제 입으로 충직하단다.

머릿속으로 야릇한 오해를 불러일으킬 만한 언행이라 지적하고 싶었지만 또 틀린 사실은 하나도 없는지라, 결국 호양공주가 말문을 닫고 말았다.

"지난번 사달도 미리 알아차렸다고요?"

"황태자 전하께서 보증해 주신 바대로, 제 안력은 무림인들 중에서도 매우 출중한 편입니다."

확실치 않은 상황에 경솔한 행동은 삼가야 한다고 조언하고 싶었지만, 황태자의 보증이라니.

화안공주도 더 할 말이 없었다.

까탈스럽기로 유명한 두 공주가 나하연의 앞에서 입을 다물자, 그것을 지켜보고 있던 경쟁자들의 마음이 급해졌다.

패황권문이라는 배경에다 황태자와의 인연도 밀리는데, 윗전의 환심을 사는 일까지 밀릴 수는 없다는 생각이었을까.

나하연과 함께 들었던 여인들이 묻지도 않았는데 다급하게 입을 열었다.

"저, 저는 무가의 여식으로 무공을 익히진 않았으나 무골을 타고났다는 말을 듣고 자랐습니다!"

"저도 충의패를 받은 명가의 여식으로, 비록 보잘것없는 몸이지만 위급한 상황에선 전하를 위해 이 한 몸 버릴 수 있습니다!"

"……그래요."

여인들의 말에 입을 꾹 닫은 호양공주와 화안공주를 대신하여 황후가 짧게 답했다.

그때, 심사자도 아닌 나하연이 두 여인을 향해 고개를 절레절레 저었다.

"후우. 일어나지 않을 일을 말씀하시는군요."

"뭐, 뭐라고요?"

"황태자 전하는 현경의 고수입니다. 무림에서도 천하제일인이라 손에 꼽히는 분 중 하나인데, 누가 누굴 지킨다는 건지."

"그래도 도, 독 같은……."

"만독불침! 그건 황태자 전하께서 약관도 전에 이루셨던 경지입니다."

"갑자기 날아드는 검이나 화살을……."

"검과 화살에 강기를 싣지 않는 이상 전하의 피부에 상처도 낼 수 없을 거요."

나하연이 한숨을 쉬며 두 여인의 반발을 가볍게 물리쳤다.

그러자 황후가 흥미로운 눈빛으로 나하연에게 물었다.

"하면 나 채녀는 황태자 전하를 모심에 있어서 뭘 할 수 있는가?"

"전하의 수하로 있을 적에는 불철주야 경계를 섰고, 당연히 지금도 그럴 수 있습니다. 하지만 숙청단에 있으면서 다른 누구도 아닌 오직 저만이 할 수 있는 일도 있었습니다."

"호오, 그게 뭐죠?"

"저는 전하를 웃겨 드릴 수 있습니다! 특히 전하께서는 무학관 시절부터 전하의 미모를 찬양하는 제 언어유희에 곧잘 웃으셨습니다. 아마도 제가 전하를 가장 많이 웃겨 드린 이라 확신할 수 있습니다!"

나하연이 자신감 있게 외쳤다.

그와 동시에.

"옳거니!"

동궁을 대표하여 초간택을 지켜보고 있던 동 태감이 무릎을 탁! 내리쳤다.

민망해서 웃어넘기는 것도 웃은 것이라면 나하연의 말에는 한 치도 틀린 것이 없었으니.

우리 전하가 웃는 일이라면 뭐든 좋았던 동 태감은 그때부터 재간택, 삼간택까지 나하연에게 열렬한 지지를 보내기 시작했다.

나하연의 초간택 또한 무리 없이 통과되었다.

이후, 재간택과 삼간택이 있기까지 모두 삼 년이 걸렸다.

초간택에서 간택전 여인들 중 삼분지 일을 궁에 남도록 선발했고, 재간택과 삼간택을 거쳐 품계를 받는 다섯 명의 후궁들이 정해졌다.

그 어느 때보다 평화로웠던 간택전은 결과마저도 평화로웠으니.

처음부터 후보로 손에 꼽히던 원영농, 곽진진, 하후선, 사마령, 나하연이 각기 재인과 미인의 품계를 받았다.

"어차피 같은 품계인데, 왜 사마령과 나하연은 미인이고 나와 원영농, 곽진진은 재인이지?"

"후후, 솔직한 대답을 듣겠어?"

"아니! 우씨, 답하지 마!"

사마령이 볼을 부풀린 하후선을 귀엽게 보았다.

그 모습을 보고 있던 원영농이 고개를 저었다.

"그래 봐야 네 말대로 모두 같은 품계인데, 뭘. 태자비 간택은 언제 할지도 모르고."

"연화 황녀님이 황태비 간택은 이야기만 나와도 자지러지신다니까. 황제 폐하와 황태자 전하도 어쩌지 못하시는 분을 누가 막겠어."

"에-휴."

나하연은 물론이고 후궁들이 모두 한숨을 쉬었다.

설마 권력을 향한 가장 큰 걸림돌이 황실의 막둥이 황녀가 될 줄은 누구도 상상 못 했던 일이긴 했다.

"그래도 우리에게 좋은 일은 황태자비 간택이 따로 없다는 거야. 우리 중 누구든 먼저 황세손을 낳으면 황태자비가 될 가능성이 높다는 의미니까."

"글쎄. 하늘을 봐야 별을 따지."

"에-휴."

"황궁의 담을 넘더라도 황태자 전하의 이목을 속이는 건 쉽지 않다."

"에? 나 미인, 대체 무슨 짓을 하고 다니는 거야?"

다 같이 사이좋게 한숨을 쉬던 후궁들이 경악을 금치 못하며 나하연을 보았다.

"띠러! 오늘은 오라뻬랑 잘 꾸야!"

연화 황녀가 앙증맞은 손을 등허리에 포개고 가슴을 내밀며 외쳤다. 물론 가슴보다 배가 더 앞으로 나왔다.

"대체 저런 건 언제 보았을까요?"

"호호호. 아이들은 참 신기하지. 그새 어른들을 모방하니까."

진화의 물음에 황후가 동문서답을 하며 웃었다.

누구를 보고, 언제 보고 배웠는지는 굳이 답하지 않아도 너무 명확했기 때문이다.

"어허! 제국의 어느 황녀가 황태자의 잠자리를 방해한단 말이냐!"

"나야!"

황제가 똑같이 뒷짐을 지고 황녀를 내려다보고 있었다.

서늘하게 내려다보는 황제의 눈빛에 고작 마흔 달 넘어가는 황녀가 지지 않고 마주 싸우고 있었다.

용쟁호투, 아니 용쟁추투(龍爭雛鬪)라고 해야 할까.

제국의 용을 마주한 봉황도 되지 못한 기운 센 병아리의 위세가 자못 당당했다.

하늘로 상승한 짙은 눈썹과 크고 매서운 눈, 정확하게 팔자를 그린 고집스러운 입 모양까지.

그야말로 황제를 그대로 앙증맞게 축소해 놓은 듯한 한연화인지라, 황제와 황녀가 똑같은 얼굴과 자세를 하고 서로를 노려보는 모습을 보며 황후와 진화는 물론 궁인들마저 웃음을 참느라 고개를 돌리고 있었다.

"발칙한지고! 네 아직 어미의 품에 있는 것도 황녀로서 부끄러운 일이거늘, 장성한 황태자의 수면까지 방해한단 말이더냐."

"응! 해! 안 부끄러!"

"무엄하다! 존대를 정확히 하라!"

"으으……요! 흥!"

절대자는 무치(無恥)라 했던가.

제국의 황제에 대적하는 한연화는 굴욕적으로 존대를 하면서 콧김을 씩씩거렸다.

눈에 넣어도 아프지 않을 막내, 거기에 저를 쏙 빼다 박은 어린 딸에겐 제아무리 황제라 해도 약해질 수밖에 없었다.

하지만 요 작은 것 때문에 아름다운 황후와 가뭄에 콩 나듯 밤을 보내는 것부터 애지중지 아끼는 황태자가 아직 정식 혼인식도 올리지 못한 것을 생각하면, 아무리 귀여운 자식이라도 속에서 고약한 심보가 솟기 마련이었다.

황녀를 보는 황제의 입꼬리가 슬쩍 비틀렸다.

"못생긴 게."

"으…… 끄아아아아앙! 나 몬땡겨써—! 아아아앙!"

어지간해서는 눈도 깜짝하지 않는 황녀를 울리는 법은 아주 간단했다.

어릴 적 거울에서 제 모습을 인지하는 순간부터, 황녀의 약점은 아주 명확했기 때문이다.

한연화의 눈에 눈물이 차오르고, 서러운 울음을 터뜨린 한연화가 진화의 품으로 가서 안겼다.

"아, 아니다. 우리 연화가 어디 못생겼다고. 우리 연화가 세상에서 제일 예쁘다!"

"거짓말이야! 나는 몬땡겨써! 뿌항 닮아써--! 뿌항 몬땡겨써! 으아아아앙!"

진화가 당황하여 어르고 달래 보았지만 소용이 없었다.

비겁하게 어린 딸의 약점을 찌르고 승리한 황제도 썩 기분이 좋아 보이진 않았다.

"크흑!"

"……."

"소, 송구합니다."

결국 웃음을 참지 못한 장 내관은 황제의 눈초리에 사색이 되었다.

"연화는 제가 데려가 재우겠습니다."

한연화가 성질을 부리기 시작하면 궁인들은 막을 수 없는 지라, 진화가 한연화를 데리고 가기로 했다.

결국 한연화가 원하는 것을 쟁취한 것이다.

하지만 문제는 그것이 아니었다.

어느새 원하는 것을 얻고 울음을 그친 한연화가 진화의 품에 안겨 나가면서, 황제를 향해 의기양양 웃어 보인 것이 사달이었다.

“저, 저! 고얀……!”

황제의 용심을 자극해 버린 한연화는 다음 날 대가를 톡톡히 치러야 했다.

일황자가 나가면서 비어 있는 동궁으로 황태자의 궁을 옮기고, 황녀 한연화의 처소를 건희전으로 옮기라는 명이 떨어졌기 때문이다.

“끄아아아아앙! 뿌항은 몬때써!”

옆에 있던 궁인들의 심장이 떨어질 소리를 아무렇지 않게 외치며 황후의 창신궁에서 나오게 된 한연화의 울음이 한동안 이어졌다.

황제가 황녀 한연화를 건희전에 보내면서 달라진 것은 진화가 동궁으로 옮겨 간 것만이 아니었다.

건희전과 달리 동궁은 황궁에서 장추궁, 창신궁만큼이나 큰 궁이라 그곳에서 황태자를 모시기 위해 대기하고 있던 궁인들도 수백이었다.

무엇보다 동궁전에는 따로 후궁전이 있었으니.

그랬다.

황제의 심술로 시작된 진화의 동궁 독립으로 미뤄졌던 혼사마저 진행되었고, 일 년이 지나지 않아서 미인 나하연과 사마령이 용손을 잉태했다.

"음하하하하! 이게 다 타고난 신체 건강함의 발로가 아니겠소."

"제발 부끄러움 좀, 좀!"

의기양양하게 부른 배를 앞세운 나하연의 모습에 부끄러움은 하후선과 곽진진의 몫이 되었다.

원영농은 나하연의 배에 찬 바람이 닿을세라 모포를 대어주기 바빴다.

혼인 초기에 꽤 오랫동안 어려움을 함께했기 때문일까.

동궁의 다섯 후궁들의 돈독함은 모두의 예상을 깨고 오랫동안 이어지고 있었다.

"손님들이 오늘쯤 도착한다죠?"

"다른 분들은 혼인 때나 황제 폐하와 황후 폐하, 태자 전하의 탄신일에 종종 뵙기라도 했지만, 팽가 소가주님 내외는 이번이 처음이니까요. 나 미인은 어떤 분들인지 알고 있나요?"

"본인이 적호단에 있을 적, 적호단주님과 부단주님이셨다."

"아, 친분이 있으시군요!"

다른 후궁들의 물음에 나하연도 오랜만에 팽치와 남궁진혜를 떠올렸다.

남궁경과 팽연화는 매해 석 달에서 넉 달은 황궁에서 지냈고, 제왕검이나 남궁가주도 두어 번은 본 적 있었다.

하지만 남궁진혜는 매번 사정이 생겨서 시집을 간 이후 몇 년째 보지 못했었다.

"어떤 분들이에요? 뭐 따로 좋아하시는 것이나 그런 것이 있을까요?"

"전하를 몹시 아끼는 분들이다. 다들 남궁세가분들을 보지 않았나?"

"아! 흠, 그렇지만 우리 전하를 아끼는 분들이 한둘이어야지요."

"그건 그래요."

"음, 팽가의 소부인께선 그런 우리 전하를 어린 시절부터 지켜 오신 분이지."

"지켜 와요?"

하후선이 새로운 이야기에 눈빛을 반짝거렸다.

황궁의 사람들은 궁인부터 대소 신료들, 남은 황족들 할 것 없이 진화를 아꼈다.

명석한 두뇌와 강인한 성품, 엄청난 무위, 흔들리는 제국을 굳건하게 만든 공적은 물론, 혈통까지 완벽한 적통 출신의 황태자였으니.

황제부터 따로 황태자의 집무실을 황제의 집무실로 옮길 정도로 총애가 대단하였다.

하지만 남궁세가 사람들은 궁인들과 또 달랐다.

황궁의 사람들이 진화를 황태자로서 아끼고 우러른다면, 남궁세가 사람들은 황태자인 진화를 세 살 황녀보다 더 아이처럼 보듬고 어른다고 해야 할까.

식사 시간에 황태자의 그릇에 함부로 고기를 쌓아 놓는 것은 물론 무엄하게도 황태자의 머리를 쓰다듬고 볼을 만지기까지, 그때만큼은 황제와 황후마저도 황태자를 아이처럼 대했다.

궁 안에는 황제와 황후가 잃어버린 황태자의 어린 시절을 채울 욕심으로 일부러 남궁세가 사람들을 찾는 것이라는 소문이 돌 정도였다.

후궁들은 그런 황실의 모습을 퍽 재밌어하는 편이었다.

"팽가 소부인, 내게는 부단주님이라는 호칭이 익숙하군. 팽가는 무림에서도 타고난 천력이 좋기로 유명한데, 아마 하후가에 버금가는 정도일 거다. 그런데 남궁세가도 그 못지않아서 그 천력을 남궁진혜 부단주님이 이어받으셨지. 맨손으로 절벽을 파 넘거나 강철 사슬을 끊고 적진에 뛰어드는 것은 물론, 연합 무인들조차 태자 전하께는 손 하나 까딱 못 하게 하는 일이 다반사였으니까."

"나 미인도 저번에 강철로 된 솥을 부러뜨리지 않았어요?"

"나 미인, 맨손으로 절벽을 판 적 있어요?"

"……모두 태자 전하의 명을 충실하게 이행했을 뿐이다."

"아! 일 년 전에 동궁전 기둥에 손자국이 남았다고 했는데, 그거 혹시……?"

"나 미인!"

“……”

확신에 가까운 눈으로 저를 보는 후궁들과 사마령의 잔소리를 피해 나하연이 찻잔, 아니 차를 따른 숙우를 들어 얼굴을 가렸다.

늘 먼지구름을 몰고 달려오는 마차.

멈추지도 않은 마차에서 뛰어내리는 사람들.

이제 황궁 경비를 담당하는 사례군에게 남궁세가 손님들은 익숙했다.

그런데 오늘은 남궁세가의 마차가 좀 이상했다.

무림에 있을 때 황태자 전하의 전용이었다는 꽃마차의 앞으로 검갈색의 거대한 마차가 경주를 하듯 역전해 오는 것이 아닌가.

“음?”

사례군들 중 황궁 정문을 오랫동안 담당했던 병사가 고개를 갸웃거렸다.

급하기는 해도 언제나 절묘할 정도로 황궁 법도를 맞추던 남궁세가였는데, 어째 오늘은 마차가 정문 앞에서도 멈출 기세가 없었던 것이다.

그때.

퍼-엉!

마차 문이 뜯겨 나가듯 열리고 그 안에서 사람이 뛰어나왔다.

"뭐, 뭡니까-!"

"비켜! 비-켜!"

마차에서 뛰어내린 거대한 그림자 둘이 대담하게 황궁 성벽을 뛰어넘었다.

놀란 사례군이 창을 들고 어찌할 바를 몰랐다.

분명 양주대부의 마차와 함께 온 남궁세가의 손님일진대, 그렇다고 감히 황궁 벽을 넘은 무도한 자들을 잡지 않을 수도 없고.

당황한 채 우왕좌왕하는 사이, 양주대부 남궁경이 사례군의 곁으로 뛰어 올라왔다.

"미안하네. 내가 황제 폐하께 따로 말하지. 급해서 그래."

"남궁세가 일행은 맞는 겁니까?"

"보증하지. 자네들도 일전에 봤을 거야. 나랑 같이 잘 오던 남궁진혜와 남편 그리고 자식'들'일세."

"아!"

다행히 사례군 병사는 남궁진혜를 기억하고 있었다.

"허허허, 몇 년 만에 동생네에 오는데, 그것도 처음 만나는 조카 새끼들이 숙부의 궁에 아무 데나 똥을 싸지를 순 없잖나. 급한 용무 때문에 뛰어간 것이니 이해 좀 해 주게."

"아……."

남궁경이 말을 하면서 손가락 넷을 폈다.

사례군 병사는 그들이 보았던 짧은 날개를 가진 거대한 그림자가, 사실은 어린아이들을 양쪽 팔뚝에 끼고 달려야 했던 부모의 그림자임을 깨달았다.

"알겠습니다. 하지만 곧바로 신분을 확인할 겁니다."

"알겠네."

사례군 병사의 엄격한 말에 남궁경이 허허 웃으며 고개를 끄덕였다.

잠시 후 성벽 아래에선 남궁경의 투덜거림이 들려왔다.

"뭐 한다고 저 같은 놈을 넷씩이나 낳아서는."

"어머? 그래도 둘은 팽 소가주를 닮지 않았나요?"

"아니야! 팽치는 그래도 우리 진혜에 비하면 점잖지. 대책 없이 사고부터 치는 걸 보면 영락없는 진혜야. 쉿! 비밀이야. 형님께서 말해 봐야 우리만 불리해지니까 입 닫자고 하더라고."

"쉿, 알았어요. 호호호호!"

팽연화의 웃음소리가 제법 크게 울려 퍼졌다.

"양주대부님과 대부부인 마님을 뵙습니다."

"아이고, 우리 미인들! 몸도 무거울 터인데 인사는 천천히 해요!"

동궁 앞에 미리 마중을 나온 후궁들의 인사에, 남궁경이 호들갑을 떨며 그들을 일으켰다.

아무래도 이제 봉긋하게 배가 솟은 나하연과 사마령에게 눈길이 더 가는 게 사실이었지만, 팽연화는 세 명의 재인들이 서운할까 봐 그들부터 챙겼다.

"진화의 탄신일마다 고생이 많습니다."

"아닙니다."

"모처럼 있는 동궁의 손님맞이라 모두 기쁜 마음으로 준비했습니다."

"이번에는 특별히 양청현에서 숙수도 데려왔습니다! 기대하셔도 좋아요!"

"어쩜, 말도 이리 예쁘게 할까."

팽연화가 기분 좋은 얼굴로 재인들의 손을 하나하나 쓰다듬었다.

그때, 안에서 급하게 진화가 뛰어나왔다.

"저, 전하, 제발 체통을, 즈은하-!"

점점 멀어지는 진화를 붙잡는 동 태감의 목소리를 뒤로하고, 진화가 한걸음에 남궁경과 팽연화에게 다가섰다.

"아버지! 어머니!"

"우리 황태자 전하!"

"진화야! 우리 아드님, 건강하셨습니까?"

남궁경과 팽연화는 사적으로는 예전처럼 진화를 대할 수 있도록 황제의 허락을 받았지만, 천천히 말투에 존대를 섞어

썼다.

진화는 부담스러워했지만 남궁경과 팽연화에게 그건 대수롭지 않은 변화였다.

그들에게 진화는 어떤 말투를 쓰든 늘 애틋하고 귀한 아들이었기 때문이다.

"그런데 이번에는 누님도 함께 온다고 하지 않으셨습니까?"

"아. 그게……."

진화의 물음에 남궁경이 곤란한 듯 말을 늘어뜨렸다.

그 순간.

"진화야, 내 동생--!"

꿈에서 들릴 만큼 익숙하고 그리운 남궁진혜의 목소리가 있고.

곧 진화는 단단하게 저를 끌어안는 힘을 느끼며 기분 좋게 웃었다.

"누님!"

"내 동생!"

남궁진혜가 진화를 세게 껴안자 나하연을 제외한 후궁들이 눈을 휘둥그레 떴다.

근육이 쩍쩍 갈라진 우람한 팔에 혈관까지 솟아오르면서 남궁진혜의 힘에 진화가 다치지나 않을까 걱정이 되었기 때문이다.

이제 와서 팔소매가 없는 경박한 옷은 문제 삼기도 사소한 것이었다.

"아부지, 엄마가 바람나써."

"엄마 동생이다."

팽치의 손을 잡고, 팽치와 꼭 닮은 사내아이가 남궁진혜와 진화를 보며 고개를 갸웃거렸다.

팽치와 남궁진혜의 첫째인 팽화로, 진화처럼 꽃[花] 같은 아이로 태어나길 바랐으나 실제로는 불[火] 같은 팽가의 성미를 빼닮았다.

건장한 체격이 여섯 살은 족히 넘어 보였지만 결혼한 때를 생각하면 많아도 이제 겨우 네 살이었다.

그 옆에는 네 살은 되었을 법한 여아와 남아가 있었는데, 팽치와 남궁진혜를 골고루 빼닮은 쌍둥이 팽진과 팽휘였다.

"그러기엔 너무 예쁜데?"

"너무 예쁜데?"

"사촌 동생이다."

여아라는 말에 진화의 진(珍)을 써서 조금이라도 닮길 바랐던 팽진은 남궁진혜를 쏙 빼닮았고, 안되면 남궁진휘라도 닮았으면 했던 팽휘는 조금 순한 팽치였다.

쓸데없이 예리한 쌍둥이의 질문에 팽치가 당황하지 않고 답을 정정해 주었다.

"……."

팽치의 품에는 팽가 역대 최고의 우량아라 불리는 막내 팽강이 진화에게서 눈을 떼지 못하고 있었다.

진화가 손님들을 안으로 안내하고.

"숙뿌, 진짜 우리 외숙뿌야?"

"왜 예뻐?"

"예뻐!"

"따아!"

"하하하하하!"

진화가 네 명이나 되는 조카들과의 첫 대면에 즐거워하는 사이.

"오라버니! 양주대부! 대모님! ……뭐, 뭐야!"

황녀 한연화가 진화와 남궁경, 팽연화 부부를 찾아왔다가 네 명의 아이에게 둘러싸인 진화를 발견했다.

"너희눈 무어시냐!"

연화 황녀가 허리에 척 손을 올리고 따져 물었다.

가뜩이나 매섭게 생긴 눈까지 부라렸지만, 상대는 강적이었다.

"우리는 외숙뿌야."

"아니지. 외숙뿌 질녀야."

"녀? 우리 여자야?"

보통 연화 황녀가 이러면 누구든 그녀에게 자리를 비켜 주었건만, 네 명의 불청객은 꿈쩍도 하지 않았다.

결국 성질이 난 황녀가 직접 움직였다.

"우씨, 누가 그거 물어봐써? 비-켜! 내 오라버니야! ……허?"

"따-아!"

같은 또래. 아니, 또래도 아닌 좀 큰 아기에게 힘으로 밀린 연화 황녀는 믿을 수 없다는 눈으로 진화의 품에 있는 아이를 보았다.

아이였는데, 잘 보니 저보다 조금 작을 뿐이었다.

어쨌든 저보다 작은 건 확실한데…….

"어, 어떻게……!"

인생에서 힘으로 첫 패배를 한 연화 황녀가 충격에 빠진 듯 그 자리에 얼어붙었다.

그사이.

"이야, 너도 오랜만이다."

"오랜만에 뵙습니다."

남궁진혜와 나하연이 반갑게 인사했다.

하지만 어쩐지 나하연의 얼굴이 딱딱하게 굳어 있었다.

호랑이 같은 시누이의 앞에선 곰 같은 올케도 얼어붙을 수밖에 없었던 걸까.

그렇다고 하기엔 사마령의 얼굴도 마찬가지였다.

나하연과 사마령의 시선이 조심스레 한곳을 향했다.

한연화와 남궁진혜의 네 아이들.

눈치 빠른 남궁진혜는 이유를 금방 알아차렸다.

“쉽지 않아. 치성이라도 드려 봐.”

“효과가 있습니까?”

“내가 막내 낳고 팽가 뒷산에 있는 불상 대가리를 날렸지.”

“…….”

남궁진혜가 아련한 추억을 이야기하고.

나하연과 사마령, 특히 나하연의 얼굴빛이 좋지 않았다.

누가 봐도 다른 아이들에 비해 ‘힘이 센’ 다섯 아이들.

나하연은 배를 감싸고 있는 제 손을 얼른 치웠다.

다음 날.

동궁 안에 모셔 놓은 작은 불탑에는 불상 옆으로 진화의 초상화가 올라왔다.

황궁은 모든 것이 권력에서 나온다.

절대적인 권력을 가진 황제와 얼마나 가까운가.

모든 권력은 결국 용혈에서 시작된다.

황제의 아들들은 적통이든 아니든 모두 같은 황자라 불리지만 황위를 다투다 죽는 경우가 많았고, 황위를 다툴 수 없는 딸들은 황녀와 공주, 군주, 옹주까지 명칭부터 엄격하게 구분되었다.

황녀와 공주는 황실에서 내려진 내탕금과 궁인의 수, 노비와 곡출을 얻을 수 있는 땅 그리고 매주 받는 사소한 식자재의 질까지 달랐다. 군주와 옹주는 그들과도 비교가 불가했다.

그런 면에서 한연화는 완벽했다.

평화로운 제국.

성군으로 추앙받는 황제와 천하에서 가장 아름다운 황후 사이에서 태어난 적통 황녀.

심지어 그 어느 때보다 황권이 든든한 곳에서 완전하게 자리를 잡은 황태자와 동복의 어린 동생.

한연화는 마치 오로지 사랑만 받기 위해 태어난 존재 같았다.

그런 한연화가 좌절할 일은 그리 많지 않았다.

자신이 아름다운 모후가 아닌 사나운 부황을 닮았다는 것을 알았을 때.

세상에서 가장 힘이 센 아기인 줄 알았는데, 양주의 한 살배기 종질에게 오라비의 품을 빼앗겼을 때.

그리고 바로 지금.

"이, 이럴 수가……!"

"황녀 마마!"

아이를 보고 휘청거리며 물러서는 한연화를 보며 경 상궁이 얼른 그녀를 붙잡았다.

"유, 유모 짱궁."

"예, 마마."

"재, 재는 왜 오라버니 닮았어?"

"네?"

"히잉, 힝. 쨰는 오라삐 닮아써-! 끄아아아아아앙!"

결국 이제까지 좌절했던 모든 순간들처럼 한연화가 큰 소리로 울음을 터뜨렸다.

"흐웅……."

한연화의 울음소리가 시끄러웠던지 침상의 아기가 잠에서 깰 듯 칭얼거리며 눈을 떴다.

뽀얀 얼굴에 오뚝한 코와 앙증맞은 입술.

미간을 찡그리며 살짝 뜬 눈은, 커다란 반달 같은 눈 속에 세상에서 가장 맑은 검은 보석이 반짝이고 있었다.

그랬다.

석 달 전 미인 사마령이 출산한 아들은 황태자인 진화를 쏙 빼닮았다.

"뱃놀이, 뱃놀이하자!"

"싫-어."

"왜에에?"

"너랑은 안 할 거야. 베에! 명아, 가자!"

"……."

예닐곱 살쯤 되었을 법한 어린 소녀가 네댓 살쯤 된 여아의 손을 잡고 일어섰다.

역시나 네댓 살쯤 되었을 법한 남자아이가 혼자 남아서 울상이 되었다.

송아지처럼 크고 어여쁜 눈이 촉촉하게 젖어 가자, 주변을 둘러싸고 있던 궁인들이 안타까워서 어쩔 줄 모르는 표정을 지었다.

그 모습에 소녀의 입술이 고집스러운 팔자로 변했다.

"흥, 너는 혼자 놀아라!"

약을 올리는 듯한 소녀의 모습에 남자아이의 입술도 앵두를 문 듯 불퉁 튀어나왔다.

"시러. 명이 내 동생이야!"

남자아이가 소녀에게 발끈하듯 여아의 남은 손을 붙잡았다.

소녀의 눈썹이 하늘로 치솟았다.

"한태화, 너, 그 손 안 놔?"

"안 놔! 한연화는 심술쟁이야!"

"뭐? 이게 고모한테!"

"나눈 세손이다!"

그랬다.

소녀는 세상에 좌절했던 세 살 때부터 꾸준히 비뚤어진 한연화였고, 그녀에게 반항하는 남자아이는 진화를 쏙 빼닮은 아들이자 제국의 황세손인 한태화였다.

그리고 고집스러운 두 아이에게 양팔을 잡힌 아이는 한태명, 나하연의 딸이었다.

"명이 너 이리 와!"

"안 돼, 명이는 내 동생이야! 나랑 놀 꾸야!"

한태명은 양쪽에서 잡아당기는 한연화와 한태화 사이에서 느긋한 얼굴로 꿈쩍도 하지 않았다.

그러자 한연화가 서운한 얼굴로 한태명을 보았다.

"명이 너 이럴 거야?"

사실 한연화와 한태화의 힘의 차이는 너무 명확했다.

황제의 천력을 빼닮은 한연화가 진화의 미모만 빼닮은 한태화에게 힘으로 밀릴 리 없지 않은가.

힘의 대결이 순식간에 한연화에게 기울지 않은 것은 오로지 가운데에서 한태명이 힘을 쓰고 있었기 때문이었다.

"가치 노라. 아이 조아-해."

한태명이 한연화나 한태화보다 어눌하지만 단호한 목소리로 두 사람을 잡아당겼다.

한연화와 한태화가 순식간에 가운데로 끌려와 억지로 얼굴을 마주했다.

"이. 이!"

한태화의 어여쁜 얼굴을 마주한 순간.

결국 한태화에게 화를 내지 못한 한연화가 괜히 한태명에게 골을 내었다.

"명이 너…… 불골편회에서 배신자야!"

"명이 배신자 아니야! 불골편회가 아니라 못땡긴따람회겠지! 명이는 안 못땡겨써!"

"너, 너, 너 지금 고모한테 못생겼다고 했어?"

"안 해써!"

"했잖아!"

"아니야!"

아이들의 목소리가 점점 커졌다.

제국의 유일한 적통 황녀와 황세손의 다툼이라, 궁인들이 감히 끼어들지 못하고 안절부절못했다.

그때.

"연화야. 태화. 태명아!"

"아뿌-지!"

세상에서 가장 좋아하는 목소리가 들리자, 한태명이 한연화와 한태화를 제치고 바람처럼 달려 나갔다.

한태화에 비해 말은 느렸지만 신체 능력은 한연화마저도 웃도는 한태명은, 자신의 능력을 적재적소에 활용할 줄 알았다.

"씨이. 씨잉, 씨…… 끄아아아아아아앙!"

"여, 연화야? 연화야, 왜 그러느냐!"

결국 성질머리가 폭발한 한연화의 울음이 터지고.

한태명을 안은 진화가 당황한 얼굴로 달려왔다.

"흐으으응!"

한연화는 조카들을 제치고 기어이 진화의 품을 차지했다.

금쪽같은 동생이 울음을 터뜨리는 것에 놀란 진화가 한태명을 내려놓고 한연화를 안아 올렸기 때문이다.

한태화와 한태명이 섭섭한 얼굴로 진화의 옷자락을 잡았다. 하지만 귀가 울리도록 울어 대는 한연화를 달래느라 진화는 두 아이들의 얼굴을 제대로 보지 못했다.

"흐아아아앙! 태화도 오라버니 닮았고 명이도 나 귀비 닮았는데, 나만 뿌항 닮았어! 흐아아아앙!"

이제 다 커서 발음도 제법 정확해졌는데, 부황을 '뿌항'이라 하는 것만은 바뀌지 않은 것을 보면 일부러 그러는 것이 틀림없었다.

하지만 이 황궁에서 한연화에게 그걸 지적해 줄 사람은 아무도 없었다.

"이런. 우리 연화가 또 이상한 고집을 부리는구나. 오라버니가 분명히 우리 연화도 예쁘다고 했는데. 우리 연화는 부황을 닮아도 예쁘게 닮았다고."

"거짓말이야! 흐응, 태화가 나보고 못생겼다고 했어. 흐아아아앙!"

"응? 태화가?"

한연화의 고자질에 그제야 진화가 제 오른 다리에 붙은 한태화를 내려다보았다.

송아지 같은 눈망울이 진화의 눈과 마주치자, 금세 촉촉하게 젖어 들었다.

"소자는, 소자는 안 해써요. 우에에에엥!"

"……히잉. 히이이잉!"

"태, 태화야? 태, 태명이 넌 왜?"

한태화가 울음을 터뜨리자, 한태명까지 울음을 터뜨리고.

"크아아아앙!"

세 명의 아이가 진화에게 매달려 울음을 터뜨리는 통에 당황한 진화는 어찌할 바를 몰랐다.

진화에겐 얼마 전 무찌른 서장의 이민족 정예병 이만 명보다 세 아이들이 더 어려운 모양이었다.

-동 태감, 모후와 태자비, 나 귀비를 모셔 오게. 어서!

다급한 진화가 전음으로 동 태감에게 도움을 구했다.

동 태감이 눈치껏 내관과 궁녀를 보냈지만, 표정은 덤덤하기 그지없었다.

다른 궁인들의 표정도 별반 다르지 않았다.

궁인들은 저 세 아이들이 모후가 온다 해도 진화에게서 떨어지지 않을 걸 확신했다.

오매불망 기다린 황궁의 진짜 보배가 아니던가.

"이런."

"어, 어쩌죠, 어마마마?"

"역시…… 힘으로 뗄까요?"

"음, 조금 더 두자꾸나. 우리 태자가 저런 표정을 하는 것도 오랜만이니까. 후후후."

아니나 다를까.

뒤늦게 도착한 황후나 사마령, 나하연 중 누구도 나서는 사람이 없었으니. 나하연 또한 말을 그렇게 하면서도 전혀 나설 생각이 없는 눈치였다.

결국 진화는 세 아이들의 팔에 칭칭 감겨 있다가 황제가 찾는다는 명을 듣고 겨우 풀려났다.

"뿌항 나빠!"

"칫."

"……나 갈래."

진화가 가고.

세 아이들이 언제 울었냐는 듯 울음을 그치고 투덜대는 모습에, 황후와 사마령, 나하연은 물론 궁인들까지 고개를 저었다.

'이 황궁에 순진한 사람은 황태자 전하밖에 없다는 걸, 오직 전하만 모르시지.'

'그래서 다행이야.'

"후후후, 오랜만에 좋은 구경 했구나."

황후의 말에 궁인들이 저도 모르게 고개를 끄덕였다.

그날 밤.

진화가 경희전에 있던 아들 한태화를 데리고 산책을 나왔다. 저녁을 먹는 내내 표정이 어두웠던 한태화가 신경이 쓰였기 때문이다.

"태화야, 오늘 있었던 일로 많이 속상한 것이냐?"

"……아닙니다."

"괜찮다, 말해 보거라."

한 번도 제 자식을 가진다, 가족을 만든다는 상상을 해 본 적 없는 진화였지만, 어느 순간 그것이 자연스럽게 가능해졌다.

처음 하는 아버지 노릇이라 어디로 튈지 모르는 아이들은 볼 때마다 신기하고 때때로 당황스러웠지만, 그래도 길을 헤맨 적도 없었다.

진화에게는 태양처럼 뜨겁게 사랑을 쏟아 주는 남궁경과 하늘처럼 거대하게 품어 주는 황제라는 좋은 아버지들이 있었기 때문이다.

다만 황태자로서 막중한 업무로 인해 남궁경처럼 다정한 시간을 함께하지 못하는 것에는 미안함이 있었다.

특히 한태화는 궁 안팎에서 황세손을 향한 부담스러운 관심을 감당해야 하는 동시에, 여자인 한연화와 한태명과 어울리며 때때로 소외감을 느끼는 듯했기에 더 신경이 쓰이는 편이었다.

이번에도 어찌 된 일인지 궁인들에게 물어 두었다.

진화는 한태화가 저를 따돌리려 한 고모 한연화에 대한 섭섭함을 제게나마 풀어 놓길 바랐다.

한태화의 입에서 나온 말도 역시 그러한 것이었다.

"꼬모님이 자꾸 실타 해요."

"그래, 그렇구나."

"오늘도 뱃놀이가 실타 하고 명이만 데꼬갔어요."

"이런. 명이만 데려가다니, 우리 태화가 섭섭했겠구나."

진화는 한태화의 한마디 한마디에 모두 고개를 끄덕이고 대꾸를 해 주며 아이에게 자신이 경청하고 있음을 알려 주었다.

그러자 한태화도 제 속에 있던 말을 술술 풀어 내었다.

"고모님은 나만 예쁘대요, 명이도 예쁜데."

"응?"

"고모님만 할바마마 닮은 건 소자 탓이 아닌데! 소자는 잘못 없어요. 소자는 아바마마 닮아서 좋아요!"

"그, 그러냐?"

진화는 한태화의 말에 제 예상이 조금씩 벗어나는 느낌이 들었다.

"그런데 소자가 매일매일 져요!"

한태화가 정말로 속상하다는 듯 얼굴을 찌푸리며 두 주먹을 불끈 쥐었다.

"지……는 것이 속상한 것이냐?"

따돌려지는 것이 속상한 것이 아니고? ……하는 말은 생략했다.

진화가 보기에도 그건 아무 상관이 없는 듯 보였다.

"소자는 잘못 없는데 계속 져서 속상해요!"

"아까 운 것도 그 때문인 것이냐?"

"소자가 명이 손을 당겼으면 불골편회 이야기 안 했어요."

"불골편회? ……그래, 그렇구나."

진화는 점점 더 한태화의 말을 이해할 수 없었다.

다만 진지하게 말하는 한태화의 모습에 그저 맞장구를 치는 것뿐이었다.

"그, 그래서 우리 태화가 속상한 이유는 뭐……였지?"

"소자만 약해요! 고모도 힘이 세고 명이도 힘이 센데! 히잉!"

다시 생각해도 서러움이 복받치는지, 한태화가 진화의 품에서 칭얼거렸다.

하지만 결국 결론은 힘이 약해서 서럽다는 것이라.

진화는 제 품에 얼굴을 묻고 속상해하는 아이의 등을 조용히 토닥였다.

타고난 천력을 어찌할 수 있는 것은 없었다.

있다면…….

"태화야, 무공을 익혀 보겠느냐?"

"무공요?"

진화의 물음에 한태화가 고개를 번쩍 들고 눈을 반짝거렸다.

"이번에 남궁세가에 큰할아버지의 생신 잔치를 하는 데에 같이 가자꾸나."

"남궁! 하면 소자도 양주 할아부지처럼 될 수 있는 거예요?"

"타고난 천력은 어찌할 수 없지만 무공을 수련하면 극복할 수 있는 것도 있으니까⋯⋯ 일단 남궁세가에 함께 가서 남궁세가의 무공을 익힐 수 있는지 허락을 구해 보자꾸나."

"좋아요!"

순식간에 환해진 아들의 얼굴을 보며 진화가 흐뭇하게 웃었다.

해결 방법이 이게 맞는 건지는 모르겠지만, 어쨌든 아들이 남궁세가의 무공을 이을 수 있다면 좋은 일이라 생각했다.

낙양 황도에서 양주 잠삼현까지 가장 빠른 경로는 배를 타는 것이었다.

청해상단에서 가장 큰 배가 제국의 황태자인 진화를 위해 마련되었다.

"와아아아—! 전하! 전하!"

"황태자 전하, 천세 천세 천천세!"

얼마 전 서장의 이민족까지 물리치고 온 이후 진화에 대한 백성들의 칭송과 환호가 그 어느 때보다 컸다.

황족이 진짜 용혈을 타고났다 믿는 이들이 왕왕 있는 때라, 진화와 역천마제의 마지막 전투가 있었던 석양호는 용이 승천한 곳이라 하여 백성들이 하늘에 치성을 드리는 장소가 되었을 정도였다.

"아버지, 저기요, 저기-!"

"적벽이구나."

"나 귀비 마마가 저기를 타고 넘은 적이 있다 했어요!"

"……?"

나 귀비라는 말에 한태명이 귀를 쫑긋했다.

"모두 무림에 있을 때의 일이지."

진화가 조금은 그리운 눈으로 적벽을 보며 말했다.

아련한 분위기를 읽었을까.

꼬옥.

한태화와 한태명이 진화의 손을 힘주어 잡았다.

작고 따뜻한 손에서 제법 힘이 느껴졌다.

진화가 새삼스러운 눈으로 한태화와 한태명을 보았다.

오래전, 진화는 남궁진혜의 혼인이 있고 황궁으로 돌아가면서 이런 상상을 해 본 적이 있었다.

제가 황궁에서 나와 자유롭고 당연하게 남궁세가로 돌아

가는 상상.

하지만 그 상상 속에 이 작은 존재들은 없었다.

제 식구들을 데리고 남궁세가의 배를 타고 잠삼현으로 가는 모습도 없었다.

'참…… 행복하구나.'

진화의 입가에 저도 모르게 환하게 미소가 맺혔다.

걱정스러운 듯 조용히 진화를 보고 있던 한태화와 한태명의 눈이 둥그렇게 커졌지만, 이내 진화를 따라 까르르 웃어 보였다.

"헤헤, 소자도 쩌음 양주 가서 좋습니다."

"너무 조아요."

"응, 그렇구나."

제가 입 밖으로 하지 않은 말을 자연스럽게 알아채는 아이들.

진화는 그런 아이들의 손을 잡고 귀비가 된 나하연과 함께 배에서 내려 잠삼현으로 들어갔다.

잠삼현.

변함없이 활기차고 따뜻한 사람들이 진화와 일행을 반갑게 맞았다.

특히 오랜만에 본가로 오는 진화를 보기 위해 많은 사람들이 나왔다.

하지만 황태자 천세를 외치기 위해 나왔던 황도의 백성들과는 달랐다.

"아이고, 우리 도련님 오셨네!"

"아니야! 황태자 전하라고 해야 한다니까!"

"왜? 이제 우리 공자님 아니야?"

"아니. 그건 아닌데……."

"이런 씨부랄! 그러면 무슨 문제야!"

감히 제국의 황태자를 향해 '전하'라 부르며 오체투지는 하지 못할망정, 어디 여염집 사내를 칭하듯 '도련님, 공자님' 하며 손을 흔들다니.

그래도 괜찮았다.

천하에 오직 잠삼현, 남궁세가의 사람들만은 그리해도 되었으니까.

"진화 공자님---! 소공자님--!"

"저, 저, 발칙한……!"

사복을 입고 따라나선 동 태감이 진화를 부르며 손을 흔드는 사람들을 향해 혀를 찼다.

하지만 진화가 마차의 문을 열고 손을 흔들어 주자 사방에서 커다란 환호성이 터졌다.

"와아아아아아---!"

"공자님, 많이 먹고 가세요! 밀떡은 저희가 했어요!"

"공주 드세요! 공주! 우리 소공자님도 한잔 걸칠 때가 되었잖아요! 소인이 바치는 겁니다!"

사람들의 친근한 한마디 한마디 진심이 느껴졌다.

이곳의 사람들이 진화를 진심으로 가족처럼 아끼고 애정한다는 것을 깨달은 동 태감은 슬쩍 찡-하게 달아오른 코끝을 훌쩍거렸다.

진화의 마차가 소천로를 지나 의천문 안으로 들어가고.

그 광경을 끝까지 지켜보던 이들이 천천히 자리를 벗어났다.

"그런데 꽃마차를 또 바꿨나?"

"금색이 번쩍번쩍하지?"

"아이고, 이 답답이들아. 그러니까 그게 황실 마차라니까!"

"오! 공자님이 멀리 계시니까 이번에는 꽃마차도 황금 마차로 했나 보군."

"황금이 아니라 황실!"

"아, 거참! 황금이나 황실이나 뭐가 중한데! 우리 공자님이 타시면 그게 꽃마차지!"

황도 물을 먹고 세상 소문에 밝은 친구가 더 잘난 척을 하기 전에 남은 이들이 킬킬거리면서 흩어졌다.

"허허허, 왔구나!"

"황태자 전하! ……음?"

"진화야! 허어, 어떻게……!"

진화를 마중 나왔던 남궁강과 남궁가주, 가모 하후민이 진화에게서 눈을 떼지 못했다.

아니, 정확하게는 진화보다 좀 더 아래.

다른 때였다면 당장 달려와서 진화를 끌어안고 쓰다듬었을 텐데, 지금 그들의 눈은 진화의 손을 잡고 마차에서 내린 앙증맞은 두 존재에게 고정되어 있었다.

특히 황세손 한태화.

만약 그 옛날 그때의 진화가 건강했더라면 딱 저런 모습이 아니었을까.

그런 생각과 함께 울컥 차오르는 감정으로 하후민의 눈에는 그렁그렁 눈물까지 맺혔다.

"인사부터 해야지?"

"음. 양주 쯩조부님, 백쪼부님, 백쪼모님, 쩌음 뵙게뜹니다. 소손 남궁때화입니다!"

"또녀는 남궁태명요!"

진화가 다정하게 등을 떠밀자, 한태화와 한태명이 앞으로 나와 공손하게 인사했다.

"헉! 남궁!"

"지, 진짜 그리해도 된다시더냐?"

"예. 폐하께서 잠삼현 안에서는 윤허하신다 하셨습니다."

"허허, 허허허허! 황은이 망극하구나."

자신들을 '남궁'이라 소개하는 한태화와 한태명의 모습에 남궁강을 비롯한 남궁세가 사람들 모두가 감격스러워했다.

그때.

"태화야! 태명아-!"

"진화야!"

뭘 하고 있었는지 한눈에 알 수 있을 정도로, 남궁경과 팽연화가 양팔에 경단 다발을 한 아름 안고 달려왔다.

"할부지--!"

"할모니-!"

한태화와 한태명이 활짝 웃으며 힘차게 달려가 남궁경과 팽연화의 품에 안겼다.

그 모습을 남궁강과 남궁가주, 가모 하후민의 아쉬워하며 보았다.

그에 진화가 먼저 남궁강과 남궁가주의 손을 잡았다.

"할아버지, 생신 축하드립니다. 큰아버지, 큰어머니, 정말 오랜만이에요."

"진화야!"

"아이고, 우리 새끼!"

남궁강과 남궁가주, 가모 하후민은 실로 진화를 보는 것이 오랜만인지라.

한태화를 보고 어릴 적 죽어 가던 진화의 모습을 떠올린 뒤 더 감정이 복받쳐 올라 진화를 감싸 안았다.

뒤늦게 귀비가 된 나하연을 소개할 때는 남궁가주와 가모가 몰래 눈물을 훔치고 민망한 듯 웃었다.

당금 무림의 절대자가 누구냐 묻는다면, 과연 누구라 답할 수 있을까.

많은 이름들이 사람들의 입에 오르내릴 것이다.

오랫동안 무림의 하늘 위에 군림한 십이좌회 고수들.

정의맹 일선에서 무림을 이끌어 온 운현대사와 각 문파의 대표 고수들.

그리고 귀천성과의 전쟁에 새롭게 떠오른 많은 신성들.

하지만 당금 무림에 최고의 문파는 어디냐 묻는다면, 그 답은 그리 어렵지 않을 것이었다.

십이좌회의 수장이나 다름없는 제왕검 남궁강.

오랫동안 남궁세가를 거대하게 번창시킨 남궁가주와 남궁 제일검 남궁경.

그리고 귀천성과의 전투에서 역천마제를 물리친 창천화룡 남궁진화와 후기지수들 중 최고라 손꼽히는 창천신룡 남궁휘까지.

그들 모두가 한집안에 있었으니까.

창천화룡 남궁진화가 한 제국의 황태자가 되었다는 소문까지 퍼지면서 남궁세가의 위세는 하늘을 찌를 듯 올라갔다.

그런 남궁세가에서 모처럼 벌어지는 가장 큰 잔치였다.

"귀천성이 무너지고 이런 큰 잔치는 처음이지?"

"아, 천하제일 고수 제왕검의 칠순이 아닌가. 남궁세가만의 잔치가 아니지."

"그래서인가. 정파, 사파 가리지 않고 손님들이 오는구먼."

잠삼현으로 밀려드는 손님들을 보며 남궁세가 사람들의 얼굴에는 자부심이 가득했다.

귀천성과의 전쟁에서 승리의 주역이었다는 자부심이 정사를 가리지 않고 들어오는 손님들을 보며 다시금 샘솟는 듯했다.

하지만 그건 손님들도 마찬가지였다.

"그제는 하북팽가, 모용세가, 곤륜, 공동, 종남파가 오더니, 어제는 소림, 무당, 화산, 점창파에 제갈세가가 오고. 오늘은 사천무림 사람들인가?"

"사천당가와 형산파가 함께 움직이고 아미파와 청성파가 따로 움직이는 것을 보면, 사천이 복잡하게 돌아간다는 소문이 사실인 모양이야."

"에이, 그래도 사천당가가 패권을 쥐겠지. 당가는 사천만 떠났을 뿐 낙양 황도에서 가세를 더 불리고 때만 기다리고 있지 않았나."

"그러니까 가까이 있는 아미파와 청성파가 경계를 하는 거겠지. 어쨌든 지금은 서로 얼굴도 마주치지 않는다는 사람들이 남궁세가의 잔치에서 얼굴을 마주하게 생겼으니. 잘하면 위세나 드러내다 갈 것이고 잘못하면 한바탕하겠군."

"글쎄…… 사천당가가 모은 재력과 사람으로 따지자면, 고작 아미파나 청성파로 성이 찰까? 비교를 하려면 남궁세가와 하려 하겠지."

한창 세가나 문파의 일로 바쁜 곳이나 멀리 있는 곳들도 빠짐없이 잔치에 참석했다.

이런 잔치에 초대받지 못한다는 건, 무림의 주역 자리에서 빠진다는 것이라.

위세를 회복해 가는 문파들은 남궁세가의 잔치 자리를 이용해 자신들의 영향력을 보일 생각으로 면면히 화려하게 등장했다.

게다가.

"사, 사패천의 깃발!"

"행렬이 웅장하구먼. 과연 사패천이야."

"정파는 잃어버린 땅덩어리 찾아서 뿔뿔이 흩어지는데, 사파는 오히려 사패천을 중심으로 똘똘 뭉쳤으니까."

"……이제 귀천성도 없는데, 정사연합도 끝장 아닌가? 사패천의 위세를 어느 곳에서 막을지 모르겠군."

"사람 참, 왜 벌써 그런 걸 걱정하나?"

"아니. 사파 놈들 욕심이야 뻔하지 않나. 그래서 그런 거지."

사패천의 검은 깃발 속 피처럼 붉은 호랑이는 마치 승리의 기쁨에 젖어 있는 정파를 향해 포효하는 듯 용맹해 보였다.

이번 전쟁에서 정의맹 소속 몇몇 세가나 문파를 제외하면 그 어떤 곳보다 사패천의 활약이 도드라졌던 것도 사실이라. 사파의 호랑이가 어떻게 움직일지 긴장감 속에 사람들의 시선이 모여들었다.

다시 천하를 차지한 정파의 균열.

사패천의 야심과 정파의 경계심.

남궁강의 칠순이라는 거대한 잔치판엔 축하와 기쁨 외에도 많은 것이 혼재된 듯했다.

하지만 남궁세가는 잔치 기간 내내 모든 손님들을 향해 당당하게 의천문을 열어 두었다.

마치 그들의 야심이나 도전, 모든 것을 다 품어 주겠다는 듯 말이다.

잔치가 한창 무르익었다.

본 연회가 있고 난 뒤 칠 주야 동안 이어지는 술판에, 십이좌회들은 그들대로, 가주나 문파의 대표들은 그들대로 전쟁 이후 풀지 못한 회포를 풀었다.

물론 그 과정에 소란이 없었던 것은 아니다.

쾅-!

"뭐야? 말 다 했어? 쓰불, 사파 나부랭이가 언제부터 잘난 듯이 말이야."

"이런 술을 개한테 퍼부어도 덜 아까울 새끼가! 너야말로 말 다 했어?"

얼큰하게 취해서 혈기 왕성한 이들끼리 시비가 붙는 일이 있었다.

하지만 그때마다 대기하고 있던 남궁세가 무인들이 손님들을 처소로 안내했다.

"아이고, 손님, 비싼 술인데 그렇게 처먹으면 되겠어?"

"자, 자! 댁 같은 손님들 덕분에 우리가 이렇게 술 한 모금 못 하고 대기 타고 있잖아요, 이 손님 새끼야."

남궁세가 무인들이 빠르게 상황을 정리하면서 내내 흥겨운 잔치를 이어 가기엔 무리가 없는 듯 보였다.

물론 남궁세가 무인들이 결코 정리하지 못할 상황도 있었다.

"욕심 버려, 인간아."

"쓰불, 욕심이 없으면 그게 인간인가?"

"아, 이놈이 아직도 정신을 못 차렸네. 네놈이 그 욕심 때문에 다 늙어서 젊은 년한테 장가든다 어쩐다 지랄을 해서 그 사달까지 났잖아!"

"아, 지금 그 얘기가 왜 나와!"

감히 누구도 사패천주의 앞에서 꺼내서는 안 될 금기어였지만, 악우나 다름없는 십이좌회 고수들에게 사패천주의 금기가 통할 리 없었다.

"욕심! 그 나이 되도록 추잡스럽게 여색이나 탐하더니, 핏줄도 모르는 어린 녀석이 귀천성이랑 엮여서 개고생한 거 생각하면……."

"아! 수림이는 내 자식이라니까!"

"어쨌든! 버려! 중원 정복 어쩌고 이상한 꿈도 버리고!"

천수현인 제갈길현이 넌덜머리가 난다는 듯 경고했다.

그러나 사패천주는 그 말을 들을 생각이 없는지 진지한 눈빛으로 그를 도발했다.

"흥, 정파 놈들은 늘 그렇게 뒤로 빼기 바쁘지. 왜, 자신이 없어?"

사패천주의 도발에 분위기가 가라앉았다.

그에 맞춰.

탁!

제왕검이 거칠게 술잔을 내려놓고 사패천주를 향해 입꼬리를 비틀었다.

"어이, 한구혈이. 내가 자신이 없어 가만히 있는 걸로 보이나?"

"……."

"너도 칠순 잔치는 해야지. 안 그런가?"

"……."

제왕검의 도발에 사패천주가 입꼬리를 부르르 떨며 당장이라도 일어날 듯했다.

그러자 제왕검의 입에서 웃음소리가 새어 나왔다.

"나이 처먹고 곱게 늙어 가더라도, 착각은 하지 말자. 우리끼리 천하제일인 어쩌고 해 봤자 무슨 소용이야? 솔직하자고. 역천마제 파륜 그 새끼한테 떼거리로 덤벼서 겨우 이겼는데, 그놈이 죽었다고 우리끼리 싸우면 누가 인정이나 해준다냐?"

"……쓰불. 더럽게 맞는 말이네."

제왕검의 자조적인 말에 사패천주가 술잔을 거칠게 들어 술을 들이켜며 동의했다.

전쟁의 진실.

무림은 승리했고 역사는 그들의 편에서 기록될 것이나, 여전히 살아 있는 그들의 기억에 진실은 남아 있었으니.

십이좌회 고수들은 조용히 쓰디쓴 술과 함께 진실을 삼켰다.

"우리가 살아 있는 한 전쟁은 없다."

"동의하지."

"좋아."

지독하게 이어진 전쟁.

제왕검의 칠순을 기점으로 십이좌회 고수들은 그들의 세상에서 전쟁을 끝냈다.

다음의 일은 다음 세대의 몫으로 남기면서.

불편한 어른들과의 자리를 피해 후기지수들은 그들대로 자리를 따로 마련했다.

상석에는 주인이라 할 수 있는 남궁진휘와 진화가 앉아 있었고.

남궁진휘의 옆으로는 남궁진혜와 팽치 부부가, 진화의 옆으로는 나하연과 남궁구, 남궁교명이 앉았다.

진화는 숙청단원들끼리 따로 자리를 하고 싶었지만, 손님이 워낙 많고 짧은 일정 속에 소가주인 남궁진휘와 시간을 보내려면 그의 일정을 함께하는 수밖에 없었다.

게다가 진화의 마음과 달리 후기지수들 사이에도 많은 변화가 있었다.

'내가 너무 오랫동안 무림에서 떨어져 있었던가.'

진화는 제갈후현이 언젠가는 복귀를 할 거라고 생각은 했지만 설마 다른 곳도 아닌 남궁세가의 잔치에 올 줄은 몰랐다.

제갈후현은 독 기운을 모두 털어 내다 못해 이전보다 더 건강해진 모습으로 탁자의 제일 끝에 앉아 있었다.

'기가 죽어서 말석에 앉은 거라면 좋겠지만, 그럴 리가 없지.'

진화는 주변에 사람들을 모아 놓고 즐겁게 술을 나누는 중간중간 제갈후현이 남궁진휘를 향해 눈을 빛내는 걸 보았다.

마침 앉은 자리도 남궁진휘의 대척점이라 할 수 있는 곳이라, 일부러 그 자리를 택한 것이 분명했다.

그리고.

'제갈지현.'

제갈후현의 곁에는 존재감이 있는 듯 없는 듯 조용히 제갈지현이 자리했다.

진화가 황태자에 등극하면서 죄 없는 많은 이들이 귀향에서 풀려났는데, 오왕부도 그중 하나였다.

제갈지현은 귀향에서 풀려나자마자 기어이 오왕부를 버리고 제갈세가로 돌아간 듯했다.

"……."

진화와 눈을 마주친 제갈상이 괜찮다는 듯 씨익 웃어 보였다.

귀천성과의 전쟁 중에만 해도 제갈세가의 후계로 꼽히던 제갈상이었다.

진화가 걱정스럽게 제갈상을 보고 제갈상은 그런 진화의 눈을 피하는데, 그 사이로 남궁구가 끼어들었다.

"괜찮기는 개뿔. 저 녀석도 보기보다 사람만 좋다니까. 저 사갈 같은 남매가 방계 출신의 경쟁자를 가만히 두겠어? 벌써 작업에 들어간 모양이더라고."

"제갈가주나 천수현인이 그걸 보고만 있고?"

"그럴 리가. 그분들이 있으니 저 녀석이 살아서 여기까지 온 거지."

'역시…….'

진화의 눈이 서늘하게 가라앉았다.

그 모습을 보며 남궁구가 신이 나서 떠들었다.

"사패천 놈들도 따로 앉은 것 보라고. 도련님만 보면 달려드는 한수림이 강무련 손에 잡혀서 꿈쩍도 못하고 있어. 도련님이랑 가까운 자리를 안내하는데 거절했다는군. 그리고 탁자 정중앙에 앉았어. 재미있지 않아?"

"재밌기는 개뿔. 이 미친놈아, 전음으로 하든지, 사방에서 다 듣겠다!"

잔뜩 신이 나서 목소리가 높아지는 남궁구 때문에 남궁교명이 기겁을 하며 그의 목소리를 낮췄다.

하지만 이미 아닌 척 사람들의 신경이 진화에게 모여들어 있음을, 진화가 모를 리 없었다.

"왜, 내가 틀린 말 하나? 나하연이 왔는데 당혜군이 꿈쩍도 하지 않고 있어. 어제의 친구가 오늘의 적이 된 듯이. 안 그래?"

남궁구가 히죽거리며 일부러 당혜군을 보자, 당혜군이 굳은 얼굴로 술잔을 들었다.

사천당문이 영향력을 넓히면서 패황권문과 부딪히고 있는 건 다 아는 사실이었다.

"그걸 누가 몰라? 다 아는데 눈치 챙기고 있잖아. 너도 좀 닥쳐!"

남궁구와 남궁교명이 티격태격하며 떠드는 동안, 몇몇 이들은 그들의 말을 들었는지 대번에 얼굴이 굳었다.

그때.

"흐흐흐, 만두 먹고 떠들게."

"현오!"

현오가 금방 쪄 낸 듯 김이 모락모락 나는 만두 접시를 들고, 진화와 나하연의 사이를 비집고 앉았다.

동 태감이 보았다면 기겁할 모습이었지만, 진화는 현오의 모습에서 겨우 무림에 돌아온 친밀감을 느꼈다.

나하연도 웃으면서 자리를 비켜 주었다.

"뭐야? 이제 본격 숙수가 된 거야?"

"어휴, 말도 마. 숙수님이 손을 다치시니까 세상에 먹을 것이 사라지더라고. 굶어 죽지 않으려면 어쩌겠어, 내가 주방으로 가야지. 흐흐흐, 그래도 소림 숙수가 되니까 좋은 점은 있더라고. 식자재 창고에 내 마음대로 갈 수 있으니까."

"소림의 식자재 창고는 괜찮고?"

"……마음대로 갈 수 있는 창고가 정해져 있네."

"푸하하하하! 그게 무슨 마음대로야! 창고 하나 먹고 떨어지라는 거지! 하하하하!"

현오의 말에 남궁구가 요란하게 웃음을 터뜨리며 남궁교

명과 나하연도 웃음을 터뜨렸다.

그들의 웃음소리가 거슬렸는지, 맞은편에 있던 제갈후현이 진화와 현오가 있는 곳을 노려보았다.

강무련을 비롯한 사패천 출신들도 그들을 향해 인상을 찌푸렸다.

그 순간.

스으으으으으으으으……

"……!"

제갈후현과 그 일행의 낯빛이 변했다.

"큿!"

강무련과 있던 사패천 무인들의 입에서 조용히 신음이 나왔다.

아니, 정확히는 진화의 곁에 있는 사람들을 제외한 모두의 안색이 급격하게 창백해졌다.

현경의 경지에 오른 절대고수는 공기를 누르지도, 기세를 뿜어내지도 않았다.

단지 그들이 앉은 자리에 음기와 양기를 쪼개 작은 뇌전을 일으킨 것뿐이었다.

"이, 이게……!"

"그만, 그만하시오!"

불쾌한 고통이었다.

그들 모두가 앉은 자리에 뇌전이 자글거리는 건, 마치 불구덩이에 엉덩이를 대고 앉은 느낌이었다.

그와 동시에 모두의 얼굴을 스친 바람이 한곳을 향했다.

사람들의 시선이 약속이나 한 듯 한곳으로 모였다.

'이젠 바람까지!'

모든 이들의 시선을 제게 모아 놓고, 진화가 환하게 웃어 보였다.

"겨우 사정을 보아 살려 주었더니 아직 주제 파악이 덜 된 이들도 있고."

제갈후현과 그 일행의 얼굴이 뻣뻣하게 굳었다.

특히 제갈지현과 황보정, 단승호의 얼굴이 창백해졌다.

"벌써 날 잊어버린 이들도 있고."

당혜군을 비롯한 이들이 한숨을 쉬며 고개를 저었다.

"날 버리려 하는 이들도 있군."

사패천 무인들이 얼굴을 찌푸린 동안 강무련이 담담하게 진화와 시선을 마주했다.

"어쨌든 오랜만에 반갑네, 무림 친우 여러분. 나는 여전히 잘 있네."

자신의 건재함을 알리며 서늘하게 내려다보는 진화의 눈빛에, 많은 이들이 진화의 눈을 피했다.

그에 진화가 만족스럽게 웃어 보였다.

"귀찮아서 인사는 한 번에 하지. 여러분도 앞으로 잘 있길 바라. 종종 들를 테니까. 그때도 이렇게 잘 피해 다니라고."

환하게 웃는 진화의 머리 위로 황룡옥관이 꽂혀 있는 모습에, 많은 이들의 가슴이 서늘해졌다.

그가 황궁으로 간 이유가 모두의 머릿속에 박히고, 그가 남궁세가로 온 이유도 모두의 가슴속에 박혀 들었다.

꽃 같은 미소와 함께 언제든 돌아올 거란 진화의 협박이 모두의 뇌리에 심어졌다.

창천화룡 남궁진화.

실질적으로 역천마제 파륜을 죽인, 당금 천하제일 고수의 앞에서 남궁세가에 도전하려던 많은 이들이 고개를 숙였다.

"든든하네."

"내 동생, 여전히 웃는 게 예쁘네."

남궁진휘와 남궁진혜가 진화를 보며 흐뭇하게 웃었다.

그리고.

"역시 도련님의 옆이 재밌다니까. 이참에 궁으로 따라가야겠어."

"미친놈."

남궁구가 다 큰 성인이 되어 가출을 결심하는 것을 보며 남궁교명이 욕지거리를 뱉고 말았다.

《남궁마제》 마칩니다

ROK MEDIA
로크미디어
우리 교황님 좀 말려주세요
판미손 퓨전 판타지 장편소설
비정상 교황님의
듣도 보도 못한 전도(물리) 프로젝트!
이세계의 신에게 강제로 납치(?)당한 김시우
차원 '에덴'에서 10년간 온갖 고생은 다 하고
겨우 교황이 되어 고향으로 귀환했건만……
경고! 90일 이내 목표 신도 숫자를 달성하지 못할 시
당신의 시스템이 초기화됩니다!
퀘스트를 달성하지 못하면 능력치가 도로 0이 된다고?
그 개고생, 두 번은 못 하지!
"좋은 말씀 전하러 왔습니다, 형제님^^"
※주의※ 사이비 아닙니다, 오해하지 마세요!